国家艺术基金2023年度艺术人才培训资助项目
"习近平新时代中国特色社会主义思想文艺理论人才培训"（项目编号：2023-A-05-005-459）

探赜：
文艺理论的当代发展

王韡　主编

中国国际广播出版社

图书在版编目（CIP）数据

探赜：文艺理论的当代发展 / 王韡主编. —北京：中国国际广播出版社，2024.4
ISBN 978-7-5078-5547-0

Ⅰ.①探⋯ Ⅱ.①王⋯ Ⅲ.①文艺理论—文集 Ⅳ.①I0-53

中国国家版本馆CIP数据核字（2024）第080895号

探赜：文艺理论的当代发展

主　　编	王　韡
策划编辑	杜春梅
责任编辑	聂俊珍
校　　对	张　娜
版式设计	邢秀娟
封面设计	赵冰波

出版发行	中国国际广播出版社有限公司〔010-89508207（传真）〕
社　　址	北京市丰台区榴乡路88号石榴中心1号楼2001
	邮编：100079
印　　刷	天津市新科印刷有限公司
开　　本	710×1000　1/16
字　　数	250千字
印　　张	16
版　　次	2024年4月 北京第一版
印　　次	2024年4月 第一次印刷
定　　价	78.00元

版权所有　盗版必究

目 录

汉语语言音乐学研究与传承中华优秀口传文化的重要价值	张喜梅	001
音乐审美教育的守正创新	吴静静	019
中国式现代化视角下非遗民歌活态传承与创新		
——以湖南醴陵民歌为例	刘雅倩	030
谈新时代文艺工作者的使命	宁　爽	041
新时代中国声乐艺术的创新性发展研究	宁　爽	053
新时代我国声乐人才培养应遵循的原则	宁　爽	067
论中国声乐演唱与教学的美育浸润	高　洁	079
如何"让文物活起来"		
——以新疆文物为例	王春颖	092
革命历史与社会现实结合的纪录片创作		
——评纪录片《青春致敬青春》	张明超	105
新时代中国共产党领导文艺事业的五重意蕴	解永越	118
试论新时代中国筝乐的创作风格	张　蕾	134
新时代音乐创作的四重属性和文化使命	马宇鹏	147
新时代舞台美术人才培养路径探索	缪　伟	159
中国民乐的审美特征及创新路径	黄诗昂	178
红色题材扬琴音乐的艺术特征		
——以扬琴二重奏《大渡河》为例	黄诗昂	190
新时代扬琴艺术的中国式现代化		
——以《第一扬琴协奏曲》第二乐章为例	黄诗昂	204
论秦腔传统剧目中旦角的特征	孙　婷	232
编后记		248

汉语语言音乐学研究与传承中华优秀口传文化的重要价值

张喜梅　中国传媒大学

汉语语言音乐学在古代中国属于传统音韵学的研究部分，以研究古汉语及古代戏曲中戏文的语言规律为主，其在中国已有近千年的历史。近现代汉语语言音乐学的学科研究在语言学大师赵元任先生的努力推动下，被加以重视并逐步成为一个重要的跨学科研究方向。汉语方言是中华优秀口传文化中民间文学、传统戏曲、曲艺、民歌的主要传承载体。汉语语言音乐学可探源传统口传文化的历史流变，推动学术发展，实现其书面传承，对于中华优秀口传文化的保护、研究等工作具有重要意义。

"中华优秀传统文化积淀着多样、珍贵的精神财富，如求同存异、和而不同的处世方法，文以载道、以文化人的教化思想，形神兼备、情景交融的美学追求，俭约自守、中和泰和的生活理念等，是中国人民思想观念、风俗习惯、生活方式、情感样式的集中表达，滋养了独特丰富的文学艺术、科学技术、人文学术，至今仍然具有深刻影响。传承发展中华优秀传统文化，就要大力弘扬有利于促进社会和谐、鼓励人们向上向善的思想文化内容。"[①]

---

① 中共中央办公厅　国务院办公厅印发《关于实施中华优秀传统文化传承发展工程的意见》[J].中华人民共和国国务院公报，2017（6）：18-23.

中华优秀口传文化是中华优秀传统文化的重要组成部分。中华优秀口传文化的主要传承载体就是方言，传统口传文化中的音乐与语言具有天然的共生关系，语言音乐学学科的跨学科整体性研究方法对于传统口传文化的保护及研究工作极其重要，语言音乐学的学科发展需要得到更多的关注与重视。

一、语言音乐学学科概况

（一）学科属性

语言音乐学这门新的学科实际是中国传统音韵学在20世纪升级迭代的学科名词，其以中国传统音韵学深厚的理论积淀和实践经验作为基础，中国各民族丰富的地方民间口传文化艺术为它的产生创造了具体环境。从19世纪开始，西方现代语言学理论、实验语音学的引用，催生了现代语言音乐学学科的建立和发展。语言音乐学从雏形、建立到不断发展至今已走过漫长的一个世纪。著名语言学家赵元任先生是近现代中国首位为语言音乐学跨学科理论奠定研究基础的学者。在音乐学领域，最早提出和建立语言音乐学学科体系的学者是中国民族音乐理论家杨荫浏先生。20世纪后期至今，章鸣、钱茸等学者在传承前辈研究方法的基础上加以拓展和创新，使中国现代语言音乐学的研究和学科发展取得了较大进步。

（二）学科建设及发展概况

中国语言音乐学研究可以分为基础萌芽期、学科确立期、学科发展期、学科突破期四个时期，随着语言学、音乐学两大领域相关著作的问世，该学科开始发展，研究层次及范围逐渐扩大，对其相互影响的现象和原理的认识也逐步深入，对其内涵的阐述和具体分析方法也更为科学。各类相关研究方法、学术观点以及学术成果呈不断上升的状态。20世纪上半叶，中国很多语言学家、文学家、戏曲表演艺术家、民族音乐理论家在研究自己所从事专业的同时，均对语言与戏曲、戏剧与音乐的密切关系进行了不同程度的论述和研究。在众多的相关论述及成果中，现代语言音乐学学科的研究成果、学科贡献度以赵元任先生最为显著和突出。此外，还有很多语言学家如罗常培、刘半农、沈兼士、张清常，文学家周作人，戏剧表演艺术家王泊生等人也有许多关于传统戏曲的学术研究成果，如罗常培先生的《北平俗曲百种摘韵》（1942年）、《〈金元戏曲方言考〉序》（1948年）等。20世纪语言学界的学者们对于语言音乐学学科的发展起到重要的推动作用。

基础萌芽期（20世纪20—50年代）。从学科贡献、跨学科理论研究方法的开创性等角度来讲，赵元任先生无疑是语言音乐学学科的奠基人。因自身精通语言、音乐两大学科知识，赵元任先生深入了解语言与音乐的密切关系，所以在很多理论研究和实践创作中，自觉地将语言与音乐两大学科知识融会贯通进行跨学科分析研究，但在相关研究成果中并未正式或者明确提出构建独立的语言音乐学学科的学术主张。其生前常与著名的词曲作家就歌曲创作中的语言问题进行学术探讨，这些重要研究资料后来经整理收录入《赵元任音乐论文集》①出版，全集共计17篇文章，涉及广泛，全面展示了赵元任先生学贯中西、横跨文理、精通音乐的大学者风范。赵元任先生创立的语言学五度标调法，对中国乃至世界的语言学界及音乐学界都产生了巨大的影响，特别是对汉语方言学及民间口传艺术的研究和保护工作有重要意义。

学科确立期（20世纪60年代开始）。20世纪上半叶，经过众多学者的努力，积累了很多语言音乐学相关的基础理论研究和实践经验。20世纪

---

① 赵元任.赵元任音乐论文集［M］.北京：中国文联出版公司，1994：161.

60年代开始,杨荫浏先生正式提出"语言音乐学"这一学科名称,出版第一部开创性的语言音乐学理论专著《语言音乐学初探》,使该学科正式得到确立。杨荫浏先生一生致力于中国民族音乐遗产的搜集整理和中国音乐史、乐律、音韵、古谱的研究。这些宝贵的研究成果对当代中国音乐学、语言音乐学学科有重要影响。

学科发展期(20世纪80年代开始)。20世纪80年代被视为告别50—70年代的革命实践而进行文化"新启蒙"的历史新时期。中国实施改革开放以来,受社会文化背景及现代化科学研究思想等多方影响,语言音乐学逐步从传统音韵学的研究思维中脱离出来,以科学量化的研究方法和手段进行相关理论研究。研究内容逐渐具体深入戏曲与音乐作品唱词的语音研究、语言与音乐的声调、节奏关系研究等,语音记音方法也逐渐转变为以国际音标记音为主。研究范围和群体逐步扩大,出现了很多具有实践指导意义的语言音乐学相关的学位论文和高质量跨学科研究成果。在这一时间段,章鸣的著作《语言音乐学纲要》关于语言音乐学的研究内涵、相关阐述和具体分析方法科学且全面。章鸣先生生前常年在中国各地进行民间文化采风工作,通过多年的学术积累以及社会实践调研,于1989年5月完成近20万字的《语言音乐学纲要》[1]一书手稿,后于1998年由文化艺术出版社正式出版。该著作是20世纪后期汉语语言音乐学的重要理论著作,研究方法科学系统,书中共涉及25种中国民间口传艺术乐种,对后期语言音乐学的学科研究有宝贵的借鉴作用,极大地推动了20世纪末汉语语言音乐学的学科发展。

学科突破期(2000—2022年)。21世纪以来,中央音乐学院钱茸教授专注于该领域的深入研究,在传承、借鉴几位前辈相关理论研究的基础上,提出了"唱词音声说"[2],并通过一系列具有系统性和连续性的课题、

---

[1] 章鸣.语言音乐学纲要[M].北京:文化艺术出版社,1998:112.
[2] 钱茸.地域性声乐品种之音乐形态分析新议:"唱词音声说"再探[J].中国音乐学,2011(3):19-25,34.

期刊论文、论著等研究成果逐步实现了语言音乐学学科研究逻辑、方法上的突破和成熟，建立了比较完整的语言音乐学学术研究方法和体系。其于2018 年、2020 年出版的两本著作《语言音乐学基础》《探寻音符之外的乡韵：唱词音声解析》可谓 21 世纪语言音乐学奠基之作。2020 年，中央音乐学院将语言音乐学作为正式的学科方向招收博士后科研人员，由此确立了语言音乐学这一学科在中国科研、教学传承中的正式开端。

（三）研究现状

现代汉语语言音乐学从学科萌芽期至今虽历经长达百年的学科发展，但在具体的研究工作中，受多种因素影响，语言和音乐两大学科之间的学科壁垒依然是存在的。这种壁垒既包含主观的研究学术理念，也包括客观条件的具体影响。目前，能完全打通两学科之间学术认知的仅限于部分高层次的跨学科研究者。所以从总体上来说，目前该学科虽科研成果众多，但还没达到实际意义上的学科繁荣期。语言与音乐虽有着密不可分的天然关系，但在学科研究过程中存在一定的知识鸿沟，两学科缺乏深度融合，除部分主观因素影响之外，受很多客观条件影响，如教育程度、学术认知、科研视野、研究能力等。通过对百年文献的系统梳理和研读，可以明显地发现，语言学界的研究者在其研究工作中大多不可避免地涉及很多传统音乐艺术的研究内容，但往往仅对唱词的方言语音特征等进行语音学描写，很少有专业学者去深挖更多关于音乐学的理论知识。因为多数语言工作者只会记音，不会记谱。对于音乐学界（演唱专业）的学习者来讲，因语言学（语音学）专业知识的缺乏，对于语言与音乐的科学本质关联认知有限，例如对地域性传统声乐作品的唱词语音特点、作品的艺术风格形成原因、演唱音色的声学性质等缺乏理性的科学认知。且语言音乐学目前作为一门独立的学科方向只存在于中央音乐学院、上海音乐学院这样的国家重点院校的课堂，并未在相关高校进行全面普及，缺乏相关的师资储备，对于大部分跨学科研究者来讲，需要花费很多精力去进行自我学习和相关知识的补充，缺乏一定的系统性和持续性。

二、以方言为依托的中华优秀口传文化的核心价值

"让更多文物和文化遗产活起来，营造传承中华文明的浓厚社会氛围。文物和文化遗产承载着中华民族的基因和血脉，是不可再生、不可替代的中华优秀文明资源。我们要积极推进文物保护利用和文化遗产保护传承，挖掘文物和文化遗产的多重价值，传播更多承载中华文化、中国精神的价值符号和文化产品。"[①] 非物质口传类文化遗产是中华文化遗产的重要组成部分，汉语方言与民族音乐形态是形成口传文化的重要因素。以方言为依托的中华优秀口传文化研究对传播与传承中华文化、弘扬中华民族精神具有重要意义。

（一）中华优秀传统口传文化概况

口传文化，就是以口传心授的方式，经过人类生活积淀世代流传下来的非物质类文化，具有社会性、群体性特征，其唯一的载体就是语言（方言），故在发展的过程中呈现一定的变异性与动态性。立足共时角度来看，能列入世界级、国家级非物质文化遗产名录的各类非物质文化项目，即代表着其一定属于中华优秀传统口传文化的范围。

根据中国非物质文化遗产数字博物馆数据显示，在国家级非物质文化遗产名录的十大门类中，其中四个门类都属于中华优秀传统口传文化的范围，在3610个子项目中，有1368个子项目都属于口传文化，约占总数的38%。分别为：民间文学（共251项），如贵州省台江县的《苗族古歌》、

---

① 习近平.把中国文明历史研究引向深入，增强历史自觉坚定文化自信［J］.求是，2022（14）：4-8.

山西省绛县的《尧的传说》等；传统音乐（共431项），绝大部分为各地的民歌；传统戏曲（共473项），如昆曲、福建省泉州市的梨园戏等；曲艺（共213项），如苏州评弹、山东大鼓等。

这些民间文学、传统戏曲、曲艺、民歌等非物质文化遗产，均是通过千百年来一代代的各族儿女依托方言口语口头传承流传至今，记录和承载了中国源远流长的文明和文化。经典民间文学传承和传说的是各族人民创世与迁徙征战史，更是英雄奋斗史。中国各地共有300多种传统戏曲，如京剧、越剧、评剧、晋剧等；中国曲艺品种繁多，根据调查统计，除已消亡的种类，现存的中国民间的曲艺品种约有400种，如相声、评书、二人转、单弦等；中国的民歌更是遍布中国56个民族的每个角落，几乎每个县市都有属于自己的民歌，如山西的左权民歌、河曲民歌等；河南的信阳民歌、西坪民歌等；陕西的信天游、紫阳民歌等。戏曲、曲艺及民歌传唱与传说的是各民族劳动人民千百年来的生活风貌与世间百态，共同见证了中国的千年文明历史，成为世界人类发展史上宝贵的文化遗产。

截至2022年12月，中国入选联合国教科文组织非物质文化遗产名录（名册）共计43个项目，在183个缔约国中总数位居世界第一，其中有14项都属于文学艺术类口传文化，如表1所示。

表1 入选联合国教科文组织非物质文化遗产名录的传统口传文化

序号	名称	方言用语	序号	名称	方言用语
1	昆曲	中州官方/苏州方言	5	藏戏	藏语
2	京剧	韵白/京白	6	花儿	西北部甘、青、宁多地方言
3	粤剧	粤方言	7	玛纳斯	维吾尔语
4	南音	泉州方言	8	格萨（斯）尔	藏语、蒙古语等多种语言

续表

序号	名称	方言用语	序号	名称	方言用语
9	蒙古族长调民歌	蒙古语	13	蒙古族呼麦歌唱艺术	蒙古语
10	新疆维吾尔木卡姆艺术	维吾尔语	14	麦西热甫	维吾尔语
11	侗族大歌	侗语	15	赫哲族伊玛堪	赫哲语
12	中国朝鲜族农乐舞	朝鲜语			

（二）中华优秀口传文化的历史意义及当代价值

1.中华优秀口传文化研究是探源中华文明的途径之一

中国的语言文化是五千年文明历史中最古老的文化之一。以地区方言为依托的口传文化是我国优秀传统文化的重要组成部分，更是中华文明的重要组成部分，其蕴含着千年历史积淀所凝聚的哲学智慧、人文思想、社会百态及道德规范等。中华优秀口传文化研究是探源中华文明的重要途径之一，古汉语方言与古代民族音乐形态是探究中华文明起源和发展的重要依据和资源之一。通过不同的学科角度深入研究中国的口传文化，可以全面深入地了解中华文明的历史渊源和文化底蕴。

首先，中华优秀口传文化包含了丰富的历史、传统、习俗、故事、谚语、俗语等知识。如民间文学史诗类口传文化中的中国四大史诗：藏族英雄史诗《格萨尔王传》、蒙古族英雄史诗《江格尔》、新疆柯尔克孜族英雄史诗《玛纳斯》、苗族英雄史诗《亚鲁王》。其中有两项已入选世界非物质文化遗产名录。这些史诗被誉为"东方的荷马史诗"，是迄今为止人类所拥有的篇幅最长、内容最为浩瀚的"活"史诗，均以少数民族方言形式一直被传唱至今。事实上，除部分文化学者外，世人对其知之甚少，如通过语言音乐学的研究方法对其进行深入研究，对于理解少数民族地区中华文明的发展历程和内涵有着不可或缺的作用。

其次,口传文化是一种"活"的文化,它通过人们的口口相传得以传承。在传承的过程中,文化和知识得以不断创新和发展,从而保持了其活力与生命力。这种活力和生命力也使得口传文化成为中华文明探源工程的重要依据,能为探究中华文明提供新视角和新思路。

最后,口传文化还具有跨时空、跨地域的特点,它不仅仅局限于某个地区或某个时代,而是贯穿于整个中华文明的发展历程。因此,通过研究口传文化,可以全面深入地了解中华文明的发展历程和特点,从而更好地探究中华文明的文化起源和历史演变。

2.中华优秀口传文化研究可助力教育强国

"积极宣传推介戏曲、民乐、书法、国画等我国优秀传统文化艺术,让国外民众在审美过程中获得愉悦、感受魅力。"[①]口传文化具有不可替代的民族地域性,从不同的学科视角对中国优秀传统口传文化进行研究,是服务于国家教育强国、科教兴国战略的重要途径之一,是当下中国高等教育体系中人文社会科学研究领域的重要课题之一。科学研究需要不断地积累和传承知识,口传文化是古代社会知识得以传承和传播的重要方式之一。传统口传文化中包含了许多宝贵的经验和智慧,这些经验和智慧对于当代人文社会科学的研究具有重要的指导作用。通过对传统口传文化的学习和研究,科研工作者可以从中获取灵感和智慧,推动科学研究的创新和发展。

优秀传统口传文化强调的是言传身教、以身作则,经过千百年的历史积淀,深刻影响着世世代代中国人的传统道德情操,很多传世之作中蕴含着深刻的生活哲理。经典文学传说中的《尧的传说》《孟姜女传说》《杨家将传说》等,反映出古代中国人对自然的认识和征服自然的愿望,是一

---

① 中共中央办公厅 国务院办公厅印发《关于实施中华优秀传统文化传承发展工程的意见》[J].中华人民共和国国务院公报,2017(6):18-23.

 探赜：文艺理论的当代发展

个民族和国家所拥有宝贵精神财富的象征，具有丰富的美学价值与历史价值；同时更是研究人类早期社会的婚姻家庭制度、原始宗教以及风俗习惯等的重要文献资料来源，对于研究早期人类思想体系具有重要的史学意义。

口传文化中的戏曲剧目通过具有史诗性的方言戏文，结合典雅的舞台艺术表演形式记载，呈现了千百年来人类社会生活中的经典人物与传奇故事。其中不乏深刻揭示中国古代儒家思想所提倡的仁、义、礼、智、信的作品，如《三娘教子》《铡美案》《赵氏孤儿》《骂四贼》等具有深刻历史教育意义的优秀剧目。戏曲在中国古代是雅俗共赏的艺术，听戏看戏是民间百姓接受教育的最直接的方式，在当代，除艺术价值外，戏曲也有极大的社会教育价值，有助于百姓树立正确的世界观、人生观和价值观。

口传文化中的传统音乐（民歌）与曲艺，则是古代中国民间民俗文化中最重要的组成部分，是普通百姓最主要的娱乐方式。其通过通俗易懂的方言口语，结合地域性的民间曲调和乐器，用方言土语传唱和记录着具有地域特色的民间文化艺术景观，展示出各地的风土人情，具有广泛的娱乐性与大众性。

除艺术研究价值外，传统口传文化的学习、理解、欣赏及传承，对于当代教育与科研领域具有重要的意义。通过学习和传承口传文化，我们可以更好地发挥其价值和作用，为教育和科研事业的发展作出贡献。

3. 中华优秀口传文化助力当代文艺创作与文化传播

2017年1月，中共中央办公厅、国务院办公厅印发《关于实施中华优秀传统文化传承发展工程的意见》一文，在文件第三项重点任务中指出，"滋养文艺创作。善于从中华文化资源宝库中提炼题材、获取灵感、汲取养分，把中华优秀传统文化的有益思想、艺术价值与时代特点和要求相结合，运用丰富多样的艺术形式进行当代表达，推出一大批底蕴深厚、涵育

人心的优秀文艺作品"[①]。在大力弘扬优秀传统文化的时代大背景下，中华优秀口传文化毋庸置疑地成为当代文化建设工作尤其是文艺创作过程中最宝贵、最直接的核心资源之一，各类以传承、保护、传播非物质文化遗产为导向的文化类节目及文艺作品如雨后春笋般出现在大众视野中，成为当代文艺创作的一种趋势，受到全社会的支持与关注。传统文化类节目如《典籍里的中国》《非遗里的中国》《中国诗词大会》等，传统音乐类节目如《经典咏流传》《歌从黄河来》等，传统戏曲类节目如《中国戏曲大会》《了不起的戏曲》等，经典曲艺类节目如《满堂喝彩》等，均获热烈反响。

除文化类节目之外，全国各省市地区各类大型文艺晚会中，以及人们最熟悉的央视春晚中的民歌、戏曲、曲艺等节目，则通过现代媒介传播传统口传文化，保护与传承文化遗产。例如在2024年央视春晚中，有一个节目《永恒的诗篇》，为《玛纳斯》《格萨（斯）尔》《江格尔》三大史诗与少数民族音乐曲调的融合文艺创新之作，节目一经播出，受到极大的关注与好评，这也是极为少见的文学类世界非遗口传艺术与传统音乐以融合创作的形式出现在央视春晚中，其面向国人及世界传播了中华优秀传统文化，该类创造性转化的文艺节目极为符合当前的社会文艺发展道路，具有重要且广泛的社会传播价值。

时代与主流文化在呼唤优秀传统文化的复兴与回归，国内不断掀起的传统文化热潮，促使越来越多热衷于传统文化的爱好者陆续自主加入传承与传播者队伍，当代互联网融媒体平台上，人人都是创作者、传承者，更是传播者。除以上传统电视媒体文艺创作形式外，群众文化中的短视频创作与传播也成为当代传统文化传承中的重要文化景观之一，吸引着越来越多的年轻人关注和参与。

不论何种艺术创作形式，借助传统文化进行的创新性发展与创造性转

---

① 中共中央办公厅 国务院办公厅印发《关于实施中华优秀传统文化传承发展工程的意见》[J].中华人民共和国国务院公报，2017（6）：18-23.

化，在传承、传播、保护文化遗产，丰富时代文化底蕴的同时，可大力弘扬民族文化精神，增强民族自豪感和文化自信心，同时也可以提升国家文化软实力。依托传统口传文化进行当代文艺节目的创新性发展，可促进不同地区和民族之间的文化交流与认同，增进民族感情，构建和谐社会。更重要的是，可以推动文化产业的发展，带动相关产业如旅游、演出、出版等领域的繁荣，为经济发展注入新的活力，为建设和谐社会和文化强国，讲好中国故事，实现人类命运共同体事业作出贡献。

三、汉语语言音乐学对于传统口传文化的重要性

汉语方言素来有"十里不同音，百里不同俗"之说，56个民族的方言千差万别，根据中华人民共和国教育部发布的中国语言文字概况（2021年版）显示，仅汉语方言就分为十大方言区（官话方言、晋方言等）。从语言的系属来看，我国56个民族由五大语系构成（汉藏语系、阿尔泰语系等），每个语系又包含若干个语族。上文所述的国家级、世界级非物质文化遗产中的民间文学、民歌、传统戏曲、曲艺四种口传文化，其主要传承载体就是方言，民间文学具有文化与语言两种属性，而民歌、传统戏曲、曲艺同时具有文化、方言、音乐三种属性，缺一不可。传统口传文化中的音乐与语言具有共生关系，到底是先有语言，还是先有音乐，就如先有蛋还是先有鸡，是一个千古难题。语言音乐学的跨学科整体性研究对于传统口传文化的历史研究，以及当下的传承、未来的创新发展都至关重要。

（一）探源传统口传文化的历史生成脉络，推动学术发展

语言音乐学横跨现代语言学与民族音乐学两个学科，回到历史语境下，该学科的学科背景及传承脉络来自中国古代传统音韵学，20世纪上半叶，相关研究资料无不提及中国古代诗词歌赋、传统曲艺、戏曲艺术中

的语言声韵特点。如著名文学家周作人发表的《歌谣与方言调查》（1923年）、语言学家罗常培的《〈金元戏曲方言考〉序》等。20世纪中期以后，随着时代发展，中西方文化交流日益密切，该学科的相关研究范围逐渐扩大到现代京剧、戏剧表演、民族民间歌曲、声乐演唱等艺术形式，以及与之相关联的音乐史学、戏曲史学、民族音乐理论学科，如单耀海《京剧语言和汉语规范化》（1960年）、杨振淇《戏曲音韵学刍议》（1985年）等。

21世纪以来，西方现代语言学、实验语音学、音乐声学的分析及检测方法的引入，为传统口传文化中方言与音乐之间的本质关联，提供了一些客观的理论研究方法。具体研究方法例如针对不同地区的民歌或戏曲，可通过方言唱词的声韵调语音特征与普通话进行比较，总结其方言特征及发音规律，再结合民歌与戏曲的曲调、节奏等整体音乐风格，研究方言语音特征与音乐风格之间的本质性关联，以及方言特征影响下民歌与戏曲的发音吐字以及演唱音色的变化等，这些关联以及变化均可以采用跨学科整体性研究，用直观的语音对比、语谱图对比、演唱音色的区别特征图对比、歌唱音色或歌唱共振峰的实验测量数据分析对比来进行直观的呈现，用主客观结合的方法论证方言与音乐之间的相互作用，推动优秀口传文化的科学研究进程与研究深度，实现艺术与科学的融合性研究，为口传文化的传承、创新性发展提供一定的理论基础数据和科学依据。研究成果如北京大学著名语言学教授孔江平发表的《中华民族语言文字接触融合研究的理论与方法》（2023年）。

当前学界关于传统口传文化的研究呈现出两极分化的状态，两大主要研究群体为语言学界与民族音乐学界。如前文所述，分布在全国各地的语言学研究者多数以保护和抢救濒临灭绝的方言为主要目标，通常以田野调查的方式，深入相关地区或县市，对当地的非物质文化遗产传承人或者普通百姓进行采访及录音，将其传承下来的传说、民歌、曲艺或戏曲当成古方言研究的活化石，从口传文化的方言形态中去挖掘、对比相关方言区

探赜：文艺理论的当代发展

在不同时期的语音特征及历史流变情况，最终确定该方言区的语音特征规律，作为课题研究的重要基础资料，编写相关方言语音史，或将采集到的方言样本输入相关数据库，作为人工智能识别方言语音的基础代码。对于口传文化中的音乐属性，以及语言与音乐的本质性关联问题很少进行深入性的研究，对于优秀口传文化的传承、未来的创新与发展，以及如何指导当代文艺创作实践等问题语言学界基本很少涉略。

音乐学界对于传统优秀口传文化的理论研究主要集中在民族音乐学界，包括传统音乐史学、民族音乐理论、传统戏曲创作及表演理论、民族民间歌曲及曲艺的创作表演理论。21世纪以来，音乐学界理论研究工作的发展方向和研究意识，正经历着由传统的主观性理论分析转向借助现代实验语音学、语音声学、音乐声学等实验手段进行客观的科学数据分析的过程，以求在研究理念与方法上，逐步实现主客观的一体化，真正实现艺术与科学的一体化。但是受实验条件、设备等多方条件所限，进展极为缓慢，且仅限于一些科研条件较好的高等院校的部分高级研究学者。

（二）指导口传文化的传承与创新发展

语言音乐学的理论知识及研究方法可大量用于传统口传文化的活态艺术剖析，对口传文化类文艺作品进行历时性的方言语音学特征深入剖析，包括该艺术形式与语言之间的历史生成关系，深入分析其表演过程中方言与音乐的互动关系及其在传承与创新发展过程中的变化情况。

随着中国社会文化教育体系对传统文化的日益重视，很多现代文艺作品的创作注重传承与创新传统文化，越来越多的艺术作品呈现出传统艺术元素与现代艺术的结合模式。例如中国民族歌剧、民族声乐作品、原创音乐剧、现代戏曲、文化遗产类音乐节目及文艺晚会中的音乐节目等有声语言作品的实践创作。在此类作品的创作实践中，相关语言音乐学的传统理论研究资料与活态艺术实践分析资料具有重要的实践指导作用，近年来越来越引起学界的重视。这一过程实现了理论研究与创作实践之间的良性学科循环，体现了理论研究科学指导创作实践的主要学科功能和目的。如2023年登上央视春晚的世界非遗南音古乐与流行音乐跨界融合的创新型合唱节目《百鸟归巢》，显然舞台上的南音与现实中的南音有较大差异，在传承与创新的过程中，方言唱词与节奏、唱腔等音乐形态的保留与取舍如何进行，这对于未来南音的持久性传承与发展至关重要。近年来，随着南音古乐入选世界非遗名录，相关理论研究成果逐年递增，但通过相关文献数据平台的检索情况可见，对南音古乐中方言与音乐形态的历史生成关系及共演化进展等研究资料相对较少。再如，2024年央视春晚中节目《永久的诗篇》中藏族文学史诗与音乐的融合创作中方言与地域音乐的创作关系如何等，诸如此类的学术问题具有重要的探索和研究价值。

目前现存中国非物质文化遗产中的口传艺术品种繁多，涉及范围较广。近年来，随着语言音乐学跨学科研究方法的进展和突破，相关活态艺术剖析科研成果逐年递增，这一现象，是现代汉语语言音乐学学科理论进入实践指导及应用的具体体现。相信未来语言音乐学可以更多地助力口传文化在教育体系中的传承与创新发展。对语言音乐学的不断探究，可多维度增强中华优秀口传文化在不同人群间的认同感，发挥其在民族文化自信建设中的作用。

（三）实现传统口传文化的书面与文字传承

2017年，中共中央办公厅、国务院办公厅印发的《关于实施中华优秀传统文化传承发展工程的意见》指出，"加强对中华诗词、音乐舞蹈、书法绘画、曲艺杂技和历史文化纪录片、动画片、出版物等的扶持。实施戏曲振兴工程，做好戏曲'像音像'工作，挖掘整理优秀传统剧目，推进数字化保存和传播。实施网络文艺创作传播计划，推动网络文学、网络音乐、网络剧、微电影等传承发展中华优秀传统文化"[1]。

关于中华优秀口传文化的当代艺术创作与转化，无论官方如何提倡与

---

[1] 中共中央办公厅 国务院办公厅印发《关于实施中华优秀传统文化传承发展工程的意见》[J].中华人民共和国国务院公报，2017（6）：18-23.

引导，因方言学知识的欠缺，艺术创作者与学习者在整个创作与学习过程中绝大部分依旧是以口传心授的方式进行的，知其然而不知其所以然的被动式学习现象比比皆是。千百年来，传统的口传心授的方法固然有其不可替代性，但是也有一定局限性。数字化时代，站在科学的角度来讲，在全民普通话的大环境下，想广泛地进行传统文化的复兴与传播，光靠口传心授是远远不够的，口传心授式的学习与创作方式很难将优秀口传文化中的精髓进行原样复制。唯有运用专业的语言音乐学知识将传统口传文化的方言及音乐特征进行有效的记录、分析与研究，形成纸质资料，进入系统性的学科类教育培训，才能达到真正意义上的对传统口传文化永久性的保护与传承。

21世纪以来，中央音乐学院钱茸教授专注于该领域的深入研究，在传承、借鉴前辈相关理论研究的基础上，提出了"唱词音声说"[1]，并通过一系列系统性和连续性的课题、期刊论文、论著等研究成果逐步实现了语言音乐学学科研究逻辑、方法上的突破和成熟，建立了比较完整的语言音乐学学术研究方法和体系。在钱茸教授的努力下，2020年中央音乐学院将语言音乐学作为正式的学科方向招收博士后科研人员，由此确立了语言音乐学这一学科在中国科研、教学传承中的正式开端。

钱茸教授首先提出可具操作性的唱词音声解析"双六选点"，即语言对音乐的六个显性影响和六个隐性影响两个方面，几乎涵盖了地域性声乐作品中语言与音乐之间所有的关联，科学且清晰地为语言音乐学的研究者指明了研究的方向，规范了系统的语言音乐学研究方法。其次，她的著作系统全面地将国际音标的诵读和练习要领根据理论研究进度安排，在每个章节的实践部分，重点采用了方言、国际音标两种标注法的双音唱谱法，便于不懂方言的研究者用国际音标来学习和研究作品，这是一个非常具有实用性的方法，对于所有从事口传文化研究以及口传文化表演的学习者极

---

[1] 钱茸.地域性声乐品种之音乐形态分析新议："唱词音声说"再探[J].中国音乐学，2011（3）：19-25，34.

为重要。她认为音乐界记录唱词音声的主要目的与语言界不同，其主要关注点是唱词音声的音响形式美（属听觉审美范畴）。音乐界不仅必须使用严式记音，甚至应该要求比严式还要精细的"超严式"等。她的以上提法和学术主张，得到了很多业内同行的肯定和认可。该记录与研究方法能使被研究对象以书面的形式永久性留存，为未来口传文化中方言及音乐形态的流变提供数据对比与理论参考。

近十年来，学界所有相关学术成果都或深或浅、或多或少地借鉴钱茸教授的研究方法和思路，开始呈现出新的研究态势。语言音乐学学科在新的历史起点上实现了真正意义上的突破和成熟，研究范围越来越广泛，研究深度日渐提升，部分资料的研究方法充分利用现代语言学的语音分析和测量技术，使研究更为客观和科学，学位论文数量正在逐步提升。如能按照钱茸教授的学术研究方法，召集语言学与音乐学科的相关高级研究学者进行联合授课，在全国范围内各方言区的相关高等艺术教育高校开设语言音乐学选修课程，一定程度上可以真正迅速提升优秀传统口传文化的研究及长久的保护、传承工作。

四、对策建议及展望

中华优秀口传文化的研究、传承与创新工作是一个长期而复杂的过程，需要政府、社会各界以及每个人的共同努力和支持。数字化时代，变迁日新月异，城市化的不断推进使得传统口传文化的传承迅速演变，很多地区的方言与口传文化正在濒临灭绝。当前，光靠民间的口传力量，以及借助现代科技手段，如录音、录像、数字化等方式，对口传文化进行记录和保存的效果相对有限，如果不懂方言学、不懂音乐学，没有文字的记录与书写，传统口传文化的传承方式与局面很难实现本质上的变化与扭转。若干年后，依靠电子数据进行的口头传承很难将这些优秀的口传文化一代又一代地传承下去。

值得欣慰的是，在相关部门的号召下，当前部分地区已将传统戏曲引入部分中小学课堂，从反馈来看学生特别好奇与感兴趣，但绝大部分学生依然仅限于简单欣赏，对其整体艺术形态的历史形成与学科本质一无所知，师资的缺乏也是一大问题，所以从本质上来讲，这一举措并不能迅速解决当前优秀传统口传文化所迫切需要推进的历史研究及传承问题。如将语言音乐学列入高等艺术教育领域表演类专业的学科教育或选修课程，或将优秀口传文化引入高等艺术教育的公共选修课程，则可以迅速吸引一批传统文化的专业人才及爱好者，这些人才毕业后一部分可投入中小学艺术教育课堂，一部分则会通过升学继续进行更高层次的科学研究工作。在大力弘扬优秀传统文化的时代大背景下，当代很多年轻学者越来越热衷于优秀传统口传文化的研究与学习，期待以优秀口传文化为主要研究对象的语言音乐学学科在新的历史起点上能得到更多的关注与重视。相信在相关部门的大力支持下，会有更多的研究者加入语言音乐学与传统口传文化的研究群体。

综上所述，汉语语言音乐学与中华优秀口传文化是互动依存、不可分割的关系，随着历史发展，口传文化中的方言与音乐具有共同演进性。从相互作用来看，一方面，不同地域的优秀口传文化为语言音乐学及方言保护和研究提供了丰富的素材与实例；另一方面，汉语语言音乐学的深入研究为传统口传文化的保护、传承与创新提供了新的视角和科学方法。重视与发展语言音乐学的学科建设，将文化、科学、艺术学科融为一体进行跨学科整体性研究，是保护非物质口传文化遗产的重要手段，也是当前传统口传文化实现创造性转化与创新性发展的重要途径。

音乐审美教育的守正创新

吴静静　中国传媒大学附属小学

　　作为文艺工作者，我们对中华美学精神的弘扬，对红色文化内涵理想美、信仰美的坚守是极其重要的。随着数字化技术的发展，音乐的传播呈现出多元化的方式，使得大众接受并走进艺术的渠道得以拓展。对于音乐教育来说，音乐审美是关于音乐与"美"之间的价值生成。从学界已有文献来看，21世纪是科学技术发展比较快速的阶段，流媒体、移动终端、数字音乐兴起。现在，人工智能在各个领域的广泛应用对音乐艺术的变革也是巨大的，因此，跟上时代的潮流研究新时代下音乐审美教育的守正创新是有必要的。

　　在新时代背景下，短视频平台以非常强劲的姿态进入大众的生活。其可视化、交互性的"沉浸式"体验场景，为艺术教育尤其音乐审美教育提供了新思路。短视频平台通过其自身特色为学生领悟音乐引发"共情"提供基础，继而提高音乐教育的实效，为音乐作为审美的情感体验提供创新的教学模式。例如，短视频平台中较为流行的节奏游戏、杯子声势、手势舞等，这种寓教于乐的教学方式可以为传统的音乐课堂增色添彩。丰富多彩的音乐教学形式，有利于培养学生的音乐审美素养，为学生的音乐学习提供跨时空、跨地域的方式，提升学生对音乐的审美感知，达到音乐核心素养与人文精神内涵的可持续发展。对于新时代的教师而言，在教学过程中，应注重审美教育的体验与引导，根据学生的身心发展规律，设计与时俱进的多样性的课程内容与形式，达到审美教育的目的。同时，应充分合理地利用数字化技术与音乐资源，进行现代化教学，切实提高学生的审美意识，培养学生感受美、欣赏美与鉴赏美的能力。因此，研究新时代下对音乐审美教育的守正与创新具有较大的现实意义！

一、从美学角度，探寻短视频平台独特的审美价值

曾繁仁教授说过："对美育的研究必须借助于美学理论，特别是审美的理论；而且，美育的发展也将从实践的角度对美学提出一系列崭新的课题，促使美学不断地随着时代与社会的需要向前发展。"[①]

在这个飞速发展的新时代，短视频平台以其独特的交互性与低门槛受到大众的青睐。人们利用碎片化的时间即可获取视觉与听觉的体验。音乐产业的快速发展，带动了更多原创音乐人的涌现，不同文化价值的音乐作品就会出现。在这批原创音乐作品中，古风音乐占据重要的一席之地。古风音乐具有文人的大家风范，亦有武侠小说的侠骨柔情，再加以唐诗宋词点缀，乘着流行音乐的双翼，在短视频平台得以发展。许多古风音乐歌词中含有众多的中国传统文化元素，古诗词通过不同形式的组合与拆解和现代文字创意组合，碰撞出不同的火花，现代流行旋律与古诗的完美融合反而更易为青少年群体所接受，带来不同的审美体验。

（一）歌曲中的传统文化意象

徐复观在《中国艺术精神》中指出："中国古代的文化，常将'礼乐'并称。"[②] 王国维在论元杂剧之妙时说过："何以谓之有意境？曰：写情则沁

---

① 曾繁仁. 美育十五讲［M］. 北京：北京大学出版社，2012：36.
② 徐复观. 中国艺术精神［M］. 沈阳：辽宁人民出版社，2023：2.

人心脾，写景则在人耳目，述事则如其口出是也。"文学的创作既要表现意境，也要追求读者的体验感和身临其境之感。音乐艺术也不例外，古风音乐可以把中国传统文化诗词与戏曲结合，创造出意蕴与故事的叙述感。这也许是学生喜欢欣赏古风音乐的缘故。以学生喜欢的《踏山河》为例，本首歌曲在抖音短视频平台被改编成了不同的版本：奥特曼版、哪吒版、铠甲版、熊出没版、作业版、吃鸡版、王者版等。该歌曲歌词意境深远，歌词中"江南烟雨行舟"中的"江南""烟雨"；"把酒与苍天对酌"中的"酒"；"而我枪出如龙"中的"龙"；"成败谈笑之间，与青史留下"中的"青史"；等等，都是中国传统文化中的意象，它把中国传统文化通过活泼的、朗朗上口的音乐形式表现出来，同时又充满中国元素的意蕴，给学生带来区别于传统课堂所学习歌曲完全不同的体验感，因此，也就更具吸引力。喜欢这首歌曲的大都是男生，他们对歌词中所描绘的场景感同身受。"枪出如龙""乾坤撼动""破苍穹"画面感极强，"万箭齐发""星火漫天""刀光剑影"，仿佛使人置身于踏破山河之时的奋勇与跌宕。通过唱这首歌，我们仿佛看到了这群少年的英姿飒爽与豪情万丈，也仿佛看到了男孩子心中的英雄梦。学生对于新鲜事物比较敏感与乐见，也喜欢互相分享。古风音乐歌词所描绘的场景，再配以视频，让人如同身临其境。学生可以通过想象体验场景，增强对音乐的领悟与审美。

（二）音乐中的典型与个性

黑格尔将美、理想（艺术典型）与真理看作统一的，他认为"美是理念的感性显现"。音乐艺术作品中会塑造各种各样的角色，这些角色来源于生活，高于生活。资深音乐人张亚东曾在2019年做《乐队的夏天》评委时的一次采访中说到，好的音乐就是"熟悉又陌生"，"熟悉"是能打动人心，扣人心弦，从而引发受众的共情；"陌生"是词与曲都能突破音乐的框架与模式。比如歌曲《少年》对我们来说是"熟悉的陌生人"。这首歌曲由酷狗音乐对音乐人扶持的"星曜计划"选中，应用在配乐、舞蹈等短视频内容中进行发酵，有300多位音乐人翻唱该歌曲，全网翻唱视频播放量破亿。歌词励志、昂扬，会让听众想到此刻努力奋斗的自己，美好的、坚定的信念，激发、唤醒人内在的力量，给受众的体验是感性的，是不可替代的。在这首歌曲里，我们仿佛看到了歌曲中唱到的"我还是从前那个少年"中那个"熟悉"的少年，是在社会上具有共同社会效应的典型群体，是广大努力奋斗者的缩影。但每一个人又是有个性的、"陌生"的，歌曲旋律轻快，仿佛筑梦路上的同伴陪同自己一起努力前行，满满的正能量，引发受众共鸣，也为歌曲增添丰富的、积极的价值内涵。这首歌曲以典型的、熟悉的共性引发人们的共情，又以其独特的个性与共性完美统一，因而，在文化价值上更有提升审美的功能。

二、从音乐社会学角度，分析短视频平台对音乐审美教育的能动作用

朱光潜先生在《谈修养》这本书中写道："我国先民在文艺上造就本极优秀，而子孙数典忘祖，有极珍贵的文艺作品而不知欣赏……大家都沉迷于浅狭的功利主义，对文艺不下功夫，结果乃有情操驳杂、趣味卑劣、生活干枯、心灵无寄托等种种现象。"[1] 这段话可以看出朱光潜先生对青年学生群体审美教育现状的担忧。那么，作为艺术教育工作者，我们究竟该怎么对中国传统文化与艺术教育守正创新呢？蔡元培先生在1922年说过这样一句话："我说美育，一直从未生之前，说到既死以后，可以休了。"蔡老先生对"美育救国"念念不忘，他在《美育人生》这本书里也提到过，"凡是学校所有的课程，都没有与美育无关的"[2]。其实，美育不仅与学校有关，家长以及社会环境中的每个人都是美育的实施者，我们都

---

[1] 转引自：曾繁仁. 美育十五讲［M］. 北京：北京大学出版社，2012：36.
[2] 蔡元培. 美育人生［M］. 北京：中国画报出版社，2022：105.

应给予重视。

短视频中有丰富多彩的世界，在这里可以看到艺术与生活是息息相关的，不是高高在上、触不可及的。作为当今媒介发展的新锐，短视频市场发展潜力巨大，以抖音、快手为主的短视频正在影响着我们的精神生活，当然也在不同程度地影响着学生群体。音乐是聆听的艺术，通过情感的碰撞，体验音乐的美及其丰富的内隐与外显的世界，可以培养学生的音乐审美能力与欣赏能力。审美教育是要培养人与人之间、人与自然之间、人与社会之间相处的态度以及欣赏这个世界美好事物的能力。因此，音乐这种极具感染力与抒情的艺术种类，是审美教育得以践行的方式之一，教师应引导学生在美的体验中自主学习、积极参与、主动创造。音乐审美教育，是音乐、审美、教育三位一体的教育。

（一）为学生的审美教育创设情境

对于中小学生的音乐学习，我们首先关注的是怎样保持住学生对音乐的喜爱，其次才是音乐技能的学习。在传统的音乐课堂，学生对于识谱、打节奏、跟示范学唱已经没有太大的兴趣。兴趣在则情在，音乐是流动的美，是聆听的艺术，学生只有在保持兴趣与活力的前提下，才能更好地去学习、欣赏、创作。因此，教师应合理利用时代赋予我们的资源，让学生知道音乐与我们的生活息息相关，将学生喜欢的流行音乐、广告音乐等引进课堂，在学习音乐的过程中积极调动手、口、耳、眼、心、脑，激发学习兴趣。也就是回归学生本位，一切从热爱出发，通过使学生保持喜欢音乐的活力，培养其音乐审美能力与创造能力。人们的生活中不能没有音乐，不能没有审美，更不能没有美育。音乐培养人的感知与感受，即培养人的审美态度与审美能力。具备良好的审美情操，才能感知音乐的美，才能促进健康、和谐的美的教育。

教师可以带领学生在情境中感受节奏中的韵律美。抖音短视频平台上，有许多奥尔夫教学法的节奏训练，教师可以借鉴到自己的教学活动中，为课堂增添活力。比如以下几种。①杯子声势，通过节奏游戏"贪吃蛇"来培养学生的节奏感。②身体律动，用流行音乐配以可爱的卡通动物图像或水果的组合拍手，学生可以通过观察并模仿老师的动作，培养节奏感与反应能力。③手势舞，适合画面感比较强的歌曲，如《听我说谢谢你》《最美的光》《妈妈我爱你》《切土豆》等。例如《兔子舞》节奏训练，用各种水果分别代表不同的动作，苹果代表左手拍桌子、橙子代表右手拍桌子、梨代表双手拍桌子、西瓜代表拍手。这些组合既锻炼学生的反应能力，也培养学生的音乐节奏感，学生非常感兴趣，寓教于乐。《布谷鸟》杯子声势，通过移动杯子的位置，让学生跟着音乐的节奏拿起、放下来培养学生对节奏的把控。《切土豆》手势舞，非常适合音乐课前的热身活动，先吸引学生的注意力，让其对音乐课产生期待，同时锻炼学生的节奏感与反应能力。对于学生的节奏感培养，可以在课堂上通过唱游、律动等形式，让学生体会音乐带来的美感，在游戏中感受节奏的变化与魅力，体验音乐中的韵律之美。

（二）数字化平台音乐流行的社会价值

在《审美教育书简》中，席勒开出了他的"济世良方"："若要达到理性状态，首先要让人恢复健康，具有美的心灵。"[①] 短视频行业的迅速崛起，使我们日常生活也跟随着发生变化，短视频内容有趣、充满活力。直播带货、直播教学、直播健身运动等，都与我们的生活息息相关。在这个快节奏生活的时代，"美"显得尤为重要。因为数字化平台的发展，人们聆听音乐的场景发生了变化，人们可以随时暂停、切换歌曲。甚至，人们有时不愿意去花更多的时间与耐心去从头欣赏一首歌曲。有数据显示，2020年，某互联网播放平台播放量前100首的新歌里，有95首歌曲在5秒钟之后就直接唱。这说明现在人们听音乐的环境习惯、生活方式以及信息传

---

① 席勒.审美教育书简［M］.冯至，范大灿，译.上海：上海人民出版社，2022：5.

音乐审美教育的守正创新

递的方式发生了变化。直击人心的情感表达越来越重要。短视频平台的配乐通常是歌曲的 hook（原意为"钩子"，这里指歌曲中最能钩人的部分），这部分音乐具有吸引注意力或"洗脑"的功能，如果再配上有趣的或正能量的视频，就会获取更多受众的关注。短视频平台能吸引受众去欣赏、观看，家长、教师在观看的同时，学生也会接收到信息，因此，不论作为家长还是教师都要以身作则，尽量为学生输出有价值的、富有文化内涵的艺术作品。

（三）数字化技术下传统音乐教育的"不传统"的课堂

"反映社会变革和历史发展趋势"是马克思主义文艺学的价值取向之一。媒介时代带来了新的机遇，但也带来了新的挑战。作为音乐教师，我们应筛选合适的教学资源，平衡线上与线下相结合的教学方式，以更好地赋能传统课堂，而使课堂"不传统"，与时俱进，以此，达到核心素养的目标培养。通过聆听歌曲，欣赏朝鲜族人民挖桔梗的劳动场面，舞蹈化、艺术化地模仿挖桔梗的动作即艺术化的表现，来提升文化理解内涵，从而提升学生的文化自信。

下面，笔者以朝鲜族民歌《桔梗谣》为例，陈述传统音乐的"不传统"课堂。《桔梗谣》是一首曲调优美、轻快明朗的三拍子的朝鲜族民歌。歌曲非常生动地表现了朝鲜族人民劳动时乐观活泼的形象以及对劳动收获的喜悦之情。这首歌曲是我们国家朝鲜族的民歌，在进入歌曲学唱之前，我做了很多关于中国传统文化的铺垫，以更好地帮助学生理解歌曲。刚好，这首歌曲的学习处于期末学生复习阶段，因此，这首歌曲我设置了两个课时，因为这首歌曲并不简单，有很多一字多音、一音多字等，第一课时主要让学生先理解歌曲背后的音乐文化背景，以更好地去学唱歌曲。

首先，从歌曲名字入手，弘扬我国的传统文化。比如中药，有很大一

探赜：文艺理论的当代发展

部分学生不知道桔梗是什么。通过图片展示并讲解桔梗是一种植物，可以做成凉拌菜，也是一种中药材。学生对于桔梗很好奇，纷纷讨论，有的学生开始联系自己的实际生活，我们就从中药上升到了中医，还说出来一些有中国特色的中医理疗项目比如艾灸、拔罐、刮痧、针灸等。在媒介时代下的音乐课堂，我们可以直接通过投影展示乐谱，播放音乐并观看朝鲜族人民的舞蹈，这些丰富的媒介形式让学生更加直观地理解音乐，从而提升学生的学习兴趣。其次，从歌曲的民族朝鲜族引入，我们国家56个民族，其中有55个少数民族，激发学生的爱国主义情感。由此，让学生说一说都学过哪些少数民族的歌曲，学生开始畅所欲言。这种互动与合作的学习方式极大地提高了学生的学习效率和参与度。现在，学生接触音乐的形式多种多样，通过社交媒体和各种音乐App，学生可以随时随地欣赏甚至表演。媒介的便利为音乐的传播提供了更多的可能。这首《桔梗谣》中的民族元素，也让学生更加深入地理解音乐的多样性和包容性。最后，桔梗的朝鲜语是"道拉基"，学生一听到这个词，就很兴奋，也很好奇。再次展开了热烈的讨论，由此，我们又延伸到朝鲜语与韩语之间的渊源，然后也有学生提出疑问，我们又梳理了国家的朝鲜族与朝鲜民主主义人民共和国的区别。随着时代的发展，音乐不再仅仅是听觉的艺术，它与视觉、触觉等多种感官体验相结合，所以我们在课堂上应尽量丰富学生的视野，学生可以更好地体验歌曲的氛围与情感，同时，还可以增强对音乐的理解和感知。

这是一个审美经济的时代，短视频平台为我们塑造了不同的视觉体验与听觉体验。好的音乐会潜移默化地影响人的思维，以及行为举止、谈吐与仪态，给人力量，在不知不觉中对人的审美产生影响。如果音乐创作者缺乏审美自律，也即缺乏主流意识形态，那创作出来的就是一个缺少文化声望的普通作品。短视频平台呈现的内容大抵是积极健康、充满正能量的。但由于学生群体尤其青少年，受家庭、学校、社会的影响，在这些合力之下，我们应尽力为学生去营造健康的欣赏音乐的生态环境，通过欣赏高层次的艺术作品，使学生体验歌曲中思想境界之美，在欣赏中感悟情绪美，提升审美力与鉴赏力。

三、从心理学角度，探讨社会文化心理制约下的音乐审美价值

德国哲学家黑格尔曾说过："每种艺术作品都属于它的时代和民族。"每个时代都有着鲜明的文化特征与文化心理结构。这是社会大环境的影响，也是人文精神的一部分。古代中国的文人音乐讲究"中和"之美，追求意境、空灵、雅致。这与文人所处的自然环境有关，有些文人隐居山林过着田园般的生活，审美情趣自然恬静淡雅。在西方，中世纪宗教意识统治一切，人们尊崇庄严肃穆、具有崇高美的音乐等。而现代，网络的发展使人们生活日益多元化。2020年疫情期间，短视频平台发挥了其强大的媒介与社会功能，提升民众的社会责任感与使命感。在这里，我们可以获取疫情期间最新的信息，可以为抗疫战士们加油、呐喊，可以欣赏音乐、舞蹈，可以学习下厨等技能，等等。总之，在这里我们可以哭也可以笑，可以感动也可以愤怒。我们应正视一切突然被大众所喜爱的一切事象，在其背后是一种强大的信仰，是对生活的追求、对人生的深刻解读。如抖音短视频平台与四川宣传部文艺处举办的"艺起来战疫"，创新的抗疫形式鼓舞人心。短视频平台不仅通过艺术形式传播正能量，而且在缓解着国人的痛点，对音乐艺术的传播也有独特的现实意义。同时，短视频里的内容由于大众群体的广泛参与，形式多样，思维新奇，这也对学生的音乐审美教育起到一定的影响，我们不可忽视这一时代的特征。

音乐审美价值，以"价值"为核心，这也是进行音乐审美教育的目的。音乐审美的价值形式表现为审美价值、功利价值、道德价值等，音乐

审美价值主要以感受、情感体验、想象、领悟等综合心理活动为基础，在此基础之上引发共情，从而达到审美能力的提升。短视频平台的音乐，在刺激人们听觉的前提下，配上有趣或吸引眼球的画面，烘托情绪。以抖音、快手为首的短视频平台，因其人人可参与的低门槛优势，俘获了不同年龄群体的受众得以飞速发展。音乐审美教育在补充与完善艺术教育的同时，更需要重视人文教育，人们精神文化内涵的提升需要各方合力来干预。我们应由内而外地提升学生对音乐美的感知能力与鉴赏能力，同时提升音乐素养，紧扣音乐审美教育的主题。抖音等短视频平台为向往以新鲜有趣的方式获得学习的青少年提供了丰富的资源。

四、从传播学角度，审视音乐审美教育的现实意义

曾遂今教授在《音乐社会学教程》一书中说道："'把关人'在传播学中，扮演的是对信息的筛选与过滤角色，他们是信息的控制者，是在大众传播媒介组织内各个环节的制作者和传播者。"[①] 短视频平台就是集合音乐、文学、美术、戏剧等多种艺术门类于一身的数字化移动媒体。在人们的物质生活水平不断提高的情况下，生活节奏加快，人们利用碎片化的时间娱乐消遣，追求精神满足。随着数字技术的发展，音乐教育呈现出网络化、移动化的融合发展趋势。没有绝对孤立的学科，也没有不相通的艺术。

音乐传播活动是传递创作者的情感与态度，再通过表演者、把关人、音乐受众的互动，实现创作者意图的传达和反馈。这里每一个环节都需要把关人的监督，甄别艺术作品的价值高低。青少年群体的价值观念正在形成期，这是一个严肃的问题，应得到重视。现阶段，国家政策提倡"双减""提质"，"提质"尤为重要。现代数字化浪潮下，学生可接受音乐的

---

① 曾遂今.音乐社会学教程［M］.北京：中国传媒大学出版社，2010：166.

渠道纷繁多样,青少年群体怎样去甄别艺术作品价值的高低,怎样使好的音乐作品为自己所用,甚至影响自己的价值判断,这是一个值得探讨的问题。教师与家长要做好学生聆听音乐的"把关人",帮孩子甄别音乐的文化价值。在欣赏音乐时,尽量选择具有文化内涵、精神面貌积极的正能量音乐艺术作品,同时注意输出中国传统文化。

因此,作为艺术教育工作者,我们应担负起新时代下的文化使命,守正传承中华优秀传统文化,并在传承的道路上推陈出新,实现传统与现代的有机结合,推动中华优秀传统文化的创造性转化与创新性发展。

中国式现代化视角下非遗民歌活态传承与创新

——以湖南醴陵民歌为例

刘雅倩　湖南工商大学

习近平总书记指出，我们需要以中国式现代化全面推进中华民族伟大复兴。如何在中国式现代化的全新视角下，实现中国多民族文化传统的传承和创新，助力第二个百年奋斗目标的实现，是关键性和根本性的时代命题。以湖南醴陵民歌为例，本文将探讨如何让源远流长、凝聚民族智慧和精神的活态口头传统文化焕发时代的生机，在自身的创新中突破既有的传承局限，在中国式现代化进程中贡献力量，提升文化自觉，增强文化自信，高举习近平新时代中国特色社会主义思想的旗帜，从中国式现代化视角，来探索湖南非遗醴陵民歌的传承与保护、发展与创新。在此基础上，要充分激活当地文化和旅游的生态活力，实现中华优秀传统文化的活态传承在当代的创造性转化与创新性发展，铸牢中华民族共同体意识，为第二个百年奋斗目标的早日实现提供源源不竭的精神动力。

中国式现代化是物质文明与精神文明高度协调统一的现代化，是在中华民族文化传统基础上有序发展、持续渐进的现代化。"以中国式现代化全面推进中华民族伟大复兴"是党的二十大提出的重大政治宣言。中国式现代化是一项涉及政治、经济、文化、社会、生态文明五个领域的深刻变革，为社会主义文艺发展确立了新的奋斗目标。新时代中国特色社会主义文艺以马克思主义文艺理论为理论原点，以毛泽东文艺思想为理论基石，以不同阶段党的领导集体的文艺理论思想为重要内涵，以习近平总书记关于文艺工作一系列重要论述为指导，以中国式现代化为价值旨归。[①] 党的二十大报告原创性地提出马克思主义与中华优秀传统文化结合，将从根本上激发中华优秀传统文化的创造性转化和创新性发展，守正创新，实现中国式现代化。湖南醴陵民歌作为湖南非遗文化的代表，历史悠久、底蕴深厚，其中《思情鬼歌》更是中国优秀传统音乐领域颇具代表性的民歌。随着中国式现代化进程的持续推进，湖南醴陵民歌在迎来机遇的同时，也面临着挑战。目前仍存在湖南醴陵民歌传承体系不完善、传承方式守旧、跨区统筹保护力度不足、资料库建设薄弱等问题。基于此，本文通过梳理湖南醴陵民歌的历史源流和现代化价值，得出其非遗民歌与中国式现代化契合发展的三大困境，为中国式现代化视角下非遗民歌传承与保护探索新路径。

一、非遗民歌的中国式现代化

（一）非遗民歌的中国性

非物质文化遗产的中国性，体现在非物质文化遗产传承人的个体之上，表现为其工匠、艺匠和哲匠般匠人精神的价值守护。杜维明先生认为，工匠是"人"、"匠"和"精神"的合体，是做人、技艺和德行的品质融合。从表面上来看，非物质文化遗产处理的是一种"人"与"物"的关

[①] 郭晓，张金尧. 文艺的中国式现代化：概念界定与历史脉络［J］. 艺术教育. 2023（2）：21-26.

系，而从本质上而言，非物质文化遗产是关怀人的修为、人的德行以及社会的仁爱，非物质文化遗产传承人只是通过特殊的材质和技艺将自己的德行和修为体现出来而已。① 因此，非遗民歌的中国性，就是对中华优秀传统文化基因的自信赓续。张申府先生指出，"仁"在中国文化中是最高的境界，要注重"易"的变化和"生"的观念，这是中国哲学中最要紧的特质。他认为，中国哲学注重人的主体性和实践性，具有辩证的思维。② 中国人具有的这些独特的审美特质，包括"美在意象""意境深远""气韵生动"等观念。我们可以通过艺术介入和创意设计的方式推动非遗民歌的审美转化，通过"中和为美""心物一元""天人合一"等审美赋能，强调非遗民歌传承人的主体性和主观能动性，集中展现中华美学的生命精神。这些中华美学精神是我们安顿生命、安住生活、安定生产的智慧和观念，能让我们在现代社会生活中平衡精神追求和物质需求。通过与新时代主旋律相融合，可以创作融入理性约束和感性共织的"新非遗民歌"。

（二）非遗民歌的现代性

现代性是现代化的内在属性。中国式现代化是西方现代性演进在中国本土所呈现的特殊形式，同时具有世界现代性的共通特质。现代性是非物质文化遗产传承发展的产业化立场，推动了非物质文化遗产时代美感的不断创化。③ 具体而言，中华优秀传统文化为中国式现代化的产生与发展准备了多方面的条件和基础。从目标上看，中国式现代化所追求的小康社会、社会主义和谐社会等理念，均可在传统经济思想中得到印证。④《诗经·大雅》载："民亦劳止，汔可小康。"《礼记·礼运》则描绘了与小康相对的

---

① 杜维明. 一个匠人的天命［J］. 读书，2006（2）：93-97.
② 张申府. 所思［M］. 北京：生活·读书·新知三联书店，2008.
③ 王一川. 现代性文学：中国文学的新传统——兼谈中国现代文学与文学研究［J］. 文学评论，1998（2）：96-105.
④ 董志勇，毕悦. 中国式现代化的发生逻辑、基本内涵与时代价值：基于文明新形态的视角［J］. 政治经济学评论，2021，12（5）：23-39.

大同社会，即"天下为公""老有所终，壮有所用，幼有所长"的至高理想状态。大同小康的理念蕴含着祖先对社会物质文明与精神文明高度发达的朴素期待，为中国式现代化提供了原始的发展蓝本。从方式上看，中国式现代化的产生和延续，离不开中华民族的集体主义传统。从顶层设计上看，中国式现代化所遵循的依法治国和以德治国相结合的治理方略，与中国古代"德主刑辅"的执政传统不谋而合。二者相结合产生的合力，对内助推了国家治理体系和治理能力的现代化进程，对外形塑了"亲、诚、惠、容"的外交形象。从社会共识上看，中国式现代化特别是经济现代化的体制转型与重构，离不开中国悠久的义利传统。在深化改革、扩大开放的过程中，中华民族义利并重、推己及人的道德意识充当了社会转型的稳定器，为资源重组和利益协调提供了必要的社会舆论支撑。

二、非遗民歌活态传承与现代化价值

（一）湖南醴陵民歌历史溯源

醴陵民歌是湖南湘东地区劳动人民经验表达的一种歌唱艺术样式，在音乐旋律上使用的是湖南花鼓调，唱词使用的赣客方言体系。醴陵地处湖南省东部，东界江西省萍乡市，北连浏阳市，南接攸县；罗霄山脉北段西沿，湘江支流渌水流域。地貌以丘岗山地为主，而丘岗山地造就了醴陵方言特色和音乐旋律的婉转，其独特的地理位置是醴陵民歌形成的重要条件。醴陵作为荆楚古邑、湘东明珠，其居住人口以汉族为主。据《名胜志》记载："县北有陵，陵下有井，涌泉如醴，因以名县。"醴陵图书馆藏有一套《渌江诗丛》8卷，一套题咏渌江的《渌江籍》16卷，以及《车公集》《石笋山房诗抄》等多类山水诗集。与诗密切相关的还有歌谣，如山歌、情歌、民谣、童谣，甚至还有市井文化打油诗等，这些反映乡土文化的民间歌谣数量庞大。1942年，在毛泽东《在延安文艺座谈会上的讲话》精神的要求下，湖南地区掀起了民间文化资源整理的浪潮。1956年，湖南省歌舞团胡雍霖老师一行人在醴陵进行收集整理时发现一首俏皮活泼、颇具特色的作品《思情鬼歌》。1957年3月，陈阳辉、谭金祥两位醴陵民歌艺术家把醴陵民歌《思情鬼歌》唱到了中南海，受到周总理的高度赞赏。至此，醴陵民歌音乐文化作品开始走进全国人民的视野。自20世纪90年代以来，《思情鬼歌》多次登上中央电视台以及大型音乐晚会，著名歌唱家雷佳、王丽达在广西南宁中国民歌节上又将《思情鬼歌》唱到全国性大舞台，再次将醴陵民歌艺术推向新高度，《思情鬼歌》也成为中国音乐学院民歌专业学生的必学曲目。《礼记·乐记》记载："凡音之起，由人心生也。人心之动，物使之然也。感于物而动，故形于声。声相应，故生变；变成方，谓之音；比音而乐之，及干戚羽旄，谓之乐。"《荀子·乐论》记载："夫乐者，乐也，人情之所必不免也。"这些文献中的记载都表明，音乐是人类最自然的表达情感的艺术形式。音乐除了是人类情感的自然流露，还暗含着情感交流，参与分享的人越多，音乐的感染力就越强。我们可以将音乐的这种特征简称为"分享"特征。"正因为音乐具备'情动'特征和'分享'特征，音乐的人民性基础就非常牢固。……音乐的价值不在于独占，而在于分享。正因为如此，我们在世界各地自然传唱的民间歌谣中可以听到最美的旋律。许多民间歌谣经久不衰，让人百听不厌。"[1]回溯醴陵民歌历史发展进程，其实可以看到一些成功的创造性转化和创新性发展的例子，即不断借鉴、吸收外来事物，并转化为属于醴陵地区本土特色的文化。这些事例无论古今，都为醴陵民歌发展、传承至今起到了不可忽视的作用，铸就了今天被老百姓所喜爱的醴陵民歌。

---

[1] 彭锋. 从音乐事件看音乐的人民性［J］. 交响（西安音乐学院学报），2022，41（2）：8-10.

（二）非遗民歌活态传承的现代化价值

非遗民歌活态传承的现代化价值体现在三个方面：第一，促进非遗民歌可持续发展；第二，推动非遗民歌创意传播；第三，解决非遗民歌传承人脱节问题。近年来，中央陆续发布了一系列重要法律和文件，采取了一系列举措，体现了国家对非遗保护传承工作的日益重视，包括：颁布《中华人民共和国非物质文化遗产法》，印发《关于加强我国非物质文化遗产保护工作的意见》《关于加强文化遗产保护的通知》《国家级非物质文化遗产保护与管理暂行办法》《关于实施中华优秀传统文化传承发展工程的意见》，公布第一批国家级非物质文化遗产名录、第二批国家级非物质文化遗产名录、第三批国家级非物质文化遗产名录、第四批国家级非物质文化遗产代表性项目名录，设立"文化和自然遗产日"等。非遗民歌是广大群众在历史发展中通过口口相传而传承下来的音乐作品与音乐形式，无论在乐谱演奏、乐器使用方面还是其演奏形式，都拥有着较为突出的地域特征，能够与当地的人文传统、民俗习惯及民俗活动紧密地联系起来。活态传承主要指在非遗文化生成与发展的场域中进行传承和保护的过程，在人民群众社会生活中进行发展和传承的形式，是有别于博物馆式的文化保护方式。活态传承的形式是通过"心授口传"的方式，由人民群众集体创作，并进行流传的文化传承形态。湖南醴陵民歌于2023年12月被列入第六批湖南省省级非物质文化遗产名录，这对醴陵民歌发展起到了保护传承的作用。张金尧认为："中国式现代化的五个前提条件——人口规模巨大、共同富裕、物质文明和精神文明相协调、人与自然和谐共生、走和平发展道路，共同决定了文艺的五个独有的中国特征：文艺要为最广大人民服务，而非少数既得利益者服务；文艺要为社会主义服务，因为社会主义的本质是解放和发展生产力，共同富裕；文艺要秉持物质文明和精神文明相协调的理念，在传承中华优秀传统文化的基础上，总结提炼现代化进程中的成就，形成精神价值；文艺要体现人与自然和谐共生，着重表现祖国大好河山以及伟大的社会主义建设成就；文艺要为维护和平作贡献，这就要求在题材选择上巩固全党全国各族人民团结奋斗的共同思想基础，不断提升国家文化软实力和中华文化影响力。"醴陵民歌来源于人民，它又可以在中国式现代化的建设中服务于人民，弘扬中华民族优秀的精神文明。这个过程，是立足中国特色社会主义新时代精神解读的过程，亦是使古老非遗民歌重新焕发生机的契机。

（三）非遗醴陵民歌《思情鬼歌》

以湖南醴陵民歌中的《思情鬼歌》为例，男女主角用当地方言诉说情谊，相互爱慕，自由恋爱，各种表演方式传承其演述至今。醴陵民歌《思情鬼歌》的歌词，充分表明当时人们敢于突破封建婚姻制度和对恋爱自由的向往。如歌曲第一段"害得你哩妹妹哎呀哎子哟，眼望穿呐你个哒鬼耶"，就表明了恋人之间的相思之情。"害得你哩妹妹哎呀哎子哟，眼望穿呐你个哒鬼耶；我哩满哥哥鬼也哦嚒呀，听得有人讲呐，你与别个及哎呀哎子哟，有交情呐你个哒鬼耶……"则表明妹妹因为"满哥哥"与"别个及"（其他女子）有暧昧而表现出来的醋意，体现了一种男女平等意识。因为，在旧社会里，中国妇女在政治上、社会上都处于无权的地位；在家里对丈夫是逆来顺受，默默隐忍。妹妹与"满哥哥"之间彼此相思，想光明正大见面很难。而这里的"难"运用了民间俗事"新打个镰刀……难打个弯"，以及"新打个香炉……难打个脚"来进行对比，说明要见面的话是难上加难。因为害怕被别人看见，歌词中"恐怕个门前哎呀哎子哟，人眼尖呐你个哒鬼耶"。虽见面困难，但是男女主角还是能偷偷相会，即后面的歌词："敲敲唧坎坎子鬼也哦嚒呀，妹妹给指引呐，轻轻唧脚步哎呀哎子哟，后门唧进呐你个哒鬼耶。"即"哥哥"轻轻敲击窗户，通过妹妹指引从后门进来之后两人秘密会面。[①] 非遗民歌中蕴藏着追求智慧、注重发

---

① 吴浩琼.从《思情鬼歌》看醴陵方言和清末民初的社会风俗[J].湖南工业大学学报（社会科学版），2011，16（2）：108-111.

展创造、提倡社会和谐与多民族友好等优秀思想。对这些优秀思想的宣传有助于推动各族人民更容易理解中国特色社会主义新时代的建设内容，从而积极投身其中。党的二十大报告指出，社会的安定团结是我们建设中国式现代化的重要基础，唯有政治安全、社会稳定、人民安宁，才能向第二个百年奋斗目标快速迈进。随着中国国内社会治理体系的日益完善、各民族人民像石榴籽一样紧紧抱在一起，才能实现中国的长治久安，实现中华民族伟大复兴。从根本上看，《思情鬼歌》中的诸多观念都契合了中国当下社会发展的需求，需要进一步发掘和弘扬，对它进行新时代的解读和转化。

三、非遗民歌活态传承创新性发展

随着中国社会现代化的深入，现代传媒与交通、通信业的兴起，中国社会传统与现代并置、新的行业领域迅猛增加，现代艺术乃至时尚艺术开始注意从传统艺术中寻找灵感，或将传统艺术的元素用于现代艺术，因此相当一部分非遗民歌艺术类活动被用于旅游开发，所以非遗民歌逐渐被当作一种文化资源看待，并得到中国各级政府的重视。而在重视文化资源保护与利用的过程中，针对非遗的活态保护、生产性保护的浪潮开始兴起。"活态性""生产性保护"理念从 2009 年开始得到理论界的关注。针对中华传统艺术的当代传承问题，无论是立足于保护的观点，还是立足于发展的观点，在大多数情况下都限于文化艺术领域，而对其他领域并不关心，或关心不足。截至 2014 年，中国政府分四批公布的国家级非物质文化遗产项目共 1372 项，3145 个子项。2020 年 12 月，第五批国家级非物质文化遗产代表性项目名录公示，共有 337 项推荐项目入选。除传统医药和部分技艺外，绝大多数是传统艺术。而就这数量庞大的非遗项目而言，在当代的传承发展状况也十分不平衡。有的地区经济实力较强，但未能妥善处理传统艺术的当代传承问题，甚至出现以传统的名义从事缺失传统艺术精神的非理性创新、开发与利用；有的地区经济实力较为薄弱，有着支撑传统艺术生存的优秀传统，但未有实力让传统艺术发扬光大，尤其是在当代转化方面有心无力。这是中华传统艺术在当代社会的两大问题。①

（一）建立传承人保护与培养机制

非遗民歌的活态传承是以人为载体的文化传递过程，传承人是非遗民歌最重要的展示载体，更是重要的传承载体和传播媒介，但是当下非遗民歌传承人面临着生存困境、断层、社会地位下降、身份认同缺失等问题。因此，非遗活态传承需要激发传承人的主体性，提升其在非遗活态传承中的实践性，激发其身体主体性。比如在乡村旅游节庆活动过程中，应依托传承人及其主体性场所进行本地特色文化展示，为游客提供讲述、表演或展示的机会，邀请游客参与文化演出，将传承的文化艺术嵌入传统节日、群众文化及旅游等活动中，增加传承人在非遗民歌的自然生产和表演传承空间的出场频次，也为游客提供亲身体验的机会，实现价值共创，提高传承人的参与感、自豪感和获得感，激发其传承非遗的责任意识。

（二）提升文化创造力 推动非遗民歌活态传播

从文化要素、市场要素、社会要素等共同导入，形成整体性、多维度的推动力量。既要考虑非遗民歌的本真性，又要考虑当代传播中的接受度与可持续性。事实上，现在大量中国原创网络游戏中对传统戏曲、传统民歌、传统器乐元素的高仿真再现与高创意融入，就极大地体现了非遗民歌传播的文化创造力，也展示了综合性要素共同的作用。在脱贫攻坚战取得全面胜利之后，温饱的需求得到满足，对美好生活的愿望被激发出来。当前社会主义建设的目标是不断满足人民对美好生活的向往，美学、艺术和

---

① 王廷信.中华传统艺术当代传承研究的理论与方法："生态理念"与"共生机制"视角［J］.民族艺术，2021（3）：55-67.

文化等上层建筑将与经济建设一道为实现这个奋斗目标作出贡献。非遗民歌在这类传统艺术中扮演重要的角色。它们不再满足于对现实的再现，而是参与到现实的建设之中。换句话说，"新非遗民歌"传承和发展将不再满足于创作青山绿水的画卷，而是要参与到现实的青山绿水的营造之中。①从提升文化创造力的视角来看待非遗民歌活态传播的人才队伍建设，就不能仅仅是培养非遗民歌的技艺传承者，还要培养非遗民歌的作曲家、非遗民歌产品推广者、非遗民歌文化研究者等多领域的人才，这些人才的共同特征是具有文化使命感与文化创造力。而这样的人才队伍一旦规模化形成，不但非遗民歌传播会生机盎然，创意社会的建设也会展现全新面貌。

（三）优化机制和政策建立良性环境和生态

当前，我国部分地区已经启动了民族文化保护的项目，但苦于经济影响难以达到预期的目的，部分已经被部门收集的文化资料也因经费短缺问题面临着"丢失""损坏"等风险。对此，政府应该肩负起民间音乐活态传承的责任和义务，努力提升民间音乐传承与保护的质量。在音乐传承过程中，相关部门应结合民间音乐保护与传承现状，制定出契合各民族地区特点的传承保护机制。首先，我国相关政府部门应协调好各部门的关系，加强对"协同合作机制""交流协商机制""激励与惩罚机制"的构建，完善制度体系，提高文化保护工作的开展质量。其次，组织一支文化保护队伍，开展民间音乐保护与管理工作，并向当地群众宣传非遗民歌传承及保护的知识，提升民众保护与传承非遗民歌的意识。如此才能确保政府所制定的活态传承保护机制得到有效、全面、科学的运行，充分发挥活态传承在非遗民歌现代化发展所拥有的作用及价值。最后，在管理与保护机制构建的过程中，相关部门必须构建与之相匹配的监督机制、扶持机制、跟踪机制等保障机制，让保护与管理部门不因经费问题而降低非遗民歌传承的

---

① 彭锋. 美学的中国式现代化道路［J］. 文艺研究，2023（7）：5-18.

质量；让文化传承工作得到顺利、有效、全面的开展；让非遗民歌得到更好的传承。

非遗民歌的保护传承必须适应时代和社会的发展，要在顺应社会发展规律的过程中不断注入新内容、新活力。文化是旅游最好的资源，旅游是文化最大的市场，湖南醴陵应该利用好地理环境和山水旅游资源优势，将湖南醴陵非遗民歌的表演融入旅游文化项目，形成山水文化游览区，让国内外游客参观、学习、欣赏、体验，更近距离地感受这些非遗的魅力，并使之成为一项休闲旅游的常态项目。另外，以新技术为依托，用新音乐、跨媒体视野、中西合璧的方式邀请数以百万计的观众共同参与、聆赏，共同享受3D视听全息投影、跨媒体视野融合醴陵旅游胜地的新鲜体验，提升非遗民歌的吸引力、影响力，并最终达到文化、旅游两者共同发展的双赢局面。

谈新时代文艺工作者的使命

宁　爽　辽宁老干部大学

本文主要从以人民为中心，更好地为人民服务；传承红色基因，提升爱国主义精神；做到德艺双馨，展现中华民族伟大精神；继承与创新，发扬中华优秀传统文化；加强文化自信，讲好中国故事，提升中国话语的国际影响力等五个方面浅谈个人体会。

一、始终贯彻以人民为中心的创作主旨，更好地为人民服务

（一）始终贯彻以人民为中心的创作主旨

在当今社会，艺术创作不仅仅是一种表达形式，更是传递思想、引发共鸣的重要途径。然而，文艺工作者如何能够确保创作的方向与人民的需求相契合呢？始终贯彻以人民为中心的创作主旨，成了一个至关重要的议题。以人民为中心的创作主旨体现了对人民权益的尊重。艺术创作应该立足于人民群众的生活，深入了解他们的喜好、需求和期待，只有真正站在人民的角度去审视问题，才能够找到最贴近人民心声的创作路径。这也意味着文艺工作者需要更多地走进人民群众，聆听他们的声音，从而能够

准确地捕捉到人民的情感，将其融入创作中去。以人民为中心的创作主旨强调了艺术创作的社会责任，文艺工作者应该积极关注社会热点、民生问题，并通过自己的作品传递正能量、引发思考，并在创作过程中，关注人民的现实需求，反映人民所面临的困境和挑战，向人民传递勇气和希望，鼓舞人民积极面对生活。通过艺术的力量，扩大公众对于社会问题的关注度，推动社会进步，为人民群众谋福祉。以人民为中心的创作主旨体现了艺术的价值与意义。艺术不仅仅是一种娱乐形式，更是一种弘扬精神、传播文化的工具。艺术家应该有着深厚的文化修养，能够将丰富的人文知识融入创作中去，引导观众的审美观念和价值取向。以人民为中心的创作主旨要求我们创造出贴近人民、受众广泛的作品，使每一个人都能从中获得启迪和满足。

坚持以人民为中心的创作主旨有助于提升艺术创作的价值与意义。只有站在人民的立场上，深入了解人民的需求，关注社会问题，才能够创作出触动人心、引起共鸣的作品，为艺术创作注入更多的温暖和关怀。

（二）文艺工作者如何更好地为人民服务

近年来，随着社会的发展和进步，人们对于文艺作品的需求也日益增长。文艺作品不仅仅是娱乐和消遣的工具，更应该起到为人民服务的作用。那么，文艺如何更好地为人民服务呢？

文艺作品应该关注人民群众的生活，以人民为中心。文艺创作应该深入人民群众，关注他们的生活、感受他们的痛苦与快乐。文艺作品应该传递积极向上的价值观。社会是一个复杂多样的存在，而文艺作品则是社会思潮的重要表达载体。因此，文艺作品应该积极传递正能量，引导人们树立正确的价值观，通过塑造正面形象和展示正义力量，帮助人民树立正确的道德标准和行为准则。文艺作品应该关注社会问题，为人民发声。社会问题是人民群众关切的热点，应该通过文艺作品的力量呼唤社会公正、关注弱势群体、揭露不公与黑暗，通过真实的、有力的方式描绘社会现象和问题，引起人们的思考和讨论，促进社会的进步与改善。虽然文艺作品要为人民服务，但它们也需要兼具艺术美感和娱乐功能。优秀的文艺作品能够让人们获得美的享受，放松心情，舒缓压力。这种审美价值和娱乐性可以帮助人民得到精神上的满足和愉悦。文艺作品作为一种重要的社会文化产品，其目的在于为人民服务，文艺创作者应该以人民的需求为出发点，在关注社会问题、传递积极的价值观的同时，兼顾作品的审美价值和娱乐性。只有这样，才能使文艺更好地为人民服务，推动社会的进步与发展。

二、传承红色基因，提升爱国主义精神

（一）从红色基因传承看中国特色的红色文化

中国特色的红色文化是中华民族的宝贵财富，它承载着丰厚的历史和独特的价值观。而红色文艺创作，则是将这一宝贵财富融入文艺作品当中，通过情感表达、视听艺术等形式，传递红色基因，激发人们的爱国热情和革命精神。红色基因作为中华民族的灵魂与基因，源远流长，体现了中国人民在长期革命斗争中培育出来的伟大品质和精神风貌，包括坚定的信仰、顽强的意志、无私的奉献和勇于牺牲的精神。这种红色基因在中国特色的红色文化中得到了充分的体现，并且通过红色文艺创作得以延续和传承。红色文艺创作通过文学、音乐、戏剧、电影等艺术形式，以红色主题为创作素材，表现英雄人物的事迹和革命历史的光辉。无论是长篇小说《红岩》、电影《红色娘子军》，还是红色歌曲《东方红》、电视剧《觉醒年代》，这些优秀作品都通过丰富多样的艺术形式，生动地展现了中国共产党和人民在革命斗争中的英勇奋斗和伟大牺牲，刻画的英雄形象深入人心。红色文艺创作不仅仅是对历史事件的再现，更重要的是传递着红色基因所

蕴含的精神力量与价值观念，以感人肺腑的情感表达，唤起观众内心最真挚的情感共鸣；以独特的艺术形式，营造出浓厚的时代氛围和独特的审美体验。这种创作方式赋予红色文化跨越时空的能力，与当代人民产生共鸣，并激发广大人民群众热爱祖国、关注社会、追求真理的理想信念。红色文化与红色文艺创作相互交融，一方面，红色文化为红色文艺创作提供了丰富的题材和灵感，使得创作具有深厚的历史渊源和时代背景；另一方面，红色文艺创作通过精湛的艺术表达，使得红色文化得以活跃起来，并在当代社会中继续发扬光大。从红色基因传承看中国特色的红色文艺创作，它是中华民族文化的重要组成部分，也是我们传统文化的珍贵遗产。通过红色文艺创作，我们能够更加深刻地理解红色基因所蕴含的伟大品质与精神风貌，激发出当代人民热爱祖国、追求真理的热情。

（二）弘扬爱国、爱党、爱人民的爱国主义精神

近年来，我国在经济、科技等方面取得了巨大的发展成就，背后离不开每个人对祖国的热爱与奉献。因此，弘扬爱国主义精神成为现代文艺创作中重要的内容之一。通过文艺作品传递爱国主义精神，不仅可以激发人民的爱国情怀，更能够提升整个社会的凝聚力和向心力。爱国主义精神是国家凝聚力的重要来源。在文艺创作中，通过塑造具有爱国情怀的英雄形象，可以唤起人们对于自己祖国的感情。例如，电影《战狼》中吴京扮演的军人形象，以其英勇无畏的行动赢得观众的喜爱，同时也引发了广泛的讨论和思考。这样的作品既可以让人们感受到爱国主义情感的底蕴，也能够加深人们对于国家安全与和平的认识，进而增强国家凝聚力。爱国主义精神是社会向心力的重要来源，在如今多元化、全球化的社会中，人们对于自己祖国的归属感往往会被淡化。然而，文艺创作有着独特的优势，它可以通过情感共鸣将观众或读者紧密团结起来。例如，电影《我和我的祖国》通过多个小故事展现了70年来中国人民奋斗、拼搏的历程，从而引发了观众的爱国热情和民族自豪感。这样的作品不仅加强了国民之间的

情感纽带，也提升了整个社会的向心力。爱国主义精神是个人道德修养的重要内容。在文艺创作中，塑造具有爱国主义精神的人物形象，能够引导人们树立正确的价值观念，提升个体的道德修养。例如，在文学作品中描写那些默默奉献、无私付出的爱国英雄，可以让人们从中汲取正能量，明确作为一个公民的责任与担当。这样的作品既可以启迪人们的思想，又能够引发个体行动的力量，从而推动整个社会朝着更加美好的方向发展。弘扬爱国、爱党、爱人民的爱国主义精神文艺创作，在现代社会中具有重要的意义。通过塑造英雄形象、激发情感共鸣以及引导道德修养，文艺作品能够在传递爱国主义精神的同时，提升整个社会的凝聚力和向心力。当代文艺工作者就是要用文艺创作点燃人们对祖国的热爱，为实现中华民族伟大复兴的中国梦贡献力量。

三、崇德尚艺守正道，弘扬中华民族伟大精神

（一）提升专业技能，坚守道德底线，在追求德艺双馨道路上砥砺前行

当代文艺工作者肩负着提升专业技能、坚守道德底线的重要使命，想要成为被社会认可的优秀文艺工作者，就要以德艺双馨为标准不断进行自我提升。提升专业技能是文艺工作者的立足之本，只有不断学习、钻研，不断精进技艺，才能在文艺创作中脱颖而出，一名合格的文艺工作者需时刻关注时代潮流和人民精神需求，立足于自身专业领域，不断丰富自身知识储备，在不同艺术形式中展现出独特的风采和创新的思维，通过持续的学习和勤奋的实践，更好地满足观众和读者的期待，为群众带来更多精彩与感动。坚守道德底线是文艺工作者创作中必须恪守的标准和原则，文艺工作者身处于舞台和大众视野之中，言行举止直接影响着社会风气和价值

观念，因此，更应该始终保持良好的品行和道德操守，坚决抵制一切不良的诱惑和行为，遵守社会公德和职业道德，进而赢得观众和读者的尊重和信任，成为社会认可的文艺工作者。想要成为德艺双馨的文艺工作者，需要将道德与艺术完美结合，艺术是人类情感和思想表达的媒介，要通过创作的作品传递积极向上的价值观和正能量，引导观众和读者对美好生活的追求，并在其中注入真挚的情感和深刻的思考。同时，也要注重自身的修养和精神追求，提升自己的审美品位和情感境界，以更高的艺术境界来影响他人，让文艺作品成为社会发展和进步的推动力。总而言之，当代文艺工作者应该时刻牢记提升专业技能、坚守道德底线，以德艺双馨作为前行的目标，通过不断地努力和奉献，为社会带来更多美好和正能量，实现自身艺术人生的价值与意义，展现文艺新风貌、铸就文化新辉煌。

（二）中华民族伟大精神的核心内涵体现

中华民族伟大精神是中国人民在漫长的历史岁月中形成的宝贵精神财富，是中华民族几千年的文化积淀和智慧结晶。这一精神核心内涵体现了中华民族的坚韧不拔、自强不息、勇往直前的品格，也展示了中华民族丰富的创造力和创新精神。这一精神的传承和弘扬，将为中华民族的未来发展提供不竭的动力和支持。当代每一名文艺工作者都应该从自身做起，以中华民族伟大精神为指引，为实现中华民族伟大复兴而努力奋斗。当代中国，中华民族伟大精神的核心内涵体现在各个方面的文艺作品中。从电影、音乐到绘画、舞蹈，无不展现出中华民族的魅力和创造力。电影作为一种重要的文艺载体，通过生动的视觉形象和情节，能够深入人心地传递核心价值观。近年来，许多优秀的中华民族题材电影问世，如《建国大业》《红海行动》等，这些作品以强烈的爱国主义情怀和历史责任感，展现了中华民族的集体智慧和团结奋斗的精神，引发观众思考和情感共鸣。

音乐作为一种跨越语言和文化的艺术形式，能够通过旋律和歌词传达情感和思想。中国的音乐作品也在传承和发展中华民族的精神内涵。例如，经典的红色歌曲《东方红》《我的祖国》等都以激昂的旋律和深情的歌词表达了对祖国的热爱与赞美，激励着人们为中华民族的伟大进步而努力奋斗。绘画和舞蹈也是展现中华民族文化艺术魅力的重要领域。中国传统绘画以其独特的意境和技巧，传承了中华民族的审美观念和哲学思想。而中国舞蹈则通过优美的动作和编排，表达了中国人民的情感和内心世界。这些文艺形式不仅展示了中华民族的创造力和智慧，也成为中华民族伟大精神的有力体现。体现中华民族伟大精神核心内涵的文艺作品丰富多样，不仅传承和发扬了中华民族的文化遗产，更将中华民族的价值观和情感传递给了人们。这些作品激励着人们自强不息、团结奋斗，为实现中华民族伟大复兴而努力。在未来的文化产业发展进程中，要不断加强弘扬中华民族伟大精神文艺作品的创作引导与扶持，让中华民族伟大精神在各个文艺领域得到更好的展现和传承。

四、继承与创新，弘扬中华优秀传统文化

（一）中华优秀传统文化的继承与创新

中华民族拥有悠久灿烂的历史和丰富多样的传统文化，这是中华民族的瑰宝。在现代社会的背景下，如何继承和创新中华优秀传统文化，成为文艺创作领域思考的重要课题。继承是文化发展的基础。中华优秀传统文化蕴含着博大精深的智慧和深厚的情感，是中华民族几千年来积累的宝贵财富，广大文艺工作者应该积极学习和传承这些文化遗产，这样不仅能够更好地了解民族文化根源，还能够增强文化自信心。通过深入学习经典著作、古代诗词、传统乐器等方面的知识，不断领悟中华优秀传统文化的独特魅力，从而更好地传承和发扬这些宝贵的文化资源。

新时代的文艺创作仅仅停留在传统的继承上是远远不够的，随着时代

的变迁和社会的发展，需要将中华优秀传统文化与现代社会相结合，进行创新和发展。这种创新不是简单地追求形式上的变革，而是要以传统为基础，融入现代元素，使其更好地适应当下的社会需求。比如，可以将传统文化元素运用到现代艺术、建筑、设计等领域中，创造出既具有传统特色又符合现代审美的作品。同时，还可以通过利用现代科技手段，将传统文化进行数字化保护，让更多人民群众能够接触、了解和参与其中。

（二）将弘扬中华优秀传统文化作为新时代创作目标

在当今快速发展的时代背景下，保护和弘扬中华优秀传统文化已经成为每位文艺工作者的责任和使命。正如习近平总书记所说："文化自信是一个国家、一个民族发展中最基本、最深沉、最持久的力量。"因此，我们应该将弘扬中华优秀传统文化视为我们时代创作的目标。

中华优秀传统文化源远流长，丰富多彩。它包含着丰富的哲学思想、艺术表达和道德伦理。这些传统文化不仅是中国人民智慧的结晶，也是每位中华儿女身份认同和文化根基的重要组成部分。在快节奏的现代生活中，人们常常面临着信息过载和文化冲击，容易迷失自我，因此，通过弘扬中华优秀传统文化，让人们找到自身的文化定位，增强文化自信，并塑造具有独特个性的艺术创作是每位文艺工作者不可推卸的责任。弘扬中华优秀传统文化不仅是为了传承，更是为了创新。文艺工作者应该从传统文化中汲取灵感和启发，将其与现代艺术形式相结合，创造出符合时代需求的作品。艺术创作是一种表达和交流的方式，通过展现中华优秀传统文化的精髓和智慧，才能够向世界传递出独特的文化声音和价值观。弘扬中华优秀传统文化还可以促进社会和谐与共享。中华传统文化注重人与自然的和谐相处，强调个体与社会的关系。通过在创作中融入这些价值观，能够传递出关爱他人、尊重环境的理念，并营造出和谐共赢的社会氛围。

每一位新时代文艺工作者都应该以弘扬中华优秀传统文化为己任，无论是文学、绘画、音乐还是舞蹈等艺术形式，都可以成为表达和传播中华文化的媒介，只有通过不断地努力和实践，以饱满的热情和高度的责任感，秉持着保护、传承和发展中华优秀传统文化的使命去用心创作，才能不断地将中华优秀传统文化发扬光大，为推动文化繁荣和社会进步贡献力量。

五、加强文化自信，讲好中国故事，建立中国艺术话语权

（一）文艺工作者要加强文化自信

文艺工作者作为社会中的创造者和表达者，承载着传播文化、引领时代的重大责任。在当今日益多元化的社会环境下，文艺工作者要加强文化自信，不仅需要对自己的创作有信心，更要对本土文化有深刻的认知与理解。文艺工作者要树立自信心，文艺创作是一项高度个人化的活动，需要面对审美和评价的多样性。在创作过程中，文艺工作者可能会遭遇来自外界的质疑和挑战，只有坚定自信才能勇敢地表达出内心的声音，只有相信自己的作品能够打动人心，才能真正展现出作品的魅力和独特性。文艺工作者要深入挖掘本土文化，文化是一个国家和民族的精神财富，也是文艺创作的源泉，只有深入了解和研究本土文化，才能发现其中蕴含的智慧和美感，将其融入自己的创作中；文艺工作者要有广阔的视野和开放的心态，积极吸纳各种文化元素，以此来丰富自己的创作；文艺工作者要关注时代潮流和社会变革，随着社会的发展和进步，人们的审美需求也在不断变化，文艺工作者要紧跟时代的步伐，关注社会热点和人民群众的关切，用自己的作品去反映和表达这些现实问题，只有与时俱进，才能让自己的作品更具触动力和现实意义；文艺工作者要保持对艺术的热爱和追求，文艺创作是一项需要付出巨大努力和时间的艰苦工作，只有真正热爱艺术，

才能够坚持下去并取得成功；文艺工作者应该不断提升自己的艺术修养，通过学习、思考和实践，不断探索和突破，为观众带来更多艺术的享受和思考的空间。文艺工作者要加强文化自信，不仅需要坚定自己的信念和自信心，更需要深入挖掘本土文化，关注时代发展，保持对艺术的热爱和追求，只有如此，才能创作出具有独特魅力和深厚内涵的作品，为社会带来积极正面的影响。

（二）讲好中国故事，宣传中国形象

近年来，随着中国国际影响力的不断增强，越来越多的国际友人开始关注中国。而在这个全球化时代，如何讲好中国故事、宣传中国形象成为一个重要的问题。文艺创作，作为一种表达和传递的方式，扮演着重要的角色，要讲好中国故事，就要有优秀的文艺作品作为支撑。文艺作品是传递文化和价值观念的媒介，通过电影、音乐、文学等形式，可以将中国文化精髓展现给世界。例如，张艺谋的电影作品《英雄》等，以独特的视角和精美的画面，讲述了中国历史中的英雄故事，展现了中国古老文化的深厚内涵，这样的作品能够引起世界观众的共鸣，让他们更加了解和认识中国。要宣传中国形象，文艺创作也应该关注当代中国社会的发展和变化。中国作为一个拥有悠久历史和独特文化的国家，正在经历着快速发展和变革。通过文艺作品，可以生动展现中国人民的生活状态、精神风貌和价值观念，让世界更全面地了解当代中国。一些优秀的电视剧、小说，如《白夜追凶》以及余华的作品等，以精彩的故事情节和鲜明的人物形象，展示了中国社会的多样性和个体命运的变迁。要讲好中国故事，文艺创作需要有开放的思维和多元的表达方式，中国拥有五千年的悠久历史和庞大的文化遗产，其中蕴含着无尽的故事，而文艺工作者应该自由选择创造，以此为基础创作出的优秀作品才能够更好地引起世界对中国的关注，并传递出积极向上的新时代中国形象。

（三）建立中国艺术话语权，走向国际艺术舞台

随着中国在经济、科技和政治等领域的崛起，越来越多的目光聚焦在中国艺术上。如何在国际艺术舞台上建立中国艺术话语权成为当前亟待解决的问题。

近年来，中国艺术在世界范围内备受关注。不论是传统的绘画、书法、剪纸等艺术形式，还是现代的电影、音乐、舞蹈等表演艺术，在国际舞台上都取得了可喜的成绩。然而，与西方文化底蕴深厚的艺术相比，中国艺术仍面临着一些挑战，因此要通过多种手段建立中国艺术话语权。一是要坚守自身的文化传统，无论是对于传统艺术的传承，还是对于民族精神的弘扬，都需要加以重视。唯有通过深入研究和传承优秀传统艺术，才能够在世界舞台上展示中国文化的独特魅力。二是要注重推动当代艺术的创新与融合。结合时代背景和国际潮流，使中国艺术更具现代感和国际影响力，提升中国艺术的国际话语权，积极开展文化交流与合作。通过与其他国家的艺术家、学者等进行深入对话，互相学习借鉴，使中国艺术与世界艺术更好接轨。通过参加国际艺术展览、艺术节等活动，积极宣传中国优秀艺术品牌，并主动邀请国际艺术家来华交流表演，促进多元文化的融合与碰撞。三是要更好地利用科技手段。在数字化时代，网络成为信息传播和交流的重要平台，要以此为契机充分利用各种社交媒体和在线平台，打造属于中国艺术的品牌形象，并通过短视频平台和虚拟现实等技术手段，将中国艺术推广到全球范围，坚守传统、开展文化交流与合作，利用科技手段等多种途径，在国际艺术舞台释放中国艺术魅力。

在中国共产党的坚强领导下，只有广大文艺工作者团结一心、不断奋进，共同积极推动中国文化建设和文艺发展，才能让中国艺术更好地走向世界，为人类艺术事业作出贡献。中国艺术的崛起是一项长期而艰巨的任务，只有广大文艺工作者不懈努力和创新，才能树立起中国艺术的国际声誉，让中国艺术在国际舞台上熠熠生辉！

新时代，新思想，新使命，新责任，新机遇，时代的思想指引文艺，时代的使命召唤文艺，时代的责任培筑文艺，时代的机遇发展文艺。每一名文艺工作者都应该倾听时代的声音，不忘本来，吸收外来，面向未来。以人民为中心，为人民服好务；以传承为己任，弘扬爱国主义精神；以德艺兼修为准则，争做德艺双馨的文艺工作者；以继承与创新相融合，提升中国文化的深入性和外延性；以加强文化自信为愿景，讲好中国故事，传递中国声音，提升中国话语的国际影响力。

新时代中国声乐艺术的创新性发展研究

宁 爽 辽宁老干部大学

近年来，我国经济的快速崛起及国际影响力的显著提升，对文化领域产生了深远影响，使得中国文化与世界文化共进共融，进入文化发展的新时代。声乐艺术作为中国文化的重要组成部分，面对前所未有的机遇和挑战，如何创新发展，已成为文化领域深入探讨和亟待解决的问题。新时代中国声乐艺术的创新性发展研究内容广泛，本文通过对新时代习近平文化思想的学习和理解，结合个人的声乐教学经验和案例研究，主要从新时代中国声乐艺术对传统文化的创新性发展、中国声乐艺术风格融合的创新性发展、中国声乐艺术技术层面的创新性发展和中国声乐艺术教育培养方式的创新性发展等四个方面，对新时代中国声乐艺术如何实现创新性发展，进行分析和阐述。

一、新时代中国声乐艺术对传统文化的创新性发展

（一）对传统声乐艺术文化的继承与创新

1.对传统声乐艺术文化的继承

近几年，随着时代的变迁和社会的快速发展，许多传统艺术形式受到

了冲击和威胁。然而，传统声乐艺术文化作为我国优秀的民族艺术之一，却依然保持着其独特的魅力和价值。对于如何继承和发展传统声乐艺术文化，我们应该从几个方面进行思考和探索。传统声乐艺术文化的继承需要加强对传统技艺的学习和传承。声乐艺术是一个相对复杂的艺术形式，它涉及音乐、语言、节奏以及情感的表达等方面。只有通过深入学习和练习，才能真正掌握其中的精髓。因此，我们应该注重培养青年一代的声乐人才，让他们在传统声乐艺术中接受系统的培训，并将其技艺传承下去。传统声乐艺术文化的继承也需要与时俱进，进行创新和发展。传统艺术形式虽然具有独特的历史和文化背景，但如果只是一味地复制和模仿过去的作品，很容易使人感到乏味和无聊。因此，我们应该鼓励声乐艺术家在传统基础上进行创新，将现代元素融入其中，使其更加贴近现代观众的审美需求。传统声乐艺术文化的继承还需要注重推广和传播。对于大多数人来说，传统声乐艺术可能显得陌生和高深。因此，我们应该积极开展各种形式的宣传和推广活动，让更多的人了解和喜爱传统声乐艺术。可以通过举办音乐会、演唱会、比赛等方式，将传统声乐艺术带给更多的观众，让他们亲身体验到其中的魅力和艺术价值。传统声乐艺术文化的继承是一项长期而艰巨的任务，只有通过加强学习和传承、创新和发展以及推广和传播，才能让传统声乐艺术在当今社会中绽放出新的光芒。

2.对传统声乐艺术文化的创新

传统声乐艺术文化是我国千百年来积淀的宝贵财富，代表着我们民族的精神追求和独特魅力。然而，在当代社会快速发展的背景下，如何创新传统声乐艺术文化，使其与时俱进地焕发新的活力，成为摆在我们面前的一项重要课题。传统声乐艺术文化是一个有机的整体，不容忽视的是，创新并非要将传统完全抛弃，而是要与现代审美需求进行对话。在教育和培养声乐人才的过程中，注重传统技巧的基础训练，同时融入当代音乐元素，开拓学生的视野和想象力。通过这种交流和碰撞，传统声乐艺术文化得以与现代青年产生更密切的联系，激发他们的创造力和创新意识。创新传统声乐艺术文化需要创造多元化的演出形式，以吸引更广泛的听众群体参与其中。除了传统的剧场演出，可以尝试将声乐艺术融入电影、舞台剧等多媒体表演中，打破传统艺术形式的界限，使之更贴近当代观众的审美需求。同时，利用互联网和社交媒体平台，定期举办线上音乐会、分享音乐教学视频等活动，使传统声乐艺术文化得以走进普通人家庭，让更多人享受到声乐的魅力。在创新传统声乐艺术文化的过程中，跨界融合是一个重要的手段。与其他艺术形式如舞蹈、绘画、戏剧等进行合作，通过互相借鉴和碰撞，为传统声乐注入新的元素和灵感。例如，在歌剧演出中加入现代舞蹈，为经典作品注入新的生命力；或者与当代作曲家合作，创作新的声乐作品。这种跨界融合的创新实践有助于扩展传统声乐艺术文化的边界，更好地满足当代观众对艺术的多元需求。创新传统声乐艺术文化是一项富有挑战性但又极具意义的工作。通过与现代审美对话、多元化演出形式以及跨界融合的创新实践，我们能够使传统声乐艺术文化在当代焕发新的活力，吸引更多的年轻人参与和关注。只有不断创新，才能让传统声乐艺术文化在时代的长河中流传下去，并为后人留下宝贵的遗产。

（二）传统古代诗词作品及戏曲剧本的创新性演绎

1.古代诗词作品的创新性演绎

在当代中国，声乐艺术一直是传统文化中重要的一部分。作为古代诗词的保护者和传承者，中国声乐艺术通过创新性的演绎，成功地将古代诗词融入现代生活，展现出独特的艺术魅力。

新时代中国声乐艺术利用现代音乐元素的融入，给古代诗词注入了新的活力。通过对古典音乐的改编和舞台表演的创新，声乐艺术家们成功地将古代诗词与现代人的审美需求相结合，使得这些古老的作品焕发出勃勃的生机。例如，一些古代诗词以琵琶、笛子等传统乐器为伴奏，通过婉转悠扬的旋律和动听的歌声，赋予了古代诗词更加真实、感人的表达方式。新时代中国声乐艺术注重舞台表演的创新，使古代诗词作品更具观赏性。传统的声乐演唱常常以静态呈现为主，而现代声乐艺术则通过舞台布景、服饰和灯光效果等手段，将古代诗词的情感与意境更加生动地展现出来。艺术家们通过精心设计的舞蹈和动作，使观众能够更直观地感受到诗词中所表达的情感，并且更好地理解其中蕴含的文化内涵。新时代中国声乐艺术在演绎古代诗词时还注重创造性的歌词改编。经过艺术家们的智慧和努力，原本古板的诗词语言得以重新诠释，并且更贴近现代人的思维和情感。同时，他们还利用当代流行的音乐节奏和曲风，将古代诗词的意境与现代社会背景相结合，使其更具时代感和现实意义。新时代中国声乐艺术对古代诗词作品的创新性演绎，不仅使这些古老的作品焕发出新的生命力，也让更多的人感受到了传统文化的魅力。通过现代音乐元素的融入、舞台表演的创新和歌词改编的创造性，声乐艺术家们成功地将古代诗词带入了现代社会，使其与现代人产生共鸣，同时也推动了中国传统文化的传承和发展。

2. 戏曲剧本作品的创新性演绎

新时代中国声乐艺术对戏曲作品的创新性演绎具有重要意义。随着社会发展和观众需求的变化，传统的戏曲表演方式有时难以吸引年轻一代的关注。因此，结合声乐艺术的创新演绎，可以为戏曲作品注入新的活力。声乐艺术为戏曲作品带来了更加丰富多样的表现形式。传统的戏曲演唱常常以单一的嗓音为主，而声乐艺术可以运用不同的嗓音技巧、音域和情感表达，使戏曲角色形象更加立体生动。通过歌唱的方式，演员可以更好地展示人物内心的喜怒哀乐，让观众更加深入地理解和感受戏曲作品中的故事情节。声乐艺术为戏曲作品注入了现代元素。在新时代背景下，观众对于戏曲作品的审美需求也有所改变。传统的戏曲表演方式可能显得过于古典和陈旧，无法与现代观众的审美趣味相契合。而声乐艺术可以通过音乐编排、舞台设计等手段，将戏曲与现代元素相融合，使其更具时代感和吸引力。声乐艺术对于扩大戏曲作品的受众群体也起到了积极的推动作用。传统的戏曲表演往往被认为是高门槛的艺术形式。然而,声乐艺术的参与使得戏曲作品不再局限于特定的群体,而是能够吸引更广泛的观众群体。通过将戏曲与流行音乐、流行文化等相结合,声乐艺术可以让更多的年轻人接触和喜爱戏曲作品,从而传承和发扬中国传统文化。新时代中国声乐艺术对戏曲作品的创新性演绎有着重要的意义。它为戏曲注入了新的生命力,丰富了其表现形式,注入了现代元素,并拓宽了受众群体。

(三)新时代中国声乐艺术与传统文化相结合

随着新时代的到来,中国声乐艺术正处于一个全新的发展阶段。在这个发展的过程中,传统文化与声乐艺术的结合成为一种重要的趋势。这种结合不仅能够让声乐艺术焕发出更加独特的魅力,同时也能够传承和弘扬中国传统文化的精髓。中国传统文化源远流长,包含了丰富而深邃的内涵。其中,音乐作为传统文化的重要组成部分,对于声乐艺术的发展起到了不可忽视的推动作用。古人讲究"天人合一"的思想,在音乐创作中注重与自然的和谐共生。现代声乐艺术家们通过借鉴传统文化中的音乐元素,将其融入声乐演唱中,使得作品既充满了传统的神韵,又具备了现代的表现力。中国传统文化中的诗词和戏曲也为声乐艺术提供了丰富的创作素材。唐诗宋词中的优美句子和意境深远的表达方式,为声乐演唱提供了丰富的情感表达手段。而戏曲中的各种音乐元素,则使声乐艺术更加多样化。通过将传统文化中的词曲与声乐结合,艺术家们能够更好地展现出中国独特的音乐风貌。传统文化的哲学思想也对声乐艺术产生了积极的影响。比如儒家思想中的"仁爱""和谐"等核心价值观念,都可以在声乐演唱中得到体现。艺术家们通过歌唱来传递正能量,引导人们向善向美,共同构建和谐社会。新时代中国声乐艺术将传统文化与声乐艺术相结合,不仅丰富了声乐作品的内涵和表现形式,也让传统文化在当代艺术中焕发出新的生命力。通过这种结合,我们能够更好地传承和弘扬中国传统文化的精髓，同时也让声乐艺术更加独具特色。

二、新时代中国声乐艺术风格融合的创新性发展

（一）西方声乐技巧与中国声乐的融合与创新

近年来，随着全球音乐文化的交流和发展，西方声乐技巧在中国声乐领域中的融合与创新成为一个备受关注的话题。西方声乐技巧的融入使中国声乐更具表现力和多样性。传统中国声乐以其独特的音域和发声方式而闻名，但随着西方声乐技巧的引入，中国歌唱家们可以更加灵活地运用呼吸控制、咬字准确等技巧，这使得他们的演唱更具感染力和动人之处。同时，西方声乐技巧也为中国声乐增添了更多的音乐元素和曲调，使得中国声乐在风格上更加多元化，能够更好地适应现代音乐的需求。西方声乐技巧的融入为中国声乐艺术的创新提供了新的思路和方法。中国传统声乐强调气质与内涵的表达，而西方声乐注重声音的技巧性和表演的舞台效果。这种融合使得中国声乐艺术在创新上更具突破性，不仅能够传承中国古典文化的精髓，还能够融入现代的审美观点和舞台表演方式，使之更加富有时代感。在全球音乐市场竞争激烈的背景下，中国声乐家们可以通过学习和掌握西方声乐技巧，提升自身的专业水平和国际影响力。同时，西方声乐技巧的融入也为中国声乐教育提供了新的发展方向，培养出更多具备国际视野和演唱技巧的优秀声乐人才。西方声乐技巧与中国声乐的融合与创新既丰富了中国声乐的艺术内涵，又为中国声乐事业的发展带来了新的机遇。我们有理由相信，在不断探索和交流的过程中，中国声乐将在西方声乐技巧的影响下焕发出新的光芒，成为世界音乐舞台上的一支重要力量。

（二）西方声乐表达方式与中国传统曲调相结合

随着世界文化的全球交流和互动日益频繁，各国音乐文化也逐渐融合与碰撞。在这个多元化的时代背景下，西方声乐表达方式与中国传统曲调的结合呈现出一种独特的创新魅力。这种创新不仅丰富了音乐形式，而且深化了人们对于不同文化之间的理解和欣赏。西方声乐表达方式在技巧和演绎上具备独到之处。西方声乐注重发声技巧的训练和呼吸控制的运用，使得歌唱者能够在音域和音量上展现更为广阔和丰富的音色。而中国传统曲调则强调情感的表达和内心的体验，追求以简洁的音符传递深远的意境。将两种风格相结合，可以带来极富穿透力和感染力的音乐效果，使听众在欣赏音乐的同时，更加深入地领略到作品所蕴含的情感和内涵。西方声乐的音乐剧和歌剧形式与中国传统曲调的叙事性艺术相结合，能够创造出极具戏剧性和表演力的作品。西方的音乐剧和歌剧注重故事情节的展开和角色塑造，通过歌唱、舞蹈和表演等多种艺术形式将故事情节推进，呈现出饱满生动的艺术效果。成功案例已经屡见不鲜。例如，在音乐剧《美女与野兽》的演出中，西方声乐与中国传统旋律相交融，为观众带来了一场视听盛宴。这样的创新不仅让观众领略到了西方音乐剧的独特魅力，也让他们更加深入地感受到了中国传统音乐的韵味。此外，还有许多团体和艺术家进行着跨文化的音乐实验，通过将西方声乐表达方式与中国传统曲调相结合，探索出了许多令人惊喜的音乐作品，不仅丰富了音乐形式，而且深化了人们对于不同文化之间的理解和欣赏。

（三）传统民族音乐元素与现代流行音乐元素相结合

如今，随着全球化的进程，各个国家和地区的音乐文化也在不断交流和碰撞。在这个多样化的音乐世界中，传统民族音乐元素与现代流行音乐元素相结合成为一种独特而令人振奋的创作方式。传统民族音乐是一个国家或地区的宝贵遗产，承载着历史、文化和情感。它们以独特的节奏、乐器和旋律风格闻名于世，给人们带来了深厚的审美享受和情感共鸣。然而，随着时代的变迁，传统民族音乐在现代社会中的影响力逐渐减弱。为了给传统音乐注入新的活力，许多音乐人开始将传统民族音乐元素与现代流行音乐元素相融合，形成一种创新的音乐风格。这种融合并非简单地将两者拼接在一起，而是通过对传统民族音乐元素的重新演绎和现代流行音乐元素的吸收，创造出一种全新的音乐体验。在这样的作品中，听众可以听到古老的民族乐器与电子合成器的交融，传统的旋律与现代的流行节奏的碰撞。这种独特的结合不仅给人们带来了新鲜感，也让人们更好地理解和欣赏传统音乐的魅力。同时，传统民族音乐元素与现代流行音乐元素相结合也为年轻一代提供了更多的选择和表达方式。年轻人对音乐的需求和审美观念与前辈们有所不同，他们更喜欢动感、时尚和多元化的音乐风格。通过将传统民族音乐元素与现代流行音乐元素相结合，音乐人能够创作出更符合年轻人口味的歌曲，吸引更多年轻人对传统音乐的关注和喜爱。总的来说，传统民族音乐元素与现代流行音乐元素相结合带来了丰富而多样化的音乐文化体验。它不仅延续了传统音乐的精髓，也满足了现代社会人们对音乐的需求。通过这种创新，我们能够更好地传承和发展传统音乐，同时也打开了音乐的新视野，为我们带来了更多的艺术享受和思考。

三、新时代中国声乐艺术技术层面的创新性发展

（一）数字化音频处理技术的运用

1.数字化音频处理技术实现声乐演唱音色优化创新

随着科技的不断进步，数字化音频处理技术在声乐演唱领域产生了革命性的影响。这种技术通过对声音进行信号处理和优化，极大地提升了

声乐演唱的音色表现能力。它为歌手创造了更加出色的音乐体验，并推动了声乐演唱领域的创新。数字化音频处理技术的一个重要应用是对声音进行均衡处理。传统的声乐演唱往往存在着音色不平衡的问题，例如高音偏尖、低音偏沉等。而数字化音频处理技术可以根据声音的频率特点，对不同频段的声音进行调整，使得各个音区的音色更加平衡，同时保持原有的自然感觉。这样一来，歌手的演唱就能够更加准确地传达情感，让听众享受到更加真实的音乐。此外，数字化音频处理技术还可以对声音进行混响效果的优化。混响是指声音在空间中的反射和回响效果，它直接影响着声乐演唱的音质和氛围。通过数字化音频处理技术，歌手可以根据自己的需求，调整混响的时间、强度和色彩等参数，使得声音在演唱过程中更加立体、饱满，增添了音乐的艺术感和戏剧性。数字化音频处理技术还能够对声音进行动态范围的调整。动态范围是指声音在强度上的差异，它直接影响声乐演唱的表现力和情感传达。通过数字化音频处理技术，歌手可以对声音的音量进行调整和控制，使得声音在不同音符和音区之间的转换更加平滑自然，同时保持音乐的动感和层次感。总而言之，数字化音频处理技术的出现和应用，为声乐演唱领域带来了革命性的创新。它通过对声音的均衡处理、混响效果的优化和动态范围的调整，极大地提升了声乐演唱的音色表现能力。歌手在利用这一技术时，不仅能够更加准确地传达情感，还能够创造出更加丰富多样的音乐体验。相信随着技术的不断发展，数字化音频处理技术将继续推动声乐演唱领域的创新。

2.数字化音频处理技术实现演唱技巧的创新

随着科技的不断进步，数字化音频处理技术已经成为现代音乐产业中不可或缺的一部分。这项技术在演唱领域中发挥着重要的作用，能够帮助歌手实现更高水平的演唱技巧。数字化音频处理技术可以通过多种方式改善演唱质量。它可以修饰人声，使其听起来更加清晰、自然。通过去除杂音、调整音量平衡和压缩音频动态范围等操作，歌手的声音可以更好地被听众捕捉到，让他们能够享受到更高质量的音乐体验。此外，数字化音频处理技术还可以对演唱过程进行实时处理。比如，当歌手演唱过程中出现糟糕的音准或偏离节奏的情况时，技术可以通过自动修正这些问题，使得演唱更加精确。这种实时处理的功能很大程度上提高了歌手的表演自信心，并增强了他们在舞台上的实力。数字化音频处理技术还可以帮助歌手实现一些特殊的演唱效果。例如，通过添加回声或混响效果，可以使得歌声更加丰满、立体，给人一种音乐环绕的感觉。这些特殊效果不仅增加了演唱的艺术性，也让听众能够更好地沉浸在音乐中。然而，虽然数字化音频处理技术对于提高演唱技巧有很大帮助，但我们也应该意识到它并不能完全取代真正的演唱天赋和技巧。技术只是一种工具，它可以改善演唱质量，但演唱的核心还是歌手本身扎实的基本功和独特的个人魅力，真正的演唱实力还需歌手本身的努力和才华来支撑。

（二）利用虚拟现实和增强现实技术打破传统舞台表演形式的局限

1.虚拟现实技术的运用

虚拟现实技术是近年来快速发展的一项前沿科技，它已经开始在各个领域展现出了巨大的潜力。在传统的舞台表演领域，虚拟现实技术也逐渐崭露头角，为传统舞台表演形式注入了新的活力。利用虚拟现实技术，舞台表演可以突破时间和空间的限制。观众无须亲临现场，就能通过虚拟现实设备身临其境地感受到舞台上的精彩表演，这种全新的观赏方式让传统舞台表演不再受限于场地大小和座位数量，观众可以更加自由地选择自己喜欢的位置进行观赏。虚拟现实技术还可以为舞台表演增添更多的视听效果。通过虚拟现实技术，舞台背景可以实时变换，舞者可以与虚拟角色互动,甚至可以在数码世界中展开更加惊险刺激的表演。这种全新的舞台呈现方式不仅能够提升表演的观赏性,还能够为观众带来更加丰富的视觉体验。

利用虚拟现实技术还能够为表演者和制作团队带来更多的创作空间。舞者可以借助虚拟现实技术实现更加复杂多样的舞蹈动作,舞台导演可以设计出更加具有未来感和科幻感的舞台布景。利用虚拟现实技术打破传统舞台表演形式的局限无疑是一个充满潜力和可能性的方向。

2. 增强现实技术的运用

当代科技的快速发展为舞台表演带来了全新的可能性,其中增强现实技术的应用无疑是一大突破。利用增强现实技术打破传统舞台表演形式的局限,可以为观众带来更加沉浸式、震撼人心的视听体验。增强现实技术可以让舞台上的虚拟元素与实际演员、道具进行互动,从而创造出更加生动逼真的场景。通过增强现实技术投影出的奇幻世界、历史场景或未来城市,将观众带入一个超越现实的境界,令人仿佛置身其中。演员可以在这个虚拟世界中自由穿梭,与虚拟角色互动,呈现出前所未有的表演效果。利用增强现实技术,舞台表演可以更好地融合影像、音乐、灯光等多种艺术形式,创造出更加绚丽多彩的视听效果。观众不仅可以欣赏到精彩的舞蹈、戏剧表演,还能感受到增强现实技术带来的视觉冲击和音频体验,使整个表演过程更加立体、丰富。增强现实技术的运用也为舞台表演注入了更多的创意和可能性。导演、编剧可以借助增强现实技术创造出更为夸张、梦幻的场景,挑战传统舞台表演的想象力和创作能力。观众也可以通过手机或头戴式设备参与到表演中,与演员进行互动,使整个演出更加生动有趣。总的来说,利用增强现实技术打破传统舞台表演形式的局限,将为舞台艺术带来更多的可能性和惊喜,让观众在观赏表演的同时感受到科技带来的震撼和创新。相信随着技术的不断进步和发展,舞台表演将迎来更加辉煌的未来!

四、新时代中国声乐艺术教育培养方式的创新性发展

(一)音乐教育改革促进声乐艺术的创新

当代社会音乐教育的改革对于促进声乐艺术的创新起着至关重要的作用。随着科技的发展和社会的进步,音乐教育必须跟上时代的步伐,不断革新,以激发学生对声乐艺术的热爱和创造力。音乐教育的改革使得学生更加容易接触到各种不同风格和类型的音乐作品,从古典到流行,从民谣到摇滚,学生可以更全面地了解声乐艺术的多样性和丰富性。这种广泛的音乐素养培养,有助于启发学生的创新思维,让他们在声乐创作中融会贯通,形成自己独特的艺术风格。音乐教育的改革注重培养学生的表现力和表演技巧,让他们能够更好地将内心情感与声音结合,传达出自己独特的艺术感受。通过多样化的表演训练和实践机会,学生可以提升自己的演唱技巧,探索不同的表现方式,从而在声乐艺术创新中勇敢尝试,不断突破自我。音乐教育的改革还注重培养学生的团队合作意识和创作能力。声乐艺术常常需要与其他艺术形式相结合,例如舞蹈、戏剧等,而这些跨学科的合作能够激发学生的想象力,拓宽他们的艺术视野,促进声乐艺术的跨界创新。总的来说,音乐教育的改革为声乐艺术的创新提供了更加广阔的舞台和更多的机遇。通过培养学生的音乐素养、表演技巧和团队合作精神,我们可以期待未来声乐艺术领域涌现出更多具有创新精神和艺术价值的优秀人才。

(二)利用现代科技手段提供个性化声乐学习平台

当今社会,科技的发展深刻改变着我们的生活方式和学习方式。利用科技手段提供个性化声乐学习平台,已经成为一种趋势和需求。个性化

声乐学习平台结合了音乐教育和科技创新，在传统声乐教学的基础上进行了全面提升和拓展。个性化声乐学习平台通过智能化系统分析学员的声音特点、音域、音色等个人差异，为学员量身定制专属的学习计划和练习内容。通过实时监测学员的声音练习，并根据反馈结果进行调整和指导，帮助每位学员充分发挥自己的潜力，实现个性化的声乐训练和提升。个性化声乐学习平台提供丰富多样的学习资源和互动功能，包括专业老师录制的教学视频、在线直播课程、音乐欣赏推荐等，使学习过程更加生动有趣。学员可以随时随地通过手机、电脑等设备接入学习平台，轻松便捷地进行声乐练习和学习交流，享受到高效而便利的学习体验。个性化声乐学习平台还能为学员提供个性化的辅导和指导服务，包括一对一在线课程、即时答疑解惑等，帮助学员在学习过程中及时克服困难和问题，做到因材施教，有效提升学习效果和学员成就感。利用科技手段提供个性化声乐学习平台，不仅扩大了声乐教育的覆盖范围，提高了教学质量和效率，更让声乐学习变得更加灵活和便捷。

（三）培养创新型声乐人才

培养创造力和表达能力已经成为当今社会人才培养的重要方向之一。在声乐领域，这一点尤为重要。培养创新型声乐人才需要更多的关注和努力。培养创造力是培训声乐人才不可或缺的一环。声乐作为一门艺术，需要表演者具备独特的个人风格和创意。只有通过激发创造力，表演者才能在舞台上展现出自己独特的音乐魅力，吸引观众的注意力。因此，学校和培训机构应该注重培养学生的创造力，鼓励他们勇于尝试、大胆创新。表达能力是影响声乐表演效果的重要因素之一。声乐表演不仅仅是简单地唱歌，更要通过声音传达情感和思想。一个优秀的声乐人才应该具备良好的表达能力，能够准确地表达歌曲所要传达的情感，打动听众的心灵。因此，培训声乐人才时应该重视表达能力的培养，让学生通过声音传递更多的情感和内涵。培养创造力和表达能力是培养创新型声乐人才的重要任务。只有注重这两个方面的培养，才能培养出更加具有竞争力的声乐人才，为声乐事业的发展贡献力量。

综上所述，时代的变迁和文化的交融，为中国声乐艺术带来了发展机遇和挑战。作为文艺工作者，我们必须与时俱进，牢记自身的历史责任和使命担当。中国声乐艺术经过百余年的发展，铸就和发扬了中华民族的传统文化和伟大精神。但是面临新时代、新挑战和新要求，我们必须把握机遇，以艺术化导人心为出发点，从传统文化的继承与创新、中西方文化技巧的融合与创新、现代声乐艺术的技术优化与创新和声乐艺术教育培养方式的改革与创新等方面着手，形成一套完善的中国声乐艺术创新性发展理论和实战体系，真正实现新时代中国声乐艺术创新性发展和为人民服务的社会成效，进一步增强中国声乐艺术在国际舞台上的话语权和影响力。

新时代我国声乐人才培养应遵循的原则

宁　爽　辽宁老干部大学

声乐人才是推动声乐艺术发展的关键力量，声乐人才培养是实现中国声乐艺术发展的重中之重。新时代背景下，中国声乐艺术的发展正面临着新的机遇和挑战。如何抓住机遇迎接挑战，培养符合新时代要求的优秀声乐人才，已成为声乐艺术领域的热门话题。本文从尊重学生兴趣特长，注重个性化培养；强调综合素质教育，实现全方位发展；重视实践教学，提升学生综合表现能力；推崇专业化培养，健全声乐教育体系等方面来探讨新时代声乐人才培养应遵循的原则，以期为我国新时代声乐人才培养尽微薄之力。

一、尊重学生的特长和兴趣，注重个性化培养，引导学生在声乐领域找到自己的定位和风格

（一）尊重学生的特长和兴趣

当代社会，人才培养是国家发展的关键所在。在新时代，我国声乐人才培养更应该尊重学生的特长和兴趣。每个学生都是独一无二的个体，拥有自己独特的天赋和潜能。因此，在声乐人才培养过程中，应该注重挖掘

和培养学生的特长和兴趣，让他们在适合自己的领域中实现自我。尊重学生的特长和兴趣可以激发学生学习的动力。学生只有对自己所学的内容感兴趣，才能够全身心投入其中，取得更好的学习效果。如果强行要求学生按照统一的标准来学习声乐，可能会压抑学生的潜能，导致学习兴趣丧失，甚至出现逆反心理。而如果根据学生的特长和兴趣来设计个性化的培养方案，学生会更加乐于接受并努力学习，从而取得更好的学习成绩。尊重学生的特长和兴趣可以促进学生的全面发展。每个学生在声乐方面都有不同的优势和特长，有些可能唱功强，有些则更适合表演。如果能够根据学生的特长和兴趣进行针对性的培养，就能够在保障学生学习兴趣的同时，培养学生的专业技能和综合素质。这样一来，不仅可以让学生在自己擅长的领域中大显身手，还能够在其他方面进行全面发展，实现自身的多元化发展目标。尊重学生的特长和兴趣也符合个性化教育的发展趋势。随着社会的不断进步和发展，个性化教育已经成为当今教育领域的热点话题。在声乐人才培养中，也应该逐渐转变传统的"一刀切"式教学模式，更多地关注学生个体差异，实施个性化培养。只有尊重学生的特长和兴趣，让每个学生都找到适合自己的学习方式和路径，才能够真正实现声乐人才的全面培养目标。新时代我国声乐人才培养要尊重学生的特长和兴趣，这不仅符合学生个体发展的需要，也有利于提高声乐人才的整体素质和竞争力。

（二）注重学生的个性化培养

在当今社会，音乐艺术作为一种文化形式和表达方式，在培养人们审美情趣、丰富人们精神生活方面起着重要作用。而声乐作为音乐的一种表现形式，更是能够深深触动人心，传递情感与思想。因此，我国声乐人才培养应当注重个性化培养，以满足不同学员的需求。个性化培养有利于挖掘每个学员的潜力。每个人的天赋和特长都是独一无二的，因此在声乐人才的培养中，应该根据学员的特点和潜力，量身定制培训计划，引导他们发挥自己的优势并弥补不足之处,从而实现个性化成长。个性化培养有利于提高学员的学习积极性。通过针对性的培养方式,可以让学员更容易找到学习的兴趣点和动力源,从而更加投入学习,提高学习效果。只有让学员在个性化的培养环境中感受到学习的快乐和成就感,才能更好地坚持下去。个性化培养有利于培养多样化的声乐人才。在培养过程中,鼓励学员展现自己独特的声音和风格,不拘泥于传统标准,才能培养出更多具有个性和创新精神的声乐人才,为我国音乐事业的发展注入新的活力。新时代我国声乐人才培养应当注重个性化培养,因为这不仅有利于挖掘学员的潜力,提高学习积极性,也能够培养出更加多样化的声乐人才,为音乐事业的繁荣作出更大的贡献。希望未来在我国音乐教育领域能够更加重视个性化培养,让每一个学员都能够得到更全面的成长和发展。

(三)强调学生的个性化和创新性

在当今新时代,我国声乐人才培养已成为重要的教育议题。随着社会的不断发展和进步,声乐艺术在各个领域都扮演着重要的角色,因此培养具有独特定位和风格的声乐人才显得尤为关键。引导学生在声乐领域找到自己的定位是非常重要的。每个学生都有着独特的声音、表达方式和情感体验,因此在声乐学习过程中,教育者应该注重挖掘学生的潜力和特长,帮助他们找到适合自己的声乐定位。只有找到适合自己的定位后,学生才能真正展现出自己的才华和魅力。培养学生形成自己独特的声乐风格也是至关重要的。声乐作为一门艺术,强调个性化和创新性。因此,教育者应该鼓励学生在学习声乐的过程中,积极探索和尝试不同的表达方式和风格,从而逐渐形成属于自己独特的声乐风格。这样不仅能够提高学生的艺术水平,而且能够为声乐领域带来更多的新思维和创意。新时代我国声乐人才培养要引导学生在声乐领域找到自己的定位与风格,这既是对学生个性和潜力的充分尊重,也是对声乐艺术传承与创新的有效推动。

二、强调综合素质教育的重要性，培养学生良好的音乐修养、审美情趣、人文素养和道德准则，让学生成为有思想、有情感的声乐人才

（一）强调综合素质教育的重要性

在新时代背景下，我国声乐人才培养需要强调综合素质教育的重要性。声乐作为一门艺术形式，不仅仅需要学生具备优秀的歌唱技巧，更需要培养学生全面发展的综合素质。综合素质教育能够帮助学生树立正确的人生观和价值观。在音乐艺术领域，情感表达和情感理解至关重要。通过综合素质教育，学生可以更好地理解自己的情感，形成独特的艺术风格，从而更好地传达音乐的内涵和情感。综合素质教育有助于拓宽学生的视野和思维方式。音乐创作和表演需要灵感和想象力，而这些都需要学生具备丰富的知识储备和跨学科的思维能力。通过综合素质教育，学生可以接触到更多的文化艺术形式，拓展自己的思维边界，为未来的声乐事业奠定坚实的基础。综合素质教育也能够提升学生的综合竞争力。在当今社会，一名优秀的声乐人才需要具备扎实的音乐技能，同时还要懂得舞台表现、音乐管理等方面的知识。只有全面发展、综合素质出众的声乐人才才能在激烈的竞争中脱颖而出。新时代我国声乐人才培养应该注重综合素质教育，让学生不仅仅成为技艺高超的歌唱者，更要成为有思想、有情感、有修养的艺术人才，为中华民族声乐事业的传承与发展贡献力量。

（二）加强培养学生的音乐修养

当代中国声乐人才的培养应该注重学生的音乐修养。音乐修养是声乐人才必备的素质之一，它不仅体现了个人对音乐艺术的热爱和专业水

平，还反映了一个国家音乐教育的发展水平。音乐修养是指一个人在音乐方面的知识、技能和素养。要想成为优秀的声乐人才，学生需要具备扎实的音乐基础知识，包括音乐理论、唱法技巧等方面的学习。此外，音乐修养还包括音乐情感和表现力的培养，要求学生能够通过歌声传递情感，触动人心。注重学生的音乐修养有助于提高声乐人才的专业水平。只有通过持续地精进自己的音乐修养，学生才能不断地提升自己的演唱技巧和表现能力，从而更好地适应激烈的音乐市场竞争。同时，音乐修养还可以帮助学生树立正确的音乐观念和职业态度，培养他们的创新精神和团队合作意识。学生的音乐修养也反映了一个国家音乐教育的整体水平。加强对声乐人才的音乐修养培养，有利于提升国家的音乐艺术实力和文化软实力，推动中国声乐事业的繁荣与发展。只有通过不断的学习和实践，培养出具有丰富音乐素养和高水准演唱技巧的声乐人才，才能真正实现中国声乐事业的蓬勃发展。

（三）注重培养学生的审美情趣

当代中国声乐人才的培养已经进入了一个新的时代，除了注重技术和表现能力的培养，更需要重视学生的审美情趣。审美情趣是指一个人对美的感知、欣赏和表达能力。在声乐领域，培养学生的审美情趣不仅可以提升他们的艺术修养，更能够激发他们的创造力和表现力。

培养学生的审美情趣可以帮助他们更好地理解音乐作品。通过对声乐作品的欣赏和分析，学生可以深入感受其中蕴含的情感、内涵和美学价值，从而更好地演绎出作品的意境和韵味。只有真正理解音乐作品背后的美学内涵，学生才能在表演中做到情感真挚、意境深远。培养学生的审美情趣有助于拓展他们的表现方式。在声乐演唱中，除了技巧的运用，更需要学生具备一种独特的审美情感和表达能力。通过培养学生对美的敏感度和理解力，可以激发他们尝试不同的表现方式和风格，使其在演唱中的表现更多元化、个性化。培养学生的审美情趣可以促进其创造力的发展。只有具备丰富的审美情感和想象力，学生才能在创作中迸发灵感，创造出更具个性和深度的音乐作品。通过培养学生对美的独特感知和理解，可以激发他们探索新颖的音乐表达方式，开拓创作思路，实现自我突破和成长。新时代我国声乐人才培养要注重培养学生的审美情趣，只有通过提升学生的审美修养，让他们对美的理解和感知达到更高的层次，才能真正塑造出具有独特魅力和表现力的声乐人才，为声乐事业的发展注入新的活力与动力。

（四）加强培养学生的人文素养

新时代我国声乐人才培养要加强学生的人文素养，这是一个至关重要的话题。在当今社会，声乐人才不仅需要具备出色的音乐技能，更需要具备优秀的人文素养，才能在舞台上展现真正的艺术魅力。人文素养是声乐人才的内在修养。声乐作为一门艺术形式，需要表达情感、传递思想，这就要求声乐人才具备深厚的人文底蕴和广博的知识面。只有通过对历史、文学、哲学等人文领域的学习，声乐人才能更好地理解音乐背后的内涵，从而更加准确地表达音乐所要传达的情感。人文素养是声乐人才与观众之间建立情感联结的桥梁。观众在欣赏音乐表演时，往往不仅仅关注声乐人才的演唱技巧，更看重演绎者是否能够用音乐触动他们的心灵。而拥有良好人文素养的声乐人才，能够更深刻地理解歌曲的内涵，将情感贯穿于音乐之中，让观众在听到声乐表演时产生共鸣，实现心灵沟通。人文素养也是声乐人才塑造个人艺术风格的重要因素。每位声乐人才都应该有自己独特的艺术风格和表达方式，而这种风格往往受到个人的人文修养和文化背景的影响。通过对人文素养的培养，声乐人才可以更好地挖掘自己的潜力，打磨独特的艺术魅力，从而在舞台上展现出与众不同的表演魅力。新时代我国声乐人才培养要注重培养学生的人文素养，这是提升声乐人才综合艺术修养的重要途径。只有通过不断地加强人文素养的培养，声乐人才才能在舞台上展现出真正的艺术魅力，成为受人尊崇的艺术家。

（五）强调培养学生的道德准则

新时代我国声乐人才培养要培养学生的道德准则，这是一个十分重要的课题。在音乐教育中，不仅要注重学生的声乐技巧和音乐素养，更应该着眼于培养学生良好的道德品质和价值观。只有具备优秀的道德准则，才能让声乐人才真正成为社会的栋梁之材。培养道德准则在声乐人才的培养中起着至关重要的作用。声乐是一门艺术，但在实践中需要高度的纪律性和责任感。培养学生的道德准则不仅能够提高他们的专业素养，更能够锻炼他们的自律和坚韧不拔的品质。一个具备良好道德准则的声乐人才不仅能够在舞台上展现出色的表演，更能够在生活中做到言行一致，以身作则。声乐人才作为文化使者，应当肩负起传播正能量、弘扬优秀文化的责任。只有树立正确的道德观念，声乐人才能在表演中传递出纯净、高尚的情感，引领观众走向美好。学生的道德准则不仅体现在他们的日常生活和学习中，更应该在舞台上得到体现，以此激励更多的人向着正义和善良前行。培养学生的道德准则是当前声乐教育亟须重视的问题。在培养声乐人才的过程中，我们不仅要注重技术的传授，更应该重视道德准则的培养，使学生在成为优秀的声乐艺术家的同时，也成为品德高尚、道德充沛的人才。只有如此，才能真正推动声乐事业的发展，让声乐人才在新时代焕发出更加绚丽的光彩。

（六）注重培养学生的思想和情感

在新时代，我国声乐人才培养已经迈入了一个全新的阶段。与过去只重视技术造诣不同，如今更加重要的是培养学生成为有思想、有情感的声乐人才。这样的声乐人才不仅能够在舞台上展现出优美动听的声音，更能够通过自己的思想和情感深深触动人心。有思想的声乐人才需要具备独立思考和创新能力。他们不仅仅是简单地重复传统的唱腔，更能够对曲目进行深入解读，赋予作品新的内涵和意义。通过思想的引领，他们能够更好地理解作品背后的文化内涵，从而更好地表达出来。有情感的声乐人才需要具备艺术情感和共情能力。在演唱时，他们能够通过声音传递出真挚的情感，让观众在音乐中感受到真实的情感共鸣。他们懂得如何用声音去打动人心，用情感去触动灵魂，使得观众不仅仅听到声音，更能感受到内心的震撼。培养学生成为有思想、有情感的声乐人才是当前声乐教育的重要任务之一。我们希望未来的声乐人才不止于技术的堆砌，更注重灵魂的表达。只有在思想和情感的双重培养下，他们才能真正成为能够引领时代、感动人心的声乐艺术家。

三、注重实践教学，通过丰富的演出活动和比赛经历，让学生在实践中提升技能和表现能力，更好地适应舞台艺术创新性的挑战

（一）注重实践教学的重要性

在当今社会，声乐艺术作为一门具有深厚历史底蕴和文化内涵的艺术形式，对于培养人们情感表达能力、审美情趣以及文化素养具有重要意义。而在我国，随着社会的发展和教育改革的不断进行，声乐人才的培养也日益受到重视。然而，要想培养出真正优秀的声乐人才，注重实践教学显得尤为重要。实践教学是声乐人才培养过程中的必由之路。声乐艺术是一门需要通过大量实际练习和演出来提升技艺和艺术水平的学科，只有在实践中才能真正领悟到声乐艺术的精髓和内涵。通过参加各类演出、比赛、音乐会等实践活动，学生可以将课堂所学知识转化为实际能力，提升自己的表现力和舞台魅力。实践教学能够帮助学生更好地了解和掌握声乐艺术的特点和规律。通过实际演唱和表演，学生可以不断调整自己的声音、气息和表达方式，逐渐形成自己独特的演唱风格和艺术特色。只有在不断的实践中，学生才能真正感受到声乐艺术的奥妙之处，从而更好地把

握声乐的本质和要义。实践教学对于培养学生的团队合作能力和舞台表现力同样至关重要。声乐演出往往需要多人合作，要求演员在舞台上密切配合、相互沟通，呈现出最佳的表演效果。通过实践教学，学生不仅可以磨炼自己的团队协作能力，还能提高自己在舞台表现中的自信，从而更好地展现自己的艺术魅力和风采。新时代我国声乐人才培养要注重实践教学的重要性，这不仅是提升学生综合素质和艺术水平的必由之路，更是促进声乐艺术发展和传承的有效途径。

（二）提升学生的专业技能和表现能力

在当今新时代，我国声乐人才培养需要通过演出活动和比赛来提升学生的专业技能和表现能力。这两个重要途径不仅可以帮助学生展示自己的才华，还可以激发他们对音乐事业的热爱与追求。通过演出活动，学生有机会将在课堂中学到的知识和技能运用到实际中。在舞台上，他们可以展现自己的声乐实力、舞台表现力以及对音乐的理解与感悟。通过不断地参与各类演出活动，学生能够不断提高自己的表现能力，同时也增强自信心，为未来的发展打下坚实基础。比赛是另一个重要的培养途径。通过参加各种声乐比赛，学生可以接触到更广泛的音乐作品和风格，拓宽自己的音乐视野，提高自己的音乐修养。在比赛中，学生将面对更大的挑战和竞争，这不仅促使他们不断进步，更能够检验自己的实力，找到自身的不足之处，从而不断改进和完善。演出和比赛是培养我国声乐人才不可或缺的重要途径。通过这两条途径，学生可以不断提升自己的专业技能和表现能力，为未来在音乐领域取得更大成就奠定坚实基础。

（三）强化学生的舞台艺术创新的适应性

在当今这个快速发展的时代，声乐艺术作为一种重要的表现形式，在舞台上扮演着至关重要的角色。然而，随着社会的不断进步和人们审美观念的改变，声乐人才所面临的挑战也日益增加。要想更好地适应舞台艺术创新的挑战，我国声乐人才培养需要做出以下努力。我国声乐人才在培养过程中应注重全面发展。除了声乐技巧的训练，还应注重音乐理论、舞台表演、舞蹈等多方面的学习。只有通过全面发展，学生才能更好地适应舞台艺术创新的需求，拥有更广阔的表现空间和更丰富的表演技巧。我国声乐人才需要保持创新意识，在传统声乐基础上，积极吸收现代音乐元素并进行融合，打破传统的局限，尝试不同的风格和形式。只有不断创新，才能在舞台上展现出更加多元化、更具前卫性的表演，吸引更多观众的目光。我国声乐人才还应注重团队合作和跨界交流。舞台艺术是一个综合性的表现形式，需要与编导、灯光、音响等多个部门密切配合，才能呈现出完美的效果。此外，与其他艺术形式如舞蹈、戏剧等进行跨界合作，可以为声乐人才提供更广阔的创作思路和表现空间。

四、推崇专业化培养，建立健全的声乐教育体系，培养高水平的声乐专业人才，为声乐事业的繁荣发展贡献力量

（一）建立健全完善的声乐教育培养体系

在新时代，我国声乐人才培养要推崇专业化培养，建立健全的声乐教育体系。专业化培养是培养声乐人才的关键，它能够为学生提供系统和深入的声乐知识和技能训练，帮助他们在未来的音乐生涯中更加出色地展现自己的才华。专业化培养能够帮助学生全面掌握声乐的基本理论知识和技能。通过系统的课程设置和实践训练，学生可以学习到声乐的发声原理、演唱技巧、曲目演绎等方面的知识，从而提升自己的专业水平。只有掌握了扎实的基础知识，学生才能在未来的舞台上更好地展示自己的才华。专业化培养还能够帮助学生形成正确的音乐素养和职业操守。声乐培养不仅

仅是培养学生的歌唱技巧,更重要的是培养学生对音乐的热爱与尊重。通过良好的师生互动和音乐文化的熏陶,学生能够树立正确的音乐观念,养成良好的职业操守,以及对艺术的敬畏之心。建立健全的声乐教育体系是推动声乐人才培养的重要保障。这需要政府、学校、专业机构等多方联手,共同制定出一套科学合理的声乐教育计划和培养体系,从教学资源的配置、师资队伍的建设、学生评价体系的完善等方面进行全面规划,确保每个学生都能够得到充分的培养和发展。在新时代,我们应该更加注重声乐人才的专业化培养,建立健全的声乐教育体系,为培养更多优秀的声乐人才奠定坚实的基础。只有如此,我们才能在丰富多彩的音乐世界中,赢得更多的掌声与赞誉。

(二)制订科学的高水平声乐人才培养方案

在新时代,我国声乐人才培养的重要性日益凸显。培养高水平的声乐专业人才,不仅是为了推动声乐事业的繁荣发展,更是为了传承和发展中华民族优秀的声乐文化,为国家的文化软实力提升贡献力量。培养高水平的声乐专业人才是促进声乐事业繁荣发展的关键。随着社会经济的快速发展,人们对艺术表演的需求不断增加,尤其是声乐表演备受观众喜爱。而只有拥有高水平的声乐专业人才,才能保证音乐作品和表演达到最高水准,引领声乐事业走向更高峰。在培养高水平的声乐专业人才过程中,学校、培训机构等教育机构起着至关重要的作用。他们应该制订科学的声乐人才培养方案,注重培养学生的声乐技巧和艺术修养,同时引导学生注重综合素质的提升。只有这样,才能培养出真正具备国际竞争力的声乐人才,为声乐事业的繁荣发展奠定坚实基础。高水平的声乐专业人才是推动中国声乐文化传承和发展的中坚力量。作为一种历史悠久、充满魅力的文化形式,声乐承载着中华民族的深厚文化底蕴,并在世界范围内具有重要影响力。只有培养高水平的声乐人才,中国声乐文化才能在世界舞台上大放异彩,为中华文化的传播作出更大的贡献。培养高水平的声乐专业人才是提升国家文化软实力的有效途径。声乐作为一种高雅的艺术形式，具有独特的感染力和影响力，能够传递正能量、引领时代潮流。通过不断培养出色的声乐人才，我们可以让世界更多地了解和认可中国声乐文化，为我国在国际文化交流中赢得更多话语权，提升国家形象和声誉。

综上所述，新时代声乐人才培养具有重要性和紧迫性，制定声乐人才培养应遵循的原则对实施声乐人才培养计划和方案具有重大现实意义。新时代、新元素、新要求，新一代、新个性、新素养。在新时代背景下，我国声乐人才培养应坚持与时俱进，按照遵循学生个性能力和内心愿望，注重个性化培养、注意综合素质培养、注重实践能力培养、注重专业化培养的原则，培养一批德艺兼备的优秀声乐人才，以推动我国声乐艺术事业蓬勃发展。

论中国声乐演唱与教学的美育浸润

高　洁　首都师范大学科德学院

审美教育是声乐教学过程中非常重要的内容。本文基于《教育部关于全面实施学校美育浸润行动的通知》的颁布，从美育浸润的理论来源出发，从审美教育的内涵和美育浸润在声乐教学中的契合点探究中找到美育浸润的必然性，从实践中探讨更多美育浸润的作用与方法，最后在教学实践中提升美育浸润的有效性。如何将习近平文化思想融入声乐教学中成为美育浸润的理论依据，将中国传统文化与高校声乐教育相结合，从实际出发，找到美育浸润的最有效的角度和方法，是目前中国声乐演唱与教学中比较值得探讨的新问题。

美围绕在我们身边，有无限丰富的内容等待被发现。优雅之物其实并非源自其固有之美，正是由于人类的觉察与认识才显现其魅力。寻求美的过程是一个永无止境的过程，在寻求美、发现美并欣赏美的过程中，不应停留于抽象的概念，而是要从现实生活中去发掘美。教师在教学过程中，也应该将这种对美的追求融入教学环节。

一、美育浸润的理论来源

为深入学习贯彻党的二十大精神，进一步加强学校美育，强化学校美育的育人功能，教育部于2023年12月20日发布了《教育部关于全面实施学校美育浸润行动的通知》，强调以美育浸润学生，全面提升学生文化理解、审美感知、艺术表现、创意实践等核心素养，这正是以习近平新时代中国特色社会主义思想为指导的。

习近平总书记在2014年10月15日文艺工作座谈会上的讲话中说道："追求真善美是文艺的永恒价值。艺术的最高境界就是让人动心，让人们的灵魂经受洗礼，让人们发现自然的美、生活的美、心灵的美。……我们要通过文艺作品传递真善美，传递向上向善的价值观，引导人们增强道德判断力和道德荣誉感，向往和追求讲道德、尊道德、守道德的生活。只要中华民族一代接着一代追求真善美的道德境界，我们的民族就永远健康向上、永远充满希望。"[1]

习近平总书记在2023年9月9日致全国优秀教师代表的信中说道："教师群体中涌现出一批教育家和优秀教师，他们具有心有大我、至诚报国的理想信念，言为士则、行为世范的道德情操，启智润心、因材施教的育人智慧，勤学笃行、求是创新的躬耕态度，乐教爱生、甘于奉献的仁爱之心，胸怀天下、以文化人的弘道追求，展现了中国特有的教育家精神。"

习近平总书记不仅对文艺工作者提出了美的思想，在致教师的信中也提到了文化与润心的内容。美育的重要性不言而喻。美育是熏陶、感发（中国古人所说的"兴""兴发""感兴"），在熏陶、感发中对人的精神起到激励、净化、升华的作用。德育主要是作用于人的意识的、理性的层面（思想的层面、理智的层面），作用于中国人所说的"良知"（人作为社会存在而具有的理性、道德），而美育主要作用于人的感性的、情感的层面，包括无意识的层面，就是我们常说的"潜移默化"，它影响人的情感、趣

---

[1] 中共中央宣传部. 习近平总书记在文艺工作座谈会上的重要讲话学习读本[M]. 北京：学习出版社，2015.

味、气质、性格、胸襟，等等。[①]美育的目的是要保持人的精神的健康与和谐，美育能让人的精神世界更加富足，在美的指引下找到感性与理性的结合，使人的感性和理性协调发展从而塑造出健全的人格。

教育部发布的《关于深化学校美育渗透行动指导意见》强调了系统推进学校美育全面渗透工作，涵盖加强美育课程教育创新，提高教师美育教学能力，以及普及艺术活动等多项措施，旨在建设遍布、多元、优质、体现中国风貌的现代美育格局。该指导意见确立了重点任务与发展目标，期望到2027年实现美育课程的教育与教学品质全方位提升，对学生的美学素养培育应当根植于教学和实践，追求的是实质性的内涵发展，而非表面的形式主义。美育不是说教，而是浸润；不是告诉学生美是什么，而是让学生在学习过程中真实地感受到美的存在。对于教师来说要真的从实际出发，本着实事求是的原则，将美育融入各个环节，提升美育素养、塑造人格魅力，将美浸润到生活的每一个地方。

二、在美感培养中美育浸润的必然性

美育浸润的必然性不言而喻，加之教育部提出的相关通知，让教师在教学中将美感的培养提到更高的高度上，教师了解审美教育的内涵才会找到其与声乐教学的契合点，从而从各方面发现美并让学生体会美。

（一）审美教育的内涵

审美教育与美学和教育密不可分。鲍姆嘉通是第一位将审美学独立作为一门学科领域的德国哲学家及美学领域的专家。至于"音乐美学"此概念，源自德国诗人及作曲家舒巴尔特。从古至今，中国对于音乐之美的

[①] 叶朗.把美育正式列入教育方针是时代的要求[J].北京大学学报（哲学社会科学版），1999，36（2）：10-12，157.

研究积累了丰富的文化沉淀，其起源追溯至《乐记》《声无哀乐论》等经典。美是美学研究的中心范畴，是对能引起人们美感的客观事物的共同本质属性的抽象概括[1]。它是内在于物的一种特质，能为人带来视听之悦和心灵之喜。在音乐美学的范畴内探讨时，教育被视作文化传承与价值观念的延展，其目标是提升民众素养，从而帮助学习者更有效地追寻幸福人生。美学与教育的结合便构成了审美教学的实质，而在艺术活动中，审美体验无处不在，艺术以其至高形态呈现、创造并展现出不一样的生活层面。音乐同其他艺术形式一样，是人的自我审美品评过程的一部分。音乐教育作为美育的重要组成部分，其最重要的方面之一就是音乐的审美教育。审美教育从狭义来看是指有意识地通过审美活动，增强人的审美能力，提高人的整体精神素质，提升人的精神风貌；从广义上来看是通过审美活动，建构人全面发展成长的存在方式，促进人向理想的、自由的、健康的、精神丰满的人生成[2]。人的感知、感受、创造美的能力因人而异，审美教育就是提升审美能力与情操的教育。并不是所有的人都具备审美能力，从小没有接触过美的事物的人，体会不到美的感受，想要提升审美能力怕是天方夜谭了。从本质上说，审美教育要注重体验，审美过程实际上就是一种全身心投入的体验过程，在这个过程中体验者与客观事物发生联系，建立起主观的感动或是精神上的共鸣，在这个过程中美的感受自然进入体验者的本体，从而完成审美体验者学习并投入审美感受的全过程。

（二）美育浸润与声乐教学融合的契合点

声乐演唱的本质特征就是演唱美及审美情趣。在演唱中如果缺乏有意识的美的表达，没有美感的体现，就失去了声乐演唱本身的意义。因此在声乐教学中一定要体现美感的培养，在学生学习的过程中体会美，提升

---

[1] 谢嘉幸，郁文武. 音乐教育与教学法（修订版）[M]. 2版. 北京：高等教育出版社，2006：31.

[2] 朱立元. 美学[M]. 3版. 北京：高等教育出版社，2023：67.

学生的审美能力及对美的感悟。音乐能够进行美学教育，这一点源于它的固有属性。声音、节拍、曲调以及音质等听觉艺术元素，在表达情感方面具有极其显著的效果。和谐的音调能够使人愉悦并且在表达情感方面有着惊人的力量。在歌唱表演当中亦复如是，歌者透过打造栩栩如生的乐章意象，引发听众在感情层面的振奋以及在思想维度的共振。浸润是一种逐渐融合的过程，音乐的滋养正好可以显现音乐与意识共融的过程，在潜移默化中不知不觉地达到美育的效果，完成美的浸润。

1. 演唱中的音色美

音色是表现音乐中形象和情感最有力的手段之一。音色之美极大地丰富了歌曲的表现手段，表现出丰富多彩的美学特征。演唱者将音乐作品的音色与风格相结合，确立艺术特色后，就在演唱者与听众之间架起了一座桥梁，使两者形成了高层次的情感共鸣。在声乐演唱中，表演者的音色可以体现其歌唱的魅力并且实现形象塑造，优美而动听的音色可以极大地丰富作品的情感表达并且在脑海中产生某种艺术形象。干净的音色表现质朴的形象，激昂的音色展现一种热情奔放的形象，坚定结实的音色可以表现刚劲坚毅的形象，等等。追寻悦耳音质之旅需要演唱者确立正确的审美观。探索音色之美，可以挖掘出音色之美，并引导我们以丰富的音色个性来完整地诠释作品。演唱者演唱的心情、作品风格的不同都会影响到音色的变化。与作品演唱风格相符合的声音、可以准确塑造人物性格的声音才可以算作美的声音。对于音色美的探究目的就是要找到符合演唱的合适的声音，找到最动听的声音来表达歌曲，从而获得音色的美。

2. 演唱中的旋律美

旋律是音乐的灵魂，也是音乐作品的核心。在声乐作品中，作品是否动人，很大程度上取决于作品的旋律美。曲作的旋律美，是由它的音调美、节奏美、和声美等构成的。[①] 旋律通过各种高低音阶以及不同时长的

---

① 余笃刚.声乐艺术美学［M］.北京：人民音乐出版社，2005：12.

音符编织出来，能够根据创作者的意图排列成多样的结构。作者为了表达铿锵有力的革命精神一定会用紧凑的节奏型和激昂的旋律，需要表达温婉动人的情绪时则要用轻柔舒缓的旋律来表达。不管是劳动号子还是草原牧歌，不论是歌剧圣咏还是民间小调，作曲家都会根据其特点写出适合的旋律来配合表演。不管你喜欢柔和的旋律还是奋进的音乐，在演唱时都要注意其准确性，没有准确的曲调便不可能唱出优美的旋律。音乐是无形的时间艺术，如果没有节奏的限制，音乐的变化将永无休止且漫无目的。不论是单旋律还是多声部，都要在作曲家的笔下有目的地展现，演唱者一定要准确抓住曲谱的每一个细节，准确演唱旋律，将作曲家所表达的旋律用最准确且贴近作品风格的演唱表达出来。不管是沉醉于旋律的曲调美还是沉迷于变幻莫测的和声变化中，只要演唱准确，便能抓住歌曲的精髓，从而在演唱中体会到歌曲的旋律美。

3.演唱中的语言美

语言是声乐演唱的重要组成部分，它承载着歌曲的情感表达和思想内涵。在声乐教学中，教师应引导学生正确把握语言的节奏、语调和语气，以更好地传达歌曲的美感和情感。声乐美的创造是以它对语言的美化程度及其感染力来体现的。歌词的诗化语言是构成声乐艺术美的文学基础。歌词内容的优劣是构成语言美的重要部分，歌词和诗歌一样，有了优美的歌词就如同找到了诗词的语言美一样，既有外在美的形式特征，又有体现内容的内在美。歌词是歌曲不可缺失的重要部分，如果说音乐是血，那歌词就是骨肉。歌词不仅让歌者和欣赏者比较具象地明白歌曲的意思、情感和所歌唱的全部内容，也让我们因为文字语言的描述而产生与之有关的联想和幻想，对于大部分听众来说，因为借助了歌词，也似乎理解了音乐。[①] 对于诗词可以用朗读来体现其语言美，同时也可以用演唱来感受其中的语言美。歌词中语言的凝练让美聚焦在那一部分，在教学中要让学生体会语言的形式美，在演唱中感受到文

---

① 俞子正.声乐·新得［M］.重庆：西南大学出版社，2021：29.

学色彩与生情语态的艺术性。歌词要朗朗上口，歌谱与歌词要完美结合，从而突出语言美的特色，演唱时具备更丰富的音乐性。

语言美还体现在演唱时咬字的准确性上。歌词根据其声韵的不同，与歌曲旋律的结合会有不同的发音特点，尤其是在声乐教学中经常会因为声音高低、强弱、长短的不同，双声、叠韵构词的不同特点对咬字有不同的要求。在声调的变化中，曲调的抑扬顿挫一定会增加语言的音乐性，但如果不能咬字准确配合其中，便无法体现演唱中的美。咬字太狠会破坏演唱时音乐的连贯性，咬字太模糊会无法突出语言的特点，无法将真情实感自然流露。只有做到咬字时的准确，才能抓住歌词的语言特点，体现演唱中的语言美，表现出引人入胜的审美意境。

4. 演唱中的意境美

"意境"最早出现在王昌龄的《诗格》中，"意境说"是中国古代美学最具典范性的理论成果之一。意境与意象不同，意象是要把事物最有特征、最能代表它本质的地方表达出来，意象虽取材于物，但它是主客观融合的产物，意象营造了艺术家的精神状态。但意境超越了具体的意象，给人带来一种含蓄悠远的美感体验。宋代严羽认为诗歌既不是典故的堆砌，也不是道德义理的点缀，而是有它本质性的东西存在的，那就是抒写诗人独特的情感个性。诗人的心灵和兴趣要借助意境来表现，意境有无直接决定了艺术作品的价值高低。在演唱中要体会作者的意图，找到作品想要表达的思想感情，不仅从意象上把握作品，更是要升华到更高层面，体会到意境的美，体会到意境的美后能更好地在演唱中发挥个人的情感，将个人与作者的情感尽量靠近，从而找到歌曲所要表达的意境。

三、中国歌曲演唱中美育浸润的实践性

美育浸润在声乐教学中体现在各个方面，了解中国文化，建立文化

自信和自强对于中国歌曲的演唱尤为重要。在中国歌曲的演唱中找到音色美、意境美，从中体会人文精神，可以建立学生的民族自豪感。

（一）中国歌曲演唱中音色美的体现

音色美在前文已做过解释，在此不再赘述。因为审美、欣赏习惯的不同，地域差异等都会影响人对音色美的判断。近年来，中国歌曲的创作热情大大增强，不仅涌现出大批的中国民族歌剧，还出现了数量庞大的中国古诗词歌曲与艺术歌曲，对于民歌的挖掘与抢救也越来越及时。在过去演唱西洋作品时，大家会用相对统一的发声方法来演唱歌曲，但是中国歌曲因为语言、风格等无法用同一种唱法和声音来演唱不同的歌曲。对于音色美的感受因人而异，各不相同。美不以任何现成实体的形式存在，而只能以当下生成的境界方式存在，只能在现实的审美关系、具体的审美活动中与美感（审美主体）同时生成，在当下发生。[1]人对不同样态的美，也就是审美对象的归类和描述，可以理解为审美形态，审美形态既与主体相关，也与客体相连。审美形态的形成发展既有现实的根基，又有历史的根据，也与人类的思维方式、语言、民族文化精神有着密切的关系[2]。对于中国歌曲而言，不同的风格作品就如同不同的审美形态，因为歌曲的地域不同、产生的时代不同、演唱的语言不同都会产生音色的变化，我们在演唱时需要根据不同的歌曲找寻与之相适应的音色。

在诠释各地的民谣时，它们依据所属地域展现出独一无二的韵味，举例来说，南国的歌谣柔情似水，北域的歌谣则铿锵有力，每一类民歌都需配以合乎其特质的唱腔。若以旋律温婉的《茉莉花》的唱法去演绎宽广直接的蒙古长调《牧歌》，便无法呈现出那令人心旷神怡的旋律美感。同理，在演绎中国古典诗词所改编的歌曲时，若唯技术是求，仅仅依靠大众耳熟能详的通俗唱法或民谣风格，而忽略了与词曲风情相协调的表现手法，同

---

[1] 朱立元.美学[M].3版.北京：高等教育出版社，2023：63.
[2] 朱立元.美学[M].3版.北京：高等教育出版社，2023：64.

样难以创造出与之相称的听觉效果。

同时，不同情绪下的演唱也会有不同的音色变化。在情绪沉重时绝不能用明亮华丽的声音去演唱，演唱爱情歌曲时音色自然要抒情、柔和，表现雄壮威武的歌曲时一定要让声音挺拔。

综上所述，在歌曲的演唱中随时都要将美放在第一位，音色美是贯穿始终的。每个人对于音色美的理解并不相同，但对于不同作品的演唱，根据其作品的特点而将音色随之作出调整是毋庸置疑的。在我看来，中国歌曲演唱中的音色美就是要找到中国语言的特点，找到不同歌曲的演唱风格，根据作品的不同将声音作出适当的调整，符合各种歌曲的演唱方式和审美习惯，那样的音色便是与歌曲创作背景相符合的美的音色。

（二）中国歌曲演唱中意境美的体现

意境是我国艺术的一个重要审美范畴，作品呈现出来的意境的深浅直接决定了这首作品的成败。"意境"这一词语最初见于唐代诗人王昌龄的《诗格》，但他所说的意境和今天的意境不尽相同，并没有提到意境的结构和接受效果。也有不少人把意境这一美学范畴提出的贡献归于王国维，但作为中国古典美学的一种理论，意境这一审美形态所包含的思想实质可以追溯到先秦时代，只是那时候还没有出现"意境"这个术语，而是说"意"、说"象"[①]。《老子》中说："大音希声，大象无形。"[②] 庄子也有过类似的话语，他们都曾说过，最理想的"形象"是看不到形状的，最美丽的东西是无法用语言表达的，只能用想象来把握和领会。在我们演唱歌曲时，意境不再是客观的对象，而是被诗意化了的主观意象，是一个心灵化过程中生成性的主观创造。在演唱由北朝民歌改编的中国声乐歌曲《敕勒歌》时，优美的旋律和歌词会将人带入不同的意境中，有些人了解历史可能会想到南北朝时期东魏首领高欢在战败时那种内心的凄凉；有些人在听

---

① 朱立元．美学[M]．3版．北京：高等教育出版社，2023：237．
② 罗安宪．老子[M]．北京：人民出版社，2017．

到悠长的旋律出来时会感觉自己站在蓝天白云下，与天地对话，与天地融合。这些意境都会和不同的个体联系紧密，每个人所产生的意境都不同，在演唱时演唱者要大致了解歌曲的创作背景与演唱特点，尽可能地还原作曲家或者诗词所表达的意境，从文学方面更多了解歌词的内涵，从歌曲内容中找到文字的美，文学的滋养会使人在潜移默化中发生变化，滋润人的心灵，让人在演唱中更加贴近作品所要营造的那种意境，从而在演唱中感受到虚无缥缈却又感动人心的意境美。

（三）中国歌曲演唱中人文精神的体现

人类精神的核心在于重视人性，即对人的生存意义的肯定。人文精神涉及人的精神领域，高度重视各种精神文化现象从而更好地塑造一种全面发展的理想人格。人文精神可以说是对于价值观与文化现象的美好追求，关注的是人的内在价值。"文化是一个国家、一个民族的灵魂。文化兴国运兴，文化强民族强。没有高度的文化自信，没有文化的繁荣兴盛，就没有中华民族伟大复兴。"[①] 中国歌曲的演唱正是把中国的传统文化融入中国人血脉的一种形式，不论是中国歌剧、中国艺术歌曲还是中国古诗词歌曲的演唱，不论是新创作还是传统的歌曲，都是对中国文化的一种传承与发展。习近平总书记在北京师范大学看望广大师生时曾说："古诗文经典已融入中华民族的血脉，成了我们的基因。……语文课应该学古诗文经典，把中华民族优秀传统文化不断传承下去。"[②] 在学习由李煜作词、王龙作曲的《春花秋月何时了》时，通过歌词让学生感受到作者亡国后顿感生命落空的悲哀，同时在演唱时体味生命的酸甜苦辣，感悟生命的珍贵，珍惜生活，从诗词歌曲中体悟古人的人生态度，在现实生活中找到更多鼓励自己前行的力量和勇气。在唱到《满江红》时，歌曲中从头至尾都贯穿了英雄

[①] 习近平. 习近平谈治国理政：第三卷[M]. 北京：外文出版社，2020：32.
[②] 陈刚毅，黄振洪. 文化自信视域下中国古诗词艺术歌曲在高校的传承[J]. 华南理工大学学报（社会科学版），2021，23（2）：121-128.

气概，学生在演唱时一定会体会到岳飞精忠报国的爱国情怀，极大地提升了学生的爱国热情与民族自豪感。歌曲中关于人的价值体现，不能仅靠喊口号来讲述，更需要学生对歌曲所要表达的人文精神用心感知，这样才会在演唱中调动起学生的全部热情，将小我放到中华民族共同体中去。

四、教学实践中提升美育浸润的有效性

习近平总书记在文艺工作座谈会上提出"追求真善美是文艺的永恒价值"，教育部颁布的《教育部关于全面实施学校美育浸润行动的通知》，使现在学校教育的重心转移到美育上来，对审美教育的重视，在教学中的浸润无疑成为接下来教学过程中的重点，教师在教学过程中将审美教育贯穿始终，将美展现于无形，将浸润渗透在教学过程中，从多个方面体现美育浸润的有效性。

（一）提升教师的美育素养

审美活动是人类的基本活动和生存方式之一。《义务教育艺术课程标准（2022年版）》指出，要"坚持以美育人、以美化人、以美润心、以美培元，引领学生在健康向上的审美实践中感知、体验与理解艺术"[①]。音乐审美一定离不开文化的视域，在音乐教育中教师肩负着传承文化的重任，教师在文化中渗入美的元素，在歌唱中引入声音的美，引导学生欣赏旋律的美，通过分析歌曲使学生感受到歌曲的意境美，这个过程无疑是对学生逐渐浸润的过程，而在这个过程中教师的审美素养也会得到很大的提升。教师音乐教学的过程本就是一个自我修养提升、审美水平提高的过程。教师在教学过程中审美素养的提升是和教学实践密不可分的，教师努力达到

---

① 中华人民共和国教育部. 义务教育艺术课程标准（2022年版）[S]. 北京：北京师范大学出版社，2022：1.

一个比较高的层次和境界，将演唱的过程变成诗化的人生境界，在这个境界中引导学生走向更好的方向，体会更多层次的审美体会。

（二）提升学生感受美的能力

中国文化认为，社会自然和生命活动的本质是无法通过理性分析获得的，它只能通过"感悟"的方式，也即感性与悟性的共同配合来得到。就如天地的奥秘，通过春夏秋冬和万物生长表现出来，不需要再用理性的语言诠释，直接去感受、去体会就可以了。在演唱歌曲时产生了某种感受，如何用语言去理性地表达呢？对于悲喜每个人的理解都不一样，怎样才能用言辞准确地传达出内心的感受呢？单个或连续音符作为单纯的实体并无所谓的意义，只有在它们象征、显示或暗指其他超越自身之物时，方才呈现出其意义所在。美育的过程，实际上就是将学生的审美能力提升的过程，每个人对于美的感受不同，如果没有美育润物无声的滋养，在听到动人的音乐时是无法体会其中的深层意味的，在内心无法建立对音乐的觉知，就无法与音乐同频并激发出内心的情感体会。只有建立了感受美的能力，才能在遇到事物时将情感的体验与意识的思考相结合，将情感体验升华到意识层面，学生面对更多的事物时就更能由表及里，发现美、认识美、体会美，从而去创造美。

（三）提升教学实践的实际效果

审美教育一直是教育的重点之一，美育浸润理念提出来后就更加强化了教学中对审美教育的重视。教师在教学环节中加入很多手段来辅助美育的滋养，多种多样的课程形式涌现出来，更多的思想浸润融入其中，这无疑提升了学生对美的体会与感受，在美育的推广中的确发挥了积极作用。但在追求教学形式的过程中，很可能会进入追求形式的误区中，教师上课走流程，在教学版块中生硬加入美育的部分，这无疑将会起到反作用。

近代学者梁启超在其《清代学术概论》中评价颜元"以实学代虚学，

以动学代静学，以活学代死学"[①]。教学过程中去掉机械的程式化是要加以重视的，不论是演唱还是教学的过程中，不从内心去感受，仅从形式上下功夫，一定会让人感到生硬和虚假。现在教学中有一些教师为了追求课堂的多样性和新颖性，不顾教育的规律性，将课程分解得支离破碎，真正融入学生内部的有效信息非常少，更多像是在走流程，可想而知，这样的课程并不能起到与学生同频共振，让学生感动其中的作用。在教学中对艺术的表达要找到内心的谐和，不受条条框框的束缚，不要只机械地关注教学进度和流程，要在教学中让学生真正感受到美的存在，内心产生美的享受，从而达到一种审美的自由境界。

综上可以看出，审美教育在声乐演唱中的作用不容小觑，只有将美深深地融入教学中，才能在日后逐渐显现浸润的效果。在教学过程中并不是直接介绍美，而是通过教学唤起学生内心看到美好事物时曾体验过的美好情感。美的融入正是建立学生对美的感受、对美的情感经验的一种联动，只有浸入才能展现，厚积才能薄发。在演唱歌曲时体会诗词歌赋中所要表达的意境与美的体验，从而将自己更好地带入其中，提升欣赏水平，陶冶情操，这便是美育浸润在中国声乐教学与演唱中的重要意义之所在。

---

① 修海林.中国古代音乐教育[M].上海：上海教育出版社，2011：222.

如何"让文物活起来"

——以新疆文物为例

王春颖　中国传媒大学

讲好新疆文物的故事，对于厘清新疆历史文化、呈现"丝绸之路"精神、传承中华优秀传统文化具有重要的意义。本文通过对"文物活起来"综述性的探讨，并以五件（类）新疆文物的展示、讲述和传播实践为例，呈现了通过新疆文物构建文化形象的路径方法，分析了讲好新疆文物故事的意义，并提供了讲好新疆文物故事的实际参考案例。

党的二十大报告指出："中华优秀传统文化源远流长、博大精深，是中华文明的智慧结晶，其中蕴含的天下为公、民为邦本、为政以德、革故鼎新、任人唯贤、天人合一、自强不息、厚德载物、讲信修睦、亲仁善邻等，是中国人民在长期生产生活中积累的宇宙观、天下观、社会观、道德观的重要体现，同科学社会主义价值观主张具有高度契合性。""增强中华文明传播力影响力。坚守中华文化立场，提炼展示中华文明的精神标识和文化精髓，加快构建中国话语和中国叙事体系，讲好中国故事、传播好中国声音，展现可信、可爱、可敬的中国形象。"

如何挖掘好中国文化、讲述好中国故事、传播好中国声音、展现好中国形象，历史事实、考古实物、文化遗存是其中非常好的载体和基础，即"用文物说话、让历史发声"。

习近平总书记于2022年5月27日在十九届中央政治局第三十九次集体学习时的讲话中指出："让更多文物和文化遗产活起来，营造传承中华文明的浓厚社会氛围。文物和文化遗产承载着中华民族的基因和血脉，是不可再生、不可替代的中华优秀文明资源。我们要积极推进文物保护利用和文化遗产保护传承，挖掘文物和文化遗产的多重价值，传播更多承载中华文化、中国精神的价值符号和文化产品。"他于2023年7月29日在陕西省汉中市考察时的讲话中指出，文物承载灿烂文明，传承历史文化，维系民族精神。要发挥好博物馆保护、传承、研究、展示人类文明的重要作用，守护好中华文脉，并让文物活起来，扩大中华文化的影响力。

文物和遗址是传承人类文明、发挥"证史、资政、育人"重要作用的载体，本文将从博物馆展览和文物故事传播的角度，试论"一带一路"背景下如何用新疆文物讲好中国故事。

一、用新疆文物讲好中国故事

习近平总书记于2022年7月12日至15日在新疆考察时的讲话中指出："中华文明博大精深、源远流长，是由各民族优秀文化百川汇流而成。要加强中华民族共同体历史、中华民族多元一体格局的研究，充分挖掘和有效运用新疆各民族交往的历史事实、考古实物、文化遗存，讲清楚新疆自古以来就是我国不可分割的一部分和多民族聚居地区，新疆各民族是中华民族大家庭血脉相连、命运与共的重要成员。""要铸牢中华民族共同体意识，促进各民族交往交流交融。中华文明是新疆各民族文化的根脉所在。要教育引导广大干部群众正确认识新疆历史特别是民族发展史，树牢中华民族历史观，铸牢中国心、中华魂，特别是要深入推进青少年'筑基'工程，构筑中华民族共有精神家园。要推动各族群众逐步实现在空间、文化、经济、社会、心理等方面的全方位嵌入，促进各民族像石榴籽一样紧紧抱在一起。"

新疆的文物和遗址遗迹，即铸牢中华民族共同体意识、讲好中国新疆故事、坚定中华民族文化自信的生动素材，其中既有系统阐明历代中央政权治理和管辖新疆的重要力证，也有准确揭示各民族交往交流交融历史内涵的珍贵实证，还有书写中华民族共同体历史、中华民族多元一体格局的科学史证。

与此同时，新疆是中国对外开放的西大门，自古处于丝绸之路上非常重要的地理位置以及政治、经济、文化位置。2013年9月，习近平总书记提出了构建"丝绸之路经济带"的倡议，并于2016年4月29日在十八届中央政治局第三十一次集体学习时的讲话中提出："'一带一路'倡议，唤起了沿线国家的历史记忆。古代丝绸之路是一条贸易之路，更是一条友谊之路。在中华民族同其他民族的友好交往中，逐步形成了以和平合作、开放包容、互学互鉴、互利共赢为特征的丝绸之路精神。"

通过对于新疆文物和遗址遗迹的呈现、阐释、传播，以生动的历史文物材料为载体，讲好新疆故事，有利于呈现古代丝绸之路中与沿途各国友好交往交流交融故事，展现并传承丝绸之路精神，塑造鲜活的、具有影响力的国家文化形象，对于中国在国际舞台中更好地开展政治、经济、文化活动有着重要的意义。

二、"让文物活起来"的方法综述

（一）什么是"让文物活起来"

现在很多博物馆一提到要"让文物活起来"，就会想到AR、VR、数字化展示等声光电的方法，实际上，这是对"活起来"的狭义理解，这只是"活起来"的一种方式，而不是"活起来"的唯一方式。

"让文物活起来"是一种创新的保护与利用文化遗产的理念，它强调的是文物在得到有效保护的同时，可以对文物进行动态利用和价值转化，使文物能够在社会、经济、文化等多个层面焕发出新的生命力，强调了文物不仅仅是历史见证和文化遗产，而且应该在现代社会中发挥出更大的作用和价值。它是"博物馆在保护好文物藏品的基础上，通过实施各种有效举措，深入挖掘文物背后蕴含的鲜活故事和深厚文化内涵，在活态展示与创意传播中准确阐释文物蕴含的独特价值，不断提升优化文物生存状态、充分发挥文物教化作用，守正创新、塑形铸魂，助力博物馆高质量发展，不断满足观众日益增长的精神文化需求，进而建成社会主义文化强国的过程"[1]。

从手段上来说，它包括展览展示、数字化保护与呈现、社教活动、新媒体运用等。从意义上来讲，它包括教育普及、文化传承、情感共鸣等。

（二）"让文物活起来"的方法

1.推进博物馆体制机制改革，充分调动博物馆的积极性

加强博物馆之间的合作，推动大馆与小馆的联动；借鉴国外博物馆集群化、总分馆制、海外建立分馆或文创艺术中心的经验；加大政策扶植与发展指导，建立对应机制鼓励文创产品开发；鼓励策展策划支持学术研究、策展策划深入学术研究的双向交流。

2.强调以观众为中心的思考方式，关注不同人群的观展需求

当前博物馆的展览，很多都会设计专门为观众打卡拍照的背景板，满足了许多观众特别是年轻观众拍照分享的需求，这即是关注到用户的观展需求并有所行动。

国外的很多展览馆和博物馆，如英国 V&A 博物馆、伦敦自然史博物

---

[1] 钟国文，张婧乐.国外博物馆"让文物活起来"的调研综述与启示[J].科学教育与博物馆，2022，8（3）：79-88.

馆，将3D复制品摆放出来供人们直接拿在手里触摸，从而引起观众的注意力、调动大众好奇心、帮助观众更好地了解文物细节，提升了趣味性的同时，增加了大众对文物的认知和感情。

3.推动数字化管理，增加科技手段在展览展示中的运用

一方面，馆藏资源数字化已成为重要趋势，如大英博物馆的800万件藏品中已有近300万件实现数字化，博物馆通过提高信息技术水平，可以提升文物综合管理能力，有利于文物的综合分析、比对与数据挖掘；另一方面，3D打印、数字化藏品及VR、AR等技术，有利于博物馆对于文物的呈现，提高大众对于文物的感知。

不过，这里还要避免一个误区，使用科技手段展示，并不意味着博物馆就一定要配置声光电设计，有很多博物馆一开始配置了声光电技术热闹一时，但是过不了多久，要么闲置不用，要么就变"瞎"变"哑"。

4.传播手段的多元化

除了传统的纪录片，当下出现了越来越多的传播理念、传播渠道、传播手段与传播实践，有符合网络观众观看习惯的1分钟文物视频短片，以敦煌壁画为创作题材的《丝路花雨》舞蹈，《国家宝藏》《上新了·故宫》等文物文化类综艺节目，以及博物馆的短视频社交账号传播等。比如昌吉博物馆在抖音、微信视频号推出的历史讲述专题，浏览量超过406.5万次。

5.文创品和衍生品的开发

文创用品满足大众把文物带回家的诉求，同时会带来可观的经济价值。大英博物馆每年接待600万来自全球各地的游客，艺术衍生品年均营业收入突破2亿美元。

同时，文创用品带来观展趣味。纽约大都会艺术博物馆用巧克力、奶酪等可食用材料3D打印文物，观众在观展之余还可以品尝"文物"。在我国的博物馆，也经常会见到带有馆方IP的棒棒糖、雪糕。

除此之外，文创用品让大众走近文物、喜爱文物，这背后是对中华优秀传统文化的认同、对中国历史的认同，是文化自信的表现。

6. 走出去、请进来，积极开展面向大众的社教活动

可以看到，博物馆里经常会举办讲座、手工制作等各类社教活动，这非常有利于大众走进博物馆。但是，这几年的博物馆社教实践中也存在着问题，比如：有的社教活动立意很好，但由于活动形式，往往只能开放十几个名额甚至几个名额，这既不利于博物馆公益活动的普惠，又会因参与活动的对象未到场而浪费了宝贵的资源；有的活动是面向大众的普惠形式，这种活动常以讲座方式呈现，但是选题、内容、展现、表达还有提升的空间；有很多社教活动仅是针对亲子观众的，而把成年观众、老年观众挡在了门外。

除了博物馆内的社教活动，还有很多博物馆主动走出去。比如昌吉博物馆开展"新疆四史"流动博物馆进社区、进军营、进景区、进农村；先后与昌吉市五所小学以及昌吉州第四中学、昌吉学院、新疆农业职业技术学院、自治区团校、中南民族大学建立馆校合作机制。

7. 其他

如何"让文物活起来"，其实还有很多的方法与手段。以上是以国内外博物馆的实践为基础，综合一些关于博物馆发展的文章的探讨总结的一些常用、常见的方法。除此以外，还有很多方法、手段和实践，比如关注弱势群体（老人、残疾人等）的观展需求，丰富展览内容、关注热点话题、呈现多元化的文物展示等。

三、"让文物活起来"案例分析

习近平总书记于 2021 年 11 月 24 日在中央全面深化改革委员会第二十二次会议上的讲话中提出："要加强文物保护利用和文化遗产保护传承，提高文物研究阐释和展示传播水平，让文物真正活起来，成为加强社会主义精神文明建设的深厚滋养，成为扩大中华文化国际影响力的重要名片。"

如何"让文物活起来"，如何对新疆文物进行大众传播、文化阐释，试用以下五个例子进行说明。

（一）土尔扈特银印

图1 土尔扈特银印

1.实物描述

昌吉回族自治州博物馆收藏的土尔扈特银印，是乾隆四十年（1775年）清政府颁发给土尔扈特部诸首领的官印。印为方形，边长10.6厘米、厚3.1厘米；印背上有小型的虎钮，钮高6.5厘米。边款刻有汉文"乾隆肆拾年玖月，礼部造"，印文为满文和蒙古文。

2.史实挖掘

土尔扈特部原是我国新疆北部厄鲁特蒙古四部之一，最初在今新疆塔城地区一带游牧。明朝末年，土尔扈特部举部西迁到伏尔加河流域放牧，并在这里生活了140多年。在这期间，土尔扈特部一直派遣使臣向清政府上表进贡，清朝政府也派出使团去往伏尔加河流域探望与慰问。

乾隆三十五年（1770年）十月，土尔扈特部十几万人在首领渥巴锡的率领下，从伏尔加河下游出发，历时近8个月，终于在乾隆三十六年（1771年）六月到达伊犁，回到祖国怀抱。人员启程时16.9万人，抵达时仅剩 6.6 万余人。

当时清政府对此事非常重视，立即对回归的土尔扈特人采取了各种相关措施帮助其安置，并拨库银 20 万两。乾隆皇帝在承德避暑山庄接见了渥巴锡，并亲自撰写了《土尔扈特全部归顺记》《优恤土尔扈特部众记》碑文。乾隆三十六年（1771 年）九月，封渥巴锡为"乌讷恩苏珠克图旧土尔扈特部卓里克图汗"，意思即"忠诚的旧土尔扈特英勇汗"，共 44 位土尔扈特部首领授爵。

之后清政府以一直对土尔扈特部进行管理与表达关心。乾隆三十七年（1772 年），清政府将土尔扈特部分设为十札萨克并安置到各地游牧。乾隆四十年（1775 年），清政府将其分为四盟，盟下设旗，分别立盟长、旗长，并颁发了官印——这就是我们说的土尔扈特银印。之后的土尔扈特部众主要生活在新疆、内蒙古、青海一带。

3. 意义阐释

土尔扈特银印是清朝对土尔扈特部管理的象征。它承载了土尔扈特部义无反顾、万里东归、回归祖国的感人故事，体现了心系祖国的民族向心力与凝聚力。同时，它是中华民族多元一体的历史见证，是民族团结的重要见证。

（二）汉归义羌长印

1. 实物描述

1953 年于什格提古城出土的汉归义羌长印为汉朝朝廷颁发给活动于今南疆地区的古代羌人首领的印章，现藏于中国国家博物馆。这枚铜质印章通高 3.5 厘米、边长 2.3 厘米，阴刻篆文"汉归义羌长"五字，印纽为一只蹲卧绵羊。

2. 史实挖掘

商周时期，活动于我国西北部地区的羌人，一部分东迁与华夏族融合，另一部分迁往甘肃、青海、西藏等地。战国时期，羌人来到西域，并最终在塔里木盆地南部定居，活动范围涵盖了塔里木盆地东部沿阿尔金山、昆仑山、喀喇昆仑山至帕米尔高原的广阔区域。

图 2 汉归义羌长印

公元前 138 年和公元前 119 年，汉武帝两次派张骞出使西域。公元前 68 年，汉朝政府派侍郎郑吉率兵在车师（今吐鲁番盆地）屯田。公元前 60 年，汉朝在乌垒城（今巴音郭楞蒙古自治州轮台县）设西域都护府，汉宣帝任命郑吉为第一任西域都护，西域都护是汉王朝中央政府派遣管理西域的最高军政长官，其级别相当于郡太守。同时，在西域开始设立行政管理机构、任命官员、实施适宜的典章制度、修建城堡与烽燧、屯田戍边、兴修水利、统计当地户口、推行汉朝政令等一系列举措。汉归义羌长印即汉朝中央政府在西域施行与中原相同的官印制度的重要物证。

3.意义阐释

汉归义羌长印证明了羌人在新疆地区的活动，说明了新疆自古以来就是一个多民族、多种族共同生活居住的地区，自古与中原地区的民族就有交融，正是各族人民的共同努力与合作造就了灿烂的西域。

同时，汉归义羌长印是汉代中央政权对西域管辖的最好物证，汉官印制度在西域的贯彻执行成为后世历代中央王朝统治者仿效的范例。中央王朝对于西域的管理，增进了西域小国间的往来和西域与内地的联系，促进了各民族、各地域间的相互了解、信任与认同，为西域地区带来中原地区的先进技术、生产经验、熟练劳动人手，西域地区的物产、文化也影响到中原地区，这种相互的交往、交流、交融，是丝绸之路上繁荣的体现。

4. 国外媒体传播实践

中国新闻社新疆分社在 2021 年与新疆阿克苏地委宣传部合作，拍摄制作了五集系列文物创意短片，其中第二集《国宝级印章团队》即介绍了这枚印章。这一集的主要内容，即阐释了汉朝对西域的管理，新疆一直都有中央安排的官员，汉朝的管理模式一直为后人所不断完善、发展和继承，通过印章的故事，有力地说明了阿克苏曾是汉朝在西北地区的政治、经济、文化和军事中心，向世界讲述了新疆的历史归属问题。

为了更好地在海外开展传播工作，《国宝级印章团队》又进行了二次加工，制作成 1 分钟的短视频并翻译成俄文，在哈萨克斯坦华人华侨办的《今日丝路报》新媒体上进行传播，Instagram 累计观看量 1.17 万；在吉尔吉斯斯坦华人华侨办的《丝路新观察报》新媒体上和其他另外两部 1 分钟短视频一起传播，Instagram 累计观看量 21.4 万，Facebook 累计观看量 2.4 万。

（三）新疆出土铜镜

铜镜，作为中国古人的日用品和随葬品，我们经常在各个博物馆中见到，有的博物馆还有专门的铜镜临时展览甚至铜镜常设展，这足以说明它的常见。那么如何让新疆出土的铜镜"活起来"，如何讲好它们的故事？

1. 实物描述与相关历史

新疆出土铜镜百余枚，从镜形上可分为具柄镜、圆形镜、方形镜，从纹饰上可分为素面镜、纹饰镜、铭文镜。早期铜镜风格与亚欧大陆相似，而在汉代之后，其样式逐渐与中原地区的铜镜相近。

比如，在新疆出土的纹饰镜中有数枚连弧纹镜（如罗布淖尔出土的连弧柿蒂纹镜、博尔塔拉出土的荷叶纹连弧纹镜、罗布泊小河流域出土的连弧柿蒂纹镜），这种纹饰镜是汉代典型的镜制，在中原地区广泛流行。除此之外，山字镜、规矩纹镜、瑞兽葡萄镜、十二生肖镜等，这些中原地区最为典型、受众最广的纹饰镜，在新疆都有出土的铜镜与其相呼应。

再如，新疆地区发现的带有铭文的铜镜，其铭文如"宜家常贵""长宜子孙""君宜高官""金榜题名"等，都具有明显的中原文化特色。

2.意义阐释

新疆地区出土的铜镜，在时间上覆盖了超过两千年的历史，在空间上，哈密、吐鲁番、喀什、和田、塔城、阿勒泰等地区均有发现，这些铜镜带有明显的东西方文化交流痕迹，展现了中华民族的开放交融与文明互鉴，反映了中华民族大家庭各民族之间的交往、交流与交融。

同时，铜镜作为东西方往来的物证，反映了强有力的中央政权的统治为丝绸之路的持久通畅提供了坚实的支撑，这些事实也实证了我国自古以来对新疆地区的有效治理和管辖。

使用具有中原纹饰和铭文的铜镜，表明了这背后所包含的文化价值和审美取向得到了认可，体现了不同民族之间审美趣味和审美观念的融合。

（四）伏羲女娲图

1.实物描述与相关历史

在中国古代的神话传说中，伏羲与女娲被尊为人类的始祖，两汉时期就有了他们结为夫妇、繁衍人类的神话故事。中原地区汉代的画像砖上、祭祖庙宇和陵墓壁画之上，伏羲与女娲以人首蛇身、尾部相交的伏羲女娲图常常作为流行主题出现。

阿斯塔那古墓群坐落于新疆吐鲁番市高昌区北部的荒凉戈壁地带，自西晋至唐代，这里一直是高昌王国居民的安息之所，在这里也出土了几十幅唐代《伏羲女娲图》墓室装饰画。这里出土的《伏羲女娲图》，以绢或麻布为材质，发现时大多固定于墓室顶部，画面朝下与墓主相对。尽管画面不尽相同，但在内容和构图上保持了中原地区伏羲女娲画像的基本特征。画中伏羲与女娲居中，分别手握规和矩象征天地，彼此勾颈或搂腰，两尾蛇身相交，周围还常绘有日月星辰和流云。

这里出土的《伏羲女娲图》，除了有典型的汉代画风，还有一类采用的是西域的凹凸晕染法，人物造型也和汉地相异，深目高鼻、络腮胡，着对襟胡人服饰。

2.意义阐释

吐鲁番作为丝绸之路上的枢纽之地，自古以来便是联结东西方文明的关键节点，也是中原和西域交流交融的重镇。随着经济的往来和中原移民的涌入，中原文化在吐鲁番传播并植根，中原地区盛行的伏羲女娲信仰的传入就是一个实例，它是吐鲁番多元文化交融的生动体现。

墓葬中出现《伏羲女娲图》，也充分表明新疆地区各族人民在祖先认同上与中原地区形成了深厚的文化共识并达到了高度一致。

（五）新疆石窟

1.科技手段复原石窟实践

在新疆有大量的遗址、石窟，如克孜尔石窟、柏孜克里克石窟，和博物馆的文物不同，这些遗址、石窟是不可移动的，同时，这些石窟由于人为的破坏和自然的侵蚀，大都残损严重，如何向观众展示，特别是向外地观众呈现这些石窟的风貌，让大众领略到这些石窟当年的辉煌，目前可以看到许多这方面的实践。以 2023 年北京民生现代美术馆"驼铃声响：丝绸之路艺术大展"为例，馆方借助数字技术进行了修复和还原，在展览现场搭建了 7 个洞窟复制窟，其中包括 3 个新疆洞窟，分别是克孜尔石窟第 8 窟、克孜尔石窟第 38 窟、柏孜克里克石窟第 15 窟。

其中，柏孜克里克石窟第 15 窟的呈现别具一格。柏孜克里克石窟位于新疆维吾尔自治区吐鲁番，目前学界认为石窟始凿于公元6世纪，其中修凿于11世纪的第15窟可以说是高昌回鹘佛教艺术的登峰造极之作。第15窟围绕中心有一回廊，上面原绘制有十几铺精美壁画，目前除了少量残存在洞窟内的壁画，大部分壁画被盗揭后保存在德国、俄罗斯、印度、韩国等国，还有部分壁画毁于战火或不知所终。

近些年，日本龙谷大学古代典籍数字档案研究中心走访拍摄保存于各国的壁画，对图像进行数字化处理，再结合照片比对、色彩研究等手段，通过电脑合成等技术，最后恢复了柏孜克里克石窟第15窟内绝大部分壁画的风貌。这次展览由民生现代美术馆与日本龙谷大学合作，在展厅内呈现了最终的研究成果，这次的展示一改以往复制窟中壁画修旧如旧的风格，恢复了柏孜克里克石窟第15窟鲜艳的色彩明度，让游客眼前一亮、叹为观止。

2.巡展复制窟带动新疆旅游

相比于敦煌莫高窟、龙门石窟等，大众对于新疆石窟知之甚少。新疆复制窟的巡展，要做好宣传与讲解工作，让观众了解到新疆有如此众多有历史文化和璀璨艺术的地方，这有利于巡展城市游客对新疆文化的进一步了解，在推动文化传播与传承的同时，为新疆文旅带来更多的商机，促进新疆本地经济发展以及与其他城市的交流与往来。

革命历史与社会现实结合的纪录片创作
——评纪录片《青春致敬青春》

张明超　山西师范大学

《青春致敬青春》是一部将革命战争历史与当下的社会现实以艺术的方式结合在一起的纪录片作品。该片将青春话题与革命历史进行了有机的、内在的融合，既展现了被拍摄对象真实的革命战争活动，也呈现了拍摄者真实的生活状态与内心体验，拉近了历史与现实的距离；采用了寻访式的记录方式，同时注重叙事的故事性，镜头语言与剪辑手法也具有艺术张力；独立制作与媒体调动的制播方式是该纪录片制作与播出的重要特点。

革命历史题材纪录片以展现中国革命战争建设的历史为主要内容，以弘扬主旋律、维护主流意识形态、塑造主流文化、彰显社会主义核心价值观为价值导向，在唤醒革命历史记忆、传承革命精神、教化当代大众等方面起着非常重要的作用。但同时基于各种原因，不少革命历史题材纪录片按照已有的叙事方式，依旧在简单地进行"形象化的政论"，过于直白地宣传主题，解说的说教味道强烈，看上去千篇一律，无法引起观众的观看愿望，在创作上也存在着模板化、教条化、陈旧化、说教化等问题。在某种程度上其"艺术性"在众多的影视艺术作品中显得较为薄弱，从而影响了其主题内涵的传达，而"缺乏艺术性的艺术品，无论政治上怎样进步，也是没有力量的"[①]。坚持"以人民为中心"[②]的创作,不仅要在主题内容上坚持"人民性",也要在艺术表达方式和艺术传播方式上实现"人民性",如此才能够真正创作出有力量的纪录片,真正满足人民日益增长的文化需求。如何突破革命历史题材纪录片创作困境?如何提升此类纪录片创作的艺术水准?如何让此类纪录片更有力量?一部十余年前的纪录片或许能够给我们一些启示。

《青春致敬青春》是由北京雷禾文化传媒有限公司出品的一部七集纪录片,该片在2013年获得中国纪录片"十佳十优"纪录片、最佳创意奖和第三届"光影纪年——中国纪录片学院奖"最佳短纪录片奖,该片的另外一个版本《青春一九三零》[③]获2014年第二十七届中国电视金鹰奖优秀电视纪录片奖。该片讲述了一群现代的中国年轻人寻访苏联红军远东红旗军第八十八独立步兵旅(东北抗日联军教导旅,下文简称八十八旅)的传奇故事,其间穿插了当代年轻人的生活状态。将过往与现代、暮年与青年、历史与现实的各种故事巧妙地结合在一起,用一种亲切自然、平实质朴的方式阐释了拍摄者和被拍摄者对个人与家国、青春与梦想、传承与责任、爱情与家庭的理解。较之以往的中国同类型纪录片,《青春致敬青春》无论是在视角的选取、主题的表达上,还是在制作的方式、播出的形式上,都表现出极为鲜明的艺术特色。

一、青春话题与革命历史的内在交织

作为革命历史题材纪录片,《青春致敬青春》与"国家队"制作的

[①] 毛泽东.毛泽东选集:第三卷[M].北京:人民出版社,1991:870.
[②] 习近平.在文艺工作座谈会上的讲话[N].人民日报,2015-10-15(2).
[③] 《青春一九三零》与《青春致敬青春》相比,将记录现代年轻人生活的一条叙事线索删去,改为女声配音,其他内容基本保持一致,更为精练地展现八十八旅革命战争的内容。

《长征》《东方主战场》《1937·南京记忆》相比,在关注家国兴衰的同时更加关注现实,特别是青年的生存状况与理想追求,在整体风貌上达到了青春话题与革命历史思考的巧妙结合。

《青春致敬青春》的一个重要主题就是当代青年向已经走过青春岁月的老兵们致敬,这是讲述革命战争历史的纪录片的应有之义;同时,讲述者是青年人(本片的撰稿人、录音师、作曲者、现场制片等),讲述的故事也是两代人的青春故事,所以青春也是其关注和表现的另一个极为重要的方面。不同于以往纪录片通过呈现革命战争的历史事实与动人故事,本片将拍摄者与被摄者的故事完整地融合在一起,这种讲述者和讲述内容的结合,使"致敬"的主题显现出让人感同身受的别样风景。抗日战争是中华民族永远不能忘却的历史,为了民族的生存、国家的独立而献出青春的人们,无论他们活在世上还是早已逝去,当代青年都应当向他们致敬,这是作为一个劫后重生民族的后代应有的起码良知。这种致敬可以有不同的方式和角度,本片正是以青春的视角关注那个时代、那段历史,向他们致敬。同时,青春视角的选择,不仅仅为了观照历史,表达致敬,更为重要的是关注当下,正值青春的人们有了崇敬之心的情况下,如何活在当下,如何生存和前进,这又使致敬在精神意义变现的同时有了现实意义。

每个时代的青年都会面对理想与彷徨、激情与不安、希望与困难,不同时代的年轻人做出了不同的行动:七十年前[①],八十八旅的青年在民族危亡的关头下,他们的理想就是国家独立、民族自强,为了祖国和家人,在极为困难的情况下坚持抗战,坚守信念,到异国学习训练;现代青年虽没有了生死之忧,却面临着生存压力、梦想难以实现的问题,他们虽然没有战士们的威武雄壮,但也竭尽全力为了实现梦想而努力地生存着。我们不能说八十八旅的战士们的生命是有意义的,而现代年轻人的生命就是琐碎无意义的,面对情况不同,人所能做的事情也自然不同,但有一点是两代

---

① 以《青春致敬青春》创作时间计算。

青年所共通的，那就是在困境中保持坚忍的态度，就是为了心中的梦想永远不放弃。就精神内涵而言，无论是杰子对音乐梦的追求，还是老骆为文学梦努力的艰辛历程，作为大都市的无名小卒，他们表面上似乎微不足道，但其本质上与七十年前八十八旅的士兵们为民族生存所作出的坚守是一样的。如此，该片的意义就得以真正的凸显，在回溯历史的同时不忘表现当代青年的坚守，精神上的一致性在历史与现实之间架起一座桥梁，使现代的年轻人继续前进。可以说本片是"真正深入人民精神世界的"，"触及人的灵魂、引起人民思想共鸣的"① 一部作品。

更进一步讲，青春话题与历史思考的结合，不仅仅让我们真切感受现实，更为重要的是让我们获得一种内在生命体验的飞升，从某种意义上讲，这超越了一个民族的荣辱，更超越了个人悲欢离合的普通生活，将我们的思想和心灵引向高处。本片带给我们的是关于时间与空间的哲理性反思，是"吸引、引导、启迪人们"② 的，让人感悟得更多，让人思考得更多，以此再反观现实，能够让我们心怀理想，以真正平和的心态活在这个世界上。

二、事件内容与表现形式的有效结合

历史意义与现实意义是如何结合的，也是一个值得关注的问题。其实任何革命历史题材纪录片都是当下对历史的理解，而理解的表现方式是可以选择的。本片表现历史与现实结合的方法主要有以下几个方面：

其一，寻访式记录方式。本片一共七集，叙述的主线是按照八十八旅遇到困难、决定入苏、准备入苏、选择去留、留苏生活、回归祖国和回国情况进行的，但在记录方式上则是以现代年轻人（摄制人员）带着老战士

---

① 习近平.在文艺工作座谈会上的讲话［N］.人民日报，2015-10-15（2）.
② 习近平.在文艺工作座谈会上的讲话［N］.人民日报，2015-10-15（2）.

李敏寻访的方式进行的,其间穿插着历史的真实影像材料、亲历者和家属的访谈、与当时战士们相仿的现代年轻人的生活,将八十八旅的经历与现代青年的生活状态交织在一起,从而达到结合的效果。

其二,现代流行音乐与旧时音乐的结合。音乐是各个时代青年表达情感的重要手段之一,由导演佟晟嘉亲自作曲、作词的现代音乐与老兵李敏吟唱的旧时抗战音乐浑然一体,不仅在结构上统摄全片,更为重要的是将情感联系起来,达到了内容与情感的一致。

其三,现代旁白讲述式的表达与亲历者的真切回忆的渗透。本片的旁白非常明显是现代青年站在现代视角解释他们对历史和现实的理解,而这种理解正是建立在亲历者的真切回忆上的,对于青春话题与历史思考的结合也起到了非常重要的作用。

其四,现代生活场景与战争年代影像(包括视频和照片)的交织。本片叙事的主要场景是现在,既有室内的日常居所、建筑、交通,又有野外的森林草原、山河川泽;既有国内的风物人情,又有国外的城镇广场……而与鲜活的现代场景比起来,战争年代的影像则具有一种厚重之感,再加上特殊处理(如噪点的增加、晃动的方式)使历史的力量得到充分显现。两者交织出现,统一于致敬的主题之下,其结合的效果自然是历史与现实的交织。

其五,恰当切入点的选择。每一集都会选取一个侧面作为切入点,将七十年前战士们的青春与摄制组的年轻人的青春联系起来,将历史与现实紧密相连。第一集以音乐为切入点,引出了不同时代下青年对梦想的坚持;第二集以武器为切入点,道出了无论是留下还是离开,青年都不会愧对青春的信念;第三集以住房问题为切入点,表达了青年面对困难时坚守的力量;第四集以爱情、家庭为切入点,讲述了虽然青年客居他乡,离开亲人,但生活依然充满希望,盼望家人团聚;第五集以追寻的行程为切入点,表现了忠诚的伟大;第六集以采访当代年轻人(制作人员)对革命历史的认知为切入点,提醒青年勿忘历史,珍惜今天。虽然时代背景不同,但青年都会同样面对困境，青年作出的反应不同，但内在的精神品质显现出一致的风貌。

三、纪实风格与作品类型的艺术探索

《青春致敬青春》不仅主题内容颇有新意，在艺术特色上的创新也值得关注。相较于近年来精美的纪录片"大片"而言，在整体的纪录风格上显现出一种更为平和自如、贴近人心的状态，有着极强的"纪实"风格，这种风格上的特点，对于革命历史题材这一类型纪录片突破已有的创作模式和理念有着探索性的意义。

近年来，中国纪录片创作呈现繁荣景象，出现了一批如《东方主战场》《长征》《1937·南京记忆》等优秀纪录片，这些纪录片借鉴和吸收以往历史题材纪录片的创作经验，在主流意识形态的宣传、历史文献性的思辨、社会公共话题的言说[①]上达到了一个高峰，它们的艺术价值和社会价值不容否认，对于坚守主流文化、精英文化的阵地，提高观众的审美水准和提升大众思想境界起着不可替代的作用。承认它们独有的价值是必要的，但这并非革命历史题材纪录片唯一正确的方式。同样是纪录片，同样是革命历史题材，其风格与类型的探索是必须的，也是必要的，这既是纪录片本身向前发展的必然要求，也是满足大众不同审美取向与精神需求的必然选择。

同时，我们也看到，作为民营纪录片的《青春致敬青春》风格和类型的转变也是民营公司制作在资金、设备、技术等硬件方面相对有限的情况下的现实选择，换言之，在硬件上比不过央视和省级卫视，那么就必须在创作理念上先行一步。本片对于纪录片的创新与探索有以下两个方面：

---

① 刘洁.以彼为镜：看中国纪录片的研究与创作——关于"西方理论与中国现实"纪录片学术研讨[J].现代传播（中国传媒大学学报），2013，35（9）：88-92.

其一，以"情感真实"与"宏大叙事"结合的叙事逻辑。

如果说《长征》《东方主战场》等记录和传达的只是客观真实，那么《青春致敬青春》则表现的不仅仅是客观真实，更是情感的主观真实。"情感真实"一般用于抒情性文学艺术作品的创作与分析，近年来，抒情性也逐渐融入纪录片的创作之中，备受好评的《舌尖上的中国》正是这一趋向很好的探索[①]。对于本片而言，真实的情感的确是其一个重要的特点，同时情感的真实体验又与宏大叙事的战争历史背景相得益彰。其情感既来自亲历者和家属们的讲述，也源于创作者（表达者）对于这段历史的真切感受。从本片第一集的开头我们就可以清楚地看到，这一群年轻人正是出于对张慧民用击毙战友和自己的枪声打出电报点告诉支援的部队图纸所藏地点的故事的感动而踏上行程，寻访七十年前的故事，可以说纪录片的创作源头就在于真实的故事打动了创作者，而在寻访过程中，这种感动也是贯穿始终的。需要注意的是，本片不仅仅是在记录那些感动，更为重要的是创作者本身也是受到了感动，与记录他人的感动不同，这种感动是来自自己真实的感受，这种感动更为真切，更容易打动观众。但作为纪录片这种感动又是克制的、平实的，没有撕心裂肺，没有高声疾呼，创作者将这种感受诉诸平实的影像与素朴的解说，将内在情感的真切与表现形式的冷静水乳交融般地结合为一体。

同时，这种情感真实又离不开宏大叙事的历史背景，感情升华到对历史的理解和对自我的反思，正是在回顾中华民族抗战的背景之下进行的。如果一部纪录片只记录个人的情感，那么就会流于平庸，因此情感是需要升华的。升华的情感的表现，也就是本片情感性的第二个层面：由内心真实的感动上升到对历史的理解和对自我的反思。在第六集中，萨苏带着摄制组的人们，在天长山上搜寻战争留下的遗迹，希望能够找到传说中的军火库，解说词这样说道："我们觉得挖到的东西越多，就

[①] 刘飞.从《舌尖上的中国》看纪录片中的情感因素[J].新闻窗，2012（5）：45.

越接近历史,看到了那些长枪短炮,才可以触摸到战争的残酷,感受到鲜血喷洒在脸上的温度。"但讲述到嘎丽娅一个人进入日轮兵舍进行谈判,却被杀害时,解说词又说道:"即便真的找到了军火库,我们真能感受到鲜血喷洒在脸上的温度吗?"在残酷的历史面前,仅仅感动是不够的,更为重要的是反思自我,真正的历史情景我们可以感受,但永远也不能与亲历过的人们相提并论。还有,当摄制组人员在庆祝此次重访活动成功时,镜头下的萨苏和安然抑制不住心中的激动而慷慨陈词甚至落泪时,镜头却从萨苏的身上悄悄地转向了神情黯然的八十九岁的老兵李敏身上,"我们是接近历史了,也找到了那支特种部队,但是我们却若无其事地撕开了一个八十九岁老人的伤疤"的解说词,不仅有着创作者自己的反思,也让观众从内心深处去体悟幸存者的内心情感,以此告诉整个社会,战争的伤疤并没有完全恢复,历史的影响也不仅仅在从前,现在的纪念抗战、缅怀先烈与致敬老兵应当有着更为现实的意义与价值。

其二,注重真实记录的故事性。

希拉·柯伦·伯纳德在《纪录片也要讲故事》中明确地谈道:"对绝大多数优秀的纪录片来说,如何讲故事正是他们吸引人的关键所在。"[1] 在我国,陈汉元先生也提出了"纪录片故事化"的观点。作为一种纪录片创作理念,"纪录片也要讲故事"受到部分创作者与观众的欢迎,导演佟晟嘉也受到了这种观念的影响,在他之前所制作的《幸福中国》《天下华人》等纪录片,《讲述》等节目(栏目)就非常注重故事性,创造了极佳的艺术效果和观众认同。纪录片的故事不同于其他影视作品中的故事,它必须是真实的,并且是绝对的真实,容不得半点虚假,也就是说故事本身必须是真实的,创作者的任务并非构建故事,而是发现故事、讲好故事。主创们以真诚的态度、认真的职业精神挖掘出一个个鲜活的真实的历史故事和

---

[1] 伯纳德.纪录片也要讲故事(第2版)[M].孙红云,译.北京:世界图书出版公司北京公司,2011:3.

现实故事，将真实的内容展现在观众面前，以此来表达思想、引发思考；本片的叙事策略则是讲好故事的关键，在每一集中将相似的但发生在不同时空的故事按照主题编排在一起，基本上是几个故事（历史的与现实的）平行推进，一起推向高潮，达到情感与思想的制高点，然后依然以主题为纽带收在一起，整体上就显得高低有序、充满张力又动人心弦。讲述优秀故事的目的不仅仅是让观众更好地接受作品，同时也是告诉观众，历史与现实就是如此，它们本来就如此，或精彩或平实，或愉悦或沉重，更增加了片子的艺术魅力。

四、镜头语言与剪辑手法的艺术张力

作为一部当代影视作品，其视听语言的运用也是作为专业人士应当关注的重要内容，本片将平实素朴的镜头语言与巧妙的剪辑手法相结合带来强烈的艺术张力。

就拍摄的镜头而言，本片没有过于宏大的华美的各种特技镜头，关注的是与人物（包括亲历者和制作人员）内心情感相关的事物。在拍摄人物时，注重人物的细部刻画（例如握手、拥抱、流泪），注重人物与人物、人物与环境的关系，更注重此时此地人物内心的情感变化；在拍摄景物时，没有特意追求大远景、大全景，只是在必要的时候偶尔一用，表现在这种环境中人物内心的变化，环境和景物往往隐喻着人的内心世界。同时我们还应该看到，本片并非主题先行，而是在寻访中发现主题，这种随机的拍摄方式，就更能够体现真实的状态，同时在过程中发现主题，是创作者的真切感受，也能够给观众带来这样的感受。

就解说词而言，本片则是以现代人的视角诉说着青年对历史与现实的理解，其表现形式并非以往历史题材纪录片中播音员似的字正腔圆，也没有高潮迭起，而更像我们身边一位普通的青年，与观众交流谈心、诉说真实情感的过程，这种平和的语调体现的则是一种客观冷静的态度——我们对历史和现实有着自己的理解，我们愿用自己话语方式表达出来。这种素朴的语言与强烈的情感、沉重的反思形成的不是反差，而是极强的艺术张力。

就剪辑手法而言，创作者注重镜头与镜头之间组接所产生的意义。不仅仅是将历史与现实交叉剪辑在一起，让观众看到过去和现在的对比，体味不同的青春，感受历史的厚度，观照现实的世界，更为重要的是注重镜头与镜头之间剪辑所产生的意义（蒙太奇效果）。例如，在第七集中，当采访到申莲玉老人时，老人因年事已高再加上患有疾病，没有侃侃而谈，只是简短地回答着提出的问题，这种沉默寡言的方式本身就十分让人感动，而采访之后，紧接着就是一个仰拍国旗的镜头，国旗并没有迎风飘扬，其状态如刚刚采访过的老人一样安静，但不失崇高，两个镜头剪辑让我们看到了即使是一个普通的士兵，他的品格依然如国旗般宏伟。再如，片子的最后，将李敏老人喂动物、自己吃饭、刷洗餐具与现代年轻人追求流行音乐的场景剪辑在一起，其体现的意味则是复杂的，片中许多剪辑都是如此，创作者没有直接表述对某些问题的看法，而是借助蒙太奇手法，让观众自己去体会它们之间的意义，这既与该片平实素朴的风格相吻合，也引导着观众向更为深远的境界去思考，这正是剪辑艺术张力之所在。

相较于以往宏大叙事的革命历史题材纪录片与"小叙事"的讲述个体命运的现实题材纪录片，本片既不乏对革命战争历史深刻的体认，也展现出对当下社会现实切实的关注，并将二者以艺术化、审美化的方式巧妙地结合在一起。观众以当下切身的生活感受来体味革命战争的历史过程，也在回顾革命战争历史的同时理解了当下的社会现实。这种具有创新性的结合，能让观众深刻且平静地体悟"历史纵深感"，从而达到一种对社会、历史与生命的理解。

五、独立制作与媒体调动的制播方式

本片除了作为作品在艺术创造上值得关注，其作为产品的生产与传播的特点也是值得关注的。《关于加快纪录片产业发展的若干意见》的提出对于纪录片的制播方式产生了重大影响，例如纪实频道的开播、产业化的运营、制作资金充足的投入等。有学者称 2011 年是中国纪录片产业元年，当年出现了井喷式的爆发[①]，经过 2012 年的稳固发展，到了 2013 年，民营独立制作公司的力量相较于产业化最初的两年，无论在融资、策划上，还是在拍摄、制作上，抑或是发行、传播上都显得更为强大。民营独立制作公司在纪录片产业化道路上的角色越来越为重要。发展到现在，民营影视公司的纪录片生产，已经不再是电视台或某些制作机构的补充，而显现出更为独立的产业价值。虽然，该片的制作方雷禾文化的影响力，在当下远不及三多堂、上造影视、伯璟文化等，但其在民营纪录片创作与传播方面的探索也值得关注。

2013 年 9 月 2 日，《青春致敬青春》在北京纪实频道、爱奇艺、视讯中国同时播出，实现了电视、网络、手机三屏同步播出，这种多种媒体调动的传播方式适应了当代观众的接受需求，同时，三种媒体的联动播出，使大众更为容易地接触到本片，从而也扩大了本片的传播效果。在当代文化环境中，传播方式不仅有形式上的价值，更为重要的，传播方式本身就体现着一种态度，较之以往的纪录片在电视播送完毕才可以在互联网上播出的情况，多种媒体调动的同时播出更尊重了各个群体观众的接受习惯。这种方式和态度的转变与本片的青春话题相结合，在整体上显现出对新的现实的观照，更能让观众接受本片的价值。而与此同时，其市场表现也就更为乐观。

---

① 张同道，赵谦. 2011 年中国纪录片市场发展报告［J］. 中国广播电视学刊，2012（5）：68-70.

该片由雷禾文化独立出品并发行，仅用一千万左右就完成了本片的拍摄、制作和发行，作为成功案例，《青春致敬青春》制播方式的意义体现在以下几个方面。

其一，敏锐快速地捕捉新鲜题材。虽然中国纪录片已经进入准产业化时代，但作为公办单位的电视台的不少制作观念、管理体制还停留在传统的电视制作观念之上，这就造成市场反应较慢的弱点。而作为民营公司的雷禾文化紧紧抓住了这个新鲜的、很少有人发掘的题材进行创作，仅用25天就完成了拍摄10个城市的任务，并较快地完成了纪录片的后期编辑工作。民营公司的这种快速反应，在纪录片市场化的背景下，值得每一个创作和发行单位关注。

其二，制作观念上更易创新，表现手法上更为灵活。艺术手法上的创新与独立制作的生产方式有着很大的关系。独立公司的制作生产，使得一些新的艺术理念和生产方式更容易付诸实践，在内容生产和发行传播上能充分发挥独立性和创新性，在产业上能充分发挥自主性和创造性，一旦这些理念和实践符合纪录片发展规律，得到观众认可，那么生产出来的纪录片一定会获得艺术和产业上的双丰收。

其三，在培养和引导观众方面的进步。一个不容否认的事实那就是纪录片的观众数量远不及电视剧和综艺节目，我们并不是要硬生生地将观众从电视剧和综艺节目前夺过来，因为当代媒体本身就是主流文化、精英文化和大众文化展现的平台，观众选择什么是他们的自由，就现阶段而言，再优秀的纪录片的观众数量也不及电视剧和综艺节目。但纪录片的观众数量不多的事实，并不是要纪录片从业人员安于现状，而是要多渠道地让观众了解纪录片，观看纪录片，在这个层面上，多种媒体的同步播出就显现出独特的意义，本片不仅仅在电视上播出，也在电脑和手机上播出，使得片子就更接近现代观众，再加上内容上贴近青春、贴近现实，表现上平和自如，所以观众更乐意接受纪录片。培养观众群体、引导观众审美不仅仅是作品艺术上的问题，其传播方式也极为重要，这也是纪录片产业需要考虑的一个重要问题。

其四，对纪录片产业整体优化的促进有积极影响。首先，在纪录片市场化的道路上，民营公司的力量不可小觑，他们在制作观念、管理体制、营销发行上表现得更加积极、富有活力，本片的整个生产过程就是如此，这对于电视台来说的确是一个挑战，但更为重要的是这种优势或者说变化是促成行业内部竞争和合作的一个重要契机，也有助于整个纪录片行业不断优化资源、提升整体实力。其次，在资金投入方面，虽然现阶段民营公司在资本状况上没有那么吃紧，但在整体上还是不能与老牌电视台的资金投入相提并论，因而小制作是其在独立制作时资金投入上的一个重要选择，在资金相对较少的情况下，就需要理念的创新和落实理念的迅速，本片的拍摄制作也将这种资金上的"劣势"转化为内容生产上的"优势"。小制作同样可以产生精品，在整体的产业格局中，小制作以其先锋性和突破性，给"肉身沉重"的纪录片生产打了一针强心剂——纪录片原有的优势（特别是公办电视台的原有优势）几乎在这个市场化的环境中一点一点地被瓦解，一种新的产业格局正在慢慢构建，所有制作生产单位都应看到产业化的整体变化与微观转变，以调动所有的积极因素，求得生存与发展。

习近平总书记曾指出，要"运用历史的、人民的、艺术的、美学的观点评判和鉴赏作品"，本文正是以历史的和人民的观点为基础，对《青春致敬青春》进行了艺术的和美学的分析和解读。以此为契机，期待革命历史题材纪录片能够更为艺术地、真切地与当代观众的生活状况、情感体验相契合，更为有力地发挥其现实作用。期待本文与其他优秀的文艺评论一起，能够发挥"引导创作、多出精品、提高审美、引领风尚"[①]的作用，为中国文艺发展增添一点力量。

---

① 习近平.在文艺工作座谈会上的讲话［N］.人民日报，2015-10-15（2）.

新时代中国共产党领导文艺事业的五重意蕴

解永越　中共中央党校

中华民族至今已经走过了五千多年的光辉历程，历史在向前推进的过程中不断丰富着中华优秀传统文化的时代内涵。而彰显中华民族五千多年璀璨文化的各类优秀文艺作品则通过各种方式，诠释着中华优秀传统文化的内在意蕴。中国共产党作为一个来自人民的政党，始终将文艺工作列为党的重要工作内容之一。党的十八大以来，以习近平总书记提出"两个结合"的重大论断为标志，中国共产党始终以坚持传承中华优秀传统文化为己任，高度重视文艺作品应具有的时代创新性、人民至上性、思想引领性、现实观照性以及文化传承性，不断推动文艺工作达到新的高度。

一、新时代的中国文艺作品要具有时代创新性

新时代展现新风貌，新创作孕育新作品。党的十八大以来，一批深受人民群众欢迎的文艺作品得到了热烈追捧，这些文艺作品通过使用不同的叙事手法、创作手段、表达方式展现出新时代大背景下的社会状况、人民生活、风俗习惯等多个方面。

（一）文艺作品创作突出杰出领袖与普通个体相结合

习近平总书记曾深刻指出："人民不是抽象的符号，而是一个一个具

体的人的集合，每个人都有血有肉、有情感、有爱恨、有梦想，都有内心的冲突和忧伤。"① 党的十八大以来，文艺工作者坚持在传承中创新，努力突破以往文艺作品的固有框架，以高度思想性与价值启发性为原则，创作出了各种类型的优秀文艺作品，特别是一批反映中国共产党革命、建设、改革的主旋律文艺作品，将党与人民的鱼水关系用艺术性的方式呈现出来。

2021年央视大戏《大决战》通过一个"大"字，用艺术的手法再现了在中国共产党的领导下，决定中国前途命运的辽沈战役、淮海战役、平津战役等著名军事战争，突出表现毛泽东、周恩来、朱德、林彪、陈毅、粟裕等老一辈中国共产党高级指战员在敌我犬牙交错的战争形势中纵横捭阖的指挥艺术，观众在大呼过瘾的同时，也对中国共产党的老一辈革命家深怀敬意与缅怀。

此外，《大决战》在展现历史进程中重大事件的同时，也努力突破以往文艺作品固有的创作方式，通过对王翠云、武雄关、乔三本等普通小人物的描绘，表现出普通百姓眼中的"大决战"。这样的剧本编排方式更容易展现出"人民战争"的恢宏画卷。

《大决战》通过多线叙事的手法，突出展现中国共产党的优秀指战员与普通人民群众共同奔赴前线，为了新中国而战斗的历史场景，更加诠释出人民群众是社会历史真正的推动者的真理。该剧涉及的人物众多，主要角色多达240人。在拍摄过程中，女演员苏青为了使表演更加真实，自己在没有任何道具辅助的条件下，用尽力量背起剧中牺牲的男演员进行拍摄。剧组演职人员共同的努力，使得这部影视作品一经播出，就成为各类传播平台上的"爆款"，同时也为同类型影视作品的创作提供了新的角度，拓宽了该类作品的编排思路。

---

① 习近平.在中国文联十大、中国作协九大开幕式上的讲话[M].北京：人民出版社，2016：12.

（二）文艺作品中老一辈革命者的艺术形象更加"有血有肉"

党的十八大以来，一批主旋律文艺作品成为市场上的"宠儿"，它们在反映中国共产党坚强领导的同时，用"接地气"的方式，充分表现出党和国家领导人在领导人民革命、建设、改革过程中，自己作为人民的一员，也有着属于自己喜怒哀乐的日常生活。

2016年播出的电视剧《海棠依旧》通过描绘周恩来在新中国成立后的生命历程，展现出中国共产党历史上"人民的好总理"的真实形象。该作品一经播出，就得到了人民群众的广泛赞誉，剧中的周恩来不再是战争时期的革命家，而是一个需要统筹全国各个领域的"大管家"。

《海棠依旧》根据周恩来的侄女周秉德的《我的伯父周恩来》一书改编，以周秉德的视角，记录周恩来及其家人许多鲜为人知、感人至深的故事，包括周恩来初入中南海时与毛泽东在夜晚的思考与对话，与弟弟周同宇的手足情，在亲人面对职业选择时的建议等故事。从普通人的视角观察周恩来，周恩来不再被描绘成一个高高在上、可望而不可即的伟人形象，而是一个胸怀百姓、有血有肉的人民公仆。剧中的每一个道具都根据真实历史场景进行了1∶1的还原，目的就是通过优秀的"服化道"工作，使观众能够更好地了解周恩来及其家人的工作与生活片段。这样的创作方式，使得该剧成功获得了观众的青睐，同时也充分展现出周恩来等老一辈革命家的光辉形象与人格魅力。文艺工作者通过运用充满温情的创作手法，使得作品中的角色形象更加符合现实生活的人，这样的创作方式更加容易引起观众的共鸣与思考，同时也是文艺工作者进行文艺作品创作的重要尝试与创新。

（三）文艺作品创作更加注重细节描绘，不再推崇宏大叙事

进入新时代，各类文艺工作者在创作文艺作品的过程中，为了更加充分全面地展现故事所要描绘的细节，在编写剧本、拍摄过程中抛弃了过往

文艺作品一味追求宏大叙事的逻辑结构，而将重点放在展现人物细腻的情感变化、故事的深度还原上。这种注重细节的创作方式，对人民群众更加深入理解故事的起承转合以及故事中人物的情感变化提供了具有现实意义的启示。

以2021年的电视剧《觉醒年代》为例，该剧一经播出，就火遍了大江南北，该剧与传统主旋律电视剧的最大不同就是时间跨度的缩短。这部剧的时间跨度只局限在1915年《新青年》创刊到1921年建党前后为止，与传统主旋律电视剧相比，《觉醒年代》在时间跨度上不算鸿篇叙事，因此这样的剧本编排就更加容易把握历史中的细节，凸显每个人物的性格特点，也更加容易厘清重大历史事件之间的联系与因果。《觉醒年代》艺术化地再现了五四运动前后，一批有志于挽救中国人民于水火、重塑中国形象的先进知识分子的思想探索与实践检验的曲折历程，深刻地揭示了马克思主义学说与中国国情的深度契合性以及中国共产党创立的曲折历程与历史必然性。

从该剧的创作方式可以看出，新时代以来，广大文艺工作者将创作的方向与范围变得更为"聚焦"，通过"小切口，大情怀"的创作方式，打造出了一批叫好又叫座的文艺作品，同时人民群众的精神文化生活也不断得到满足与丰富。

二、新时代的中国文艺作品要具有人民至上性

中国共产党自成立以来，就将文艺作品创作中的人民至上性放在重要位置，并且始终将文艺作品作为反映并满足人民群众现实生活需求的重要媒介。进入新时代，随着社会主要矛盾的变化，人民群众在物质需求得到基本满足的同时，精神文化上的需求成为时下关注的重点，而中国共产党领导下的文艺工作者成为满足人民群众多样化精神文化需求的"生产商"。

（一）文艺作品本身要包含人民性

党的十八大以来，一批反映人民群众现实生活的作品渐渐增多，它们用贴近老百姓实际生活的创作手法，创作出一批优秀的音乐、舞蹈、影视作品等，得到人民群众的竞相欢迎。

如反映西部建设的电视剧《山海情》，描绘的是为响应党和国家号召，在福建人民的对口支援下，宁夏西海固居民放弃故土，踏上互帮互助新道路，建设美好家园的故事。如反映脱贫工作的电视剧《大山的女儿》，描绘的则是毕业于北京名牌大学的研究生黄文秀放弃了人人羡慕的大城市生活，毅然决定回到家乡，帮助村民脱贫，共同奔向富裕新生活的感人故事。如反映老百姓生活变化的《我们这十年》，该剧打破传统电视剧的叙事方式，采用单元剧的创作手法，讲述了近十年以来处于社会不同行业的普通奋斗者的故事，真正全方位地展现出平凡人的不平凡。再如反映疫情下高考生的电视剧《大考》，该剧通过对一批高三学子在新冠疫情阴霾下如何准备高考的描绘，真实地再现出疫情时代下老百姓的生活百态。再如反映当下年轻人学业、职场压力的《二十不惑》，创作团队以四名即将大学毕业步入社会的女生为视角，讲述了属于年轻一代的青春烦恼和成长困惑。这些被人民喜爱的文艺作品都有一个共同特征，那就是这些优秀的文艺作品都与现实、与人民紧密相关，能够引发人民的情感共鸣。

因此，文艺工作者应始终将人民作为文艺作品中永恒的"主角"，努力创作出反映人民群众现实生活的优秀文艺作品，更好地诠释出人民在国家中的重量和地位。

（二）人民是评价文艺作品优劣的唯一裁判

党的十八大以来，一批叫好又叫座的文艺作品不断涌现。相比以往的文艺作品，通过所谓的流量明星博取眼球，以此来获得关注度与收视率的提高，更多优秀的文艺作品通过演员在拍摄前提前体验角色、剧组人员走访调研老百姓的实际生活等方式来获取创作灵感，如演员黄觉为了演绎好公交车司机这一角色，在拍摄电视剧《开端》之前，用了1个多月时间亲身体验公交车司机生活，这种深入了解角色的方式，也成功地运用到了电视剧的拍摄过程中，它使演员的表演更加真实可信。

再如电影《攀登者》的拍摄，演员吴京之前并没有攀爬雪山的经历，因此，他在电影拍摄前就提前到达电影的拍摄地，进行了很长时间的攀爬训练，过程中他经历了缺氧、生病等意想不到的困难与问题，但也因此真正体会到了现实生活中"攀登者"的不易。此外，电影《攀登者》在拍摄过程中为力求真实，每一位主要演员的拍摄都将"假道具"变成了真道具。据统计，无论是穿着的衣服、鞋帽等行囊，还是携带的氧气瓶，这些道具将近20公斤重，这种重量在高原上的感觉会比在平原地区翻几倍。因此，该剧给予观众的身临其境感更加明显与真实。

优秀的文艺作品需要人民的评价，也需要人民的热情参与。2017年春节前后，中央广播电视总台的《新闻联播》推出"厉害了，我的国"系列主题报道，以普通人的第一人称视角讲述身边变化，传递出"我为祖国自豪，祖国为我骄傲"的家国情感，引发了观众的强烈共鸣。从中我们可以看出，无论是什么类型的文艺作品，只有将人民作为评判作品的最终"裁判"，文艺工作者才能更好地明确文艺创作目标，才能将更多更好的优秀文艺作品奉献给人民群众。

（三）要努力培养一支德艺双馨的人民文艺创作队伍

进入新时代以来，社会上各种好的、坏的价值观念影响着文艺工作者的文艺创作。文艺工作者在创作作品的同时，外部世界的物质利益诱惑时刻与他们的价值观念发生冲突，其中一些人没有经受住诱惑，为了眼前的利益，粗制滥造了一批所谓的"速食作品"。这些作品短期内迎合着"浮躁"的文艺市场需求，造成了一定程度上的"劣币驱逐良币"的现象。

但总有一批德艺双馨的文艺工作者坚守创作的底线，不为一时所谓的"挣快钱"而迷失自己，如演员张译曾在采访中表示不参加任何综艺节目，一心只想怎么样把角色诠释好。也正是由于这样的"固执"，2023年电视剧《狂飙》一经播出，就引爆了网络，张译也迎来了自己事业的第二春。

2022年是北京人民艺术剧院建院70周年，70年来，剧院始终将观众放在第一位。院长冯远征在接受媒体采访时被问到什么样的年轻人可以站在北京人艺的舞台时，冯远征给出了两个标准：努力＋做人。当被问到怎样才能"修炼"成为一名合格的话剧演员时，冯远征表示，只有踏实向前，才能成为一名合格的话剧演员。"清清白白做人，认认真真演戏"看似容易，但要想在略显浮躁的文艺市场中洁身自好，就只能以高标准严格要求自己，敢于长坐"冷板凳"，坚守演员初心，努力向"德艺双馨"标准看齐。

因此，新时代的文艺工作者要始终坚持人民文艺的创作准则，时刻加强自身的思想教育，不随波逐流，亦步亦趋，坚守原则立场，努力为人民群众创作出更多更好的艺术佳作，真正培养出一支德艺双馨的人民文艺创作队伍。

三、新时代的中国文艺作品要具有思想引领性

习近平总书记曾深刻指出："要把提高质量作为文艺作品的生命线，内容选材要严、思想开掘要深、艺术创造要精，不断提升作品的精神能量、文化内涵、艺术价值。"[①] 优秀的文艺作品本身就蕴含着时代力量，充满着这个时代的新鲜活力，它能够以"润物细无声"的方式将想要传递的思想情感呈现与表达出来。

---

① 习近平. 在中国文联十一大、中国作协十大开幕式上的讲话［M］. 北京：人民出版社，2021：10.

（一）文艺作品的创作要大力传播主流意识形态

中国共产党历来重视对文艺工作的领导，始终将优秀的文艺作品作为传播主流意识形态的重要手段。党的十八大以来，众多反映在中国共产党领导下，人民群众现实生活得到改善的文艺佳作不断推向市场，与人民群众见面。如2013年的电视剧《正阳门下》，该剧用白描式的创作手法，展现了一群生活在北京的普通老百姓的日常生活，作品以改革开放为大的时代背景，折射出每个普通人的命运都与国家和社会发展变化密切相关，真实地反映出中国社会各个领域的巨大变化。

如2017年的电视剧《人民的名义》，作品通过对中国共产党党政干部的描绘，展现出中国共产党敢于"刀刃向内""刮骨疗毒"的决心和勇气，是中国共产党对"打铁还需自身硬"誓言的最好诠释。如2017年的电视剧《鸡毛飞上天》，该剧以男主人公陈江河和妻子骆玉珠励志诙谐的故事为线索，描绘了在浙江义乌改革的大背景下，一群普通人通过自己的辛勤努力与不断奋斗，共同奔向幸福新生活的时代画卷。该剧通过对陈江河等小人物的描写，激发了更多普通人的创业热情和创新精神，也反映了中国改革开放30多年的风云变幻。再如2023年的开年大戏《狂飙》，正如剧名一样，电视剧一经播出，就受到了人民群众的极大关注，收视率也一路"狂飙"。该剧讲述了以基层一线警察安欣为代表的正义力量，与黑恶势力及其背后的"保护伞"展开的长达二十年的生死搏斗故事。该剧通过群像叙事，展现出扫黑行动中黑白双方的心理博弈与激烈对抗。从中也可以看出，这些优秀的文艺作品都反映了在中国共产党的坚强领导下，中国社会的各个领域发生了翻天覆地的变化。

这些优秀的文艺作品，既表现了中国共产党始终心系人民，始终坚守全心全意为人民服务的根本宗旨，又表现了在大的时代背景下，普通人辛勤劳动、敢闯敢拼的人物特点。这些作品通过多角度、多线索的描绘设计，细腻展现了普通人的实际生活，折射出党的十八大以来宏大的时代背景。

（二）新时代的文艺作品要讲好中国故事、传播好中国声音

文艺作品是一个时代的先声，它反映了所处时代的变化大局，同时它也有教化育人的隐性作用。党的十八大以来，越来越多的文艺作品与中华优秀传统文化相结合，激发出人民内在的"国学热""典籍热"等。如中央广播电视总台推出的大型文化节目《典籍里的中国》，节目采取主持人穿越到古代，与古代圣贤对话的方式，讲述典籍创作的艰辛历程。节目一经播出，就得到了人民群众的一致好评。之后，中央广播电视总台又相继推出《故事里的中国》《美术里的中国》等一系列节目，将中华优秀传统文化的热潮推向了一个新的高度。此外，一些文化竞赛类节目也以紧张刺激的比赛形式将中华民族优秀的传统文化进行推广传播。

优秀的文艺作品除了立足于中国国内的需求，中国共产党领导下的文艺事业也需要在国际舞台上讲好中国故事、传播好中国声音，以此来彰显新时代的中国风貌。因此，党的十八大以来，一批反映中华优秀传统文化的文艺作品走出国门，在国际舞台上大放异彩，得到世界人民的喜爱。2014年，中国作家麦家的长篇小说《解密》英译本一经出版，就得到了世界读者的欢迎与追捧。之后，该书又迅速被翻译成法语、俄语、德语、西班牙语、意大利语等三十多种语言，成功进入相关图书网站排行榜前列。中国作家这个群体也因此得到了世界人民的关注。

通过宣传推广优秀的中国文艺作品，使之成为新时代大背景下不同肤色、不同种族、不同文化的人民进行交往的渠道，已经越来越成为一个不容忽视的问题。中国共产党作为文化事业的掌舵人、引航者，需要在把握世界文化发展大势中，将中华民族内部所积蓄的正能量以文艺作品"润物细无声"的方式传播推广出去。

（三）新时代的文艺作品要走得出去

党的十八大以来，一批优秀的文艺作品走出国门，向世界展示出中国的光辉形象。如 2015 年刘慈欣的小说《三体》获奖之后，"三体"系列得到了全球书迷的热烈追捧。一些如"面壁者""破壁人""古筝计划""水滴"等书中的文字不断成为网络上的热门搜索词。借助这股浪潮，2023 年央视开年大戏《三体》的播出，得到了国内外观众的极大关注与喜爱，美版《三体》也于 2024 年与观众见面。从中我们可以看出，优秀的文艺作品可以成为不同文化背景下的世界各国人民沟通的桥梁与纽带。

以中国电影为例，从近些年的海外电影市场可以看出，国产传统动作片最受海外观众欢迎。该类型的影片也是传播中华优秀传统文化，与国外人民文化交流的有效途径之一。此外，电视剧、电影等艺术作品通过采取中外合拍、跨国投资等方式，也更加容易打破传统行业之间的文化贸易壁垒，更加利于中国电影乃至中国文化更好地"走出去"。

2022 年，由沈腾、马丽主演的电影《独行月球》走进海外院线，引发海外观众热议，在海外网站收获大量好评，一些外国影评人发布评论视频点赞支持，外国观众也自发地进行影片宣传。此外，传统电视剧行业也开始向海外市场拓展。《三十而已》《以家人之名》等现实题材的影视作品，从个人和家庭视角生动展现了中国人对美好生活的向往与不懈追求，这样的故事编排超越了不同国家间语言、风俗、生活习惯的差异，赢得了海外观众的共鸣。

四、新时代的中国文艺作品要具有现实观照性

党的十八大以来，中国的文艺创作迎来了一个新的高峰，在取得成绩的同时，也依然存在不少问题亟待解决，如文艺市场较为浮躁，文艺作品的好坏以票房、收视率为评价标准，文艺作品有"高原"无"高峰"现象

严重，一部分文艺工作者"失德"问题时有发生，甚至是出现了披着历史虚无主义外衣的虚假文艺作品，毒害着不明真相的普通百姓特别是广大青少年。如何更好地解决问题并提出可行的解决方案成为新时代最需要突破的困境。

（一）在坚守党的原则底线基础上给予创作者更多空间

中国共产党作为新时代的引领者，需要一批能够反映党的政策方针的文艺作品。因此，新时代的文艺工作者绝不能单单以表达自己的思想情感来创作文艺作品，而是应该心怀党与人民的叮咛嘱托，努力在创作文艺作品中把小我融入大我之中，以胸怀天下的创作心态打造出一批市场卖得好、观众口碑高、价值意蕴深的文艺作品。如电影《长安三万里》，该片导演、编剧通过深入调研西安的人文历史，大胆突破以往国产动画故事片多以《西游记》《封神榜》等神话故事为蓝本的框架，以唐朝晚期诗人高适的视角，描绘出唐朝由盛转衰的历史悲剧。通过以历史上实际存在的人物为主角来描绘故事，这种大胆的尝试并没有遭受市场的冷遇，相反，《长安三万里》通过展现诗词背后的中华优秀传统文化，彰显了中华民族的精神标识与时代感召力。

党和国家相关部门应该在坚持原则的前提下，始终心系文艺创作者，努力成为文艺创作者的"引路人""同路人""知心人"。

（二）文艺作品的创作要与现实生活相结合

文艺作品的创作需要独立的空间、自由的思想，但创作不是没有约束的，戏说不是胡说，改编也不是瞎编，一部好的文艺作品应该是在把握历史与现实的发展大势中，坚守党的立场，正确、全面、准确地展示中国发展的波澜画卷。新时代以来，一大批优秀的文艺创作者深入基层、深入一线，用情用力地描绘祖国的大好河山与动人故事。如2023年的电视剧《去有风的地方》，故事主要描绘了放弃城市工作的男女主人公，意外邂逅在云南大理古城并由此展开的一系列故事。该剧一经播出，就引来了众多观众的热烈追捧，除了男女主人公演技在线，剧中描绘的大理古城更是成为人们心中的"向往之地"，由此也带动了疫情之后久违的旅游产业的兴盛与繁荣，推动了当地旅游业的爆火。从中我们可以看出，一部优秀的文艺作品创作与传播是可以辐射到现实生活中的，它可以带来实在的经济效益与社会效益的增长。

再如电视剧《父辈的荣耀》，该剧在展现一个个家庭生活酸甜苦辣的同时，不忘观照现实，通过普通人的视角呈现出在2014—2015年全面限伐背景下，故事主人公陈兴杰积极响应党中央提出的"绿水青山就是金山银山"生态文明建设号召，带着家人和生活在林区的百姓，加入林业改革的行列，实现生态环境与经济发展"共赢"的成长故事。从这些优秀的文艺作品中可以清晰地看出，党的十八大以来，在以习近平同志为核心的党中央坚强领导下，中国共产党始终与中国人民想在一起，干在一起，兑现了"江山就是人民，人民就是江山"的庄重承诺。

（三）全社会应努力营造风清气正的文艺作品创作环境

党的十八大以来，中国的综合实力得到显著提升，特别是在文艺领域，电影、电视、话剧、戏剧等多种表演形式层出不穷。这在一定程度上丰富着人民群众的精神文化生活。但可喜的同时，文艺领域也同样存在许多问题。其中，随着社会主义市场经济的进一步发展，各种流量排行榜、网络评论等新的附加因素，影响甚至扭曲了文艺工作者创作文艺作品的初心方向。究其原因，是由于他们在市场经济运行的大潮中受到利益诱惑，迷失了自己。这无疑是可怕可悲的，如果长此以往，文艺作品沾满了铜臭，只以市场的需要、经济利益的驱使、资本的逐利性为判断标准，最终的结果则是文艺作品的单一、僵化、没有内涵，以致无法真正地反映人民群众的实际生活。

全社会如果想要营造风清气正的环境，单单靠文艺工作者是远远不够的，还需要党、政府、社会组织的共同发力，才能够扭转"向钱看"的时代现状。以国产电影为例，现如今票房收益高的文艺作品往往是那些所谓的"商业大片"，市场中已经很少能够看到引发观影热潮的文艺片了。这也是目前国产电影遇到的困局之一。

因此，党和政府应该通过采取有针对性的政策措施，鼓励文艺工作者进行多种类型作品的创作与发行，相关行业的从业者也应该利用短视频平台、路演等方式为作品预热，使真正好的文艺作品让群众知晓，不辜负创作者的辛苦付出。新时代需要一批敢想敢干的文艺工作者，同时也需要他们创作各种类型的文艺作品来繁荣文艺市场，丰富人民群众的精神文化生活。因此，只有社会中各个主体共同发力，为文艺作品的顺利产出保驾护航，中国的文艺市场才能迎来新的春天。

五、新时代的中国文艺作品要具有文化传承性

中华民族拥有悠久的历史文化，也是世界文明古国中历史文化唯一没有断层的民族。赓续千年的中华优秀传统文化需要传承，更需要发展。新时代的文艺工作者需要履行好自身职责，努力创作各种类型的文艺作品，承担起传播中华优秀传统文化的历史责任，书写出属于这个时代的光辉篇章。

（一）文艺作品的创作需要与中华优秀传统文化相结合

习近平总书记在《在文化传承发展座谈会上的讲话》中指出："只有全面深入了解中华文明的历史，才能更有效地推动中华优秀传统文化创造性转化、创新性发展，更有力地推进中国特色社会主义文化建设，建设中华民族现代文明。"[①] 中华优秀传统文化源远流长，从古至今，众多的古代

---

① 习近平.在文化传承发展座谈会上的讲话［M］.北京：人民出版社，2023：1.

先贤用自己的笔墨，创作出了反映中华民族上下五千年历史文化的优秀文艺作品。如反映大唐盛世各种体例的唐诗，记录历史上各个朝代的史书《二十四史》，唐宋的书法作品，等等。他们通过文艺作品映射出属于那个时代的社会现状、人文风貌等，也通过文艺作品中的场景、细节记录下了每个时代的沧桑变化。

进入新时代以来，文艺创作者始终坚持中国共产党的坚强领导，坚守中华优秀文化立场，以细致的笔墨、严谨的态度，努力将自己的文艺作品与中华优秀传统文化相结合，始终将自己的创作理念与源头深深扎根于中华文明的沃土中，创作出了一批反映中华优秀传统文化的文艺作品。如西藏广播电视台制作的少儿节目《邦锦梅朵》，紧紧围绕西藏地方特色，结合时代要求，反映西藏独特人文历史。如中央广播电视总台出品的大型文化节目《国家宝藏》，每期节目通过邀请著名演员与专业人员共同介绍三件具有历史文化底蕴的国宝文物的方式，来促使观众生成对历史的自信与敬畏。节目一经播出，就收到了广泛的好评，不少观众在网上给节目组发私信催更节目，可见，一个好的文艺作品是可以引起观众的牵挂与共鸣的。再如以古代画作为蓝本，展现中华优秀传统文化的舞蹈《只此青绿》，作品以十足的诚意展现了北宋年轻画家王希孟《千里江山图》中所描绘的景象，在 2023 年中央广播电视总台的春节联欢晚会上一经播出，就获得了广泛的赞誉，引发巨大反响。

（二）文艺作品的创作者应该以立德树人为创作标准

一个好的文艺作品需要与之对应的创作者，文艺创作者自身是作品的"母亲"，其作品想要表达的思想感情，想要传递的价值观，其实质反映的是文艺作品创作者自身的价值观念与思想感情。近些年来，一些旨在传播社会正能量、充满创意的公益广告以或轻松、或严肃、或充满趣味的方式在电视、手机、电脑等媒介传播推广，得到了人民群众的欢迎与喜爱。如中央广播电视总台出品的《别让等待成为遗憾》《筷子》《Family》《人生

留白 风景更美》等公益广告用充满温情的方式传递出中国人能够接受的共同价值观。

除了文艺作品本身需要质量过硬，各类文艺作品传播的媒介也成为重要的一环。新时代以来，由于网络等新媒体的推广，各种资讯以碎片化的方式传递给人民群众，它在一定程度上确实方便了人民群众在第一时间获取各类信息，但与此同时，一些无良创作者为了吸引眼球，博取收视率、提升浏览量与点赞量，不顾基本的道德伦理与真实性，通过使用各种骇人听闻的标题、内容来吸引读者，甚至不惜将作品的内容加以修改，以此来获得更多的关注度。如一些公众号发布的"你不知道的惊天秘密""不看会后悔一辈子的故事"等。这些虚假甚至有害的内容固然与整个文化市场"浮躁"的现状有一定的关系，但更多的原因或许还在于文艺工作者自身，作为一名合格的文艺工作者，应该时刻以立德树人为创作标准，努力创作出能够真正代表人民心声、反映人民实际生活的优秀文艺作品。"板凳要坐十年冷，文章不写半句空"这句话没有过时，它依然是新时代文艺工作者创作作品的标准之一。只有耐得住寂寞，把心真正从"浮躁"变为"沉寂"，文艺工作者才能创作出真正优秀的文艺作品。

（三）文艺工作者进行作品创作应该在传承中不断创新

对于广大文艺工作者而言，中华优秀传统文化是培植优秀文艺作品的优渥土壤，但仅仅将中华优秀传统文化作为养料是远远不够的，作为文艺工作者来说，只有在继承前人优秀文化的基础上，时刻保持创新精神来创作文艺作品，中国的文艺事业才能更加繁荣昌盛。

如戏曲节目《最美中国戏》，节目打破了以往观众特别是年轻观众对戏曲的刻板印象，以年轻观众的视角将传统艺术与现代流行样式相结合，运用舞蹈、情景剧等方式表演传统戏剧，获得了各个年龄段观众的喜爱。再如中央广播电视总台出品的电视节目《加油！向未来》，该节目通过采取趣味科学实验与科学原理相结合的竞赛方式，既吸引了专业领域内的从业人员，也在年轻观众特别是广大青少年间产生了巨大影响力，节目在寓教于乐的同时，传播了科学知识。2021—2022年春节期间，由于疫情的影响，国家京剧院根据实际情况，以"云大戏、过大年"为主题，利用5G等高科技手段，连续在节日期间推出大型京剧《龙凤呈祥》。通过文艺与科技的巧妙融合，为海内外观众创作出了一部在传承中创新的优秀文艺作品，真正实现了社会效益与经济效益的统一。

传承不等于守旧，创新也不等于胡闹，新时代的文艺工作者需要以中华优秀传统文化的基本范式与要求为准则，在继承其基本思想的前提下，吸收中华优秀传统文化中的有益部分，同时紧密结合新时代的发展要求，通过使用科技等手段，真正使中华优秀传统文化不仅要"活"起来，更要"火"起来。

"文艺是时代前进的号角，最能代表一个时代的风貌，最能引领一个时代的风气。"[①]党的十八大以来，在以习近平同志为核心的党中央坚强领导下，中国文艺事业的发展取得了巨大的飞跃，它见证了新时代中国十年的伟大变革，彰显出大国的光辉形象，奏响出时代的最强音。人民需要文艺，文艺也需要人民。在继往开来的新时代中，广大文艺工作者在重视文艺作品应具有的时代创新性、人民至上性、思想引领性、现实观照性、文化传承性的同时，只有始终以胸怀党的嘱托、人民的期望、社会的需求为准则，中国文艺事业的巨轮才能在披荆斩棘、栉风沐雨中行稳致远，不断向前！

---

① 习近平.在文艺工作座谈会上的讲话［M］.北京：人民出版社，2015：5.

试论新时代中国筝乐的创作风格

张 蕾 广西民族师范学院

"文章合为时而著,歌诗合为事而作。"衡量一个时代的文艺成就最终要看作品。①古筝发展至今已有 2500 多年的历史,岁月的积淀赋予了古筝深刻的内涵。传统筝乐植根于各自的地方文化、民间音乐,通过不断的发展、流变,形成了独具特色的筝乐流派,具有很强的依附性。到了 20 世纪 50 年代,筝乐创作进入活跃期,主要以民间演奏家的创作为主。作品内容反映时代风貌,以传统曲调为基础,运用传统的演奏技巧,表现新时代新风貌。有些筝家(如赵玉斋)尝试着演奏技法的创新,取得了令人瞩目的成效。代表作品有赵玉斋的《庆丰年》、曹东扶的《闹元宵》。60、70 年代,一些受过现代专业音乐教育的古筝演奏家积极参与创作活动,他们对传统筝乐流派风格把握准确、演奏技法娴熟,尝试着将西方音乐作曲技法及西洋乐器的演奏技法融入筝乐创作,出现了一批精致、流畅,而又充分发挥演奏技巧的乐曲,如王昌元的《战台风》、张燕的《丰收锣鼓》、焦金海的《山丹丹开花红艳艳》等。这一时期的筝乐创作倾向于追求作品的写实性,大多数筝乐作品从曲名上就可以直接反映出音乐所要描述的内容,是时代精神的体现。80、90 年代的筝乐创作者在继承传统的基础上,以开放的思维和广阔的视角,进行了大胆的创

---

① 习近平. 在文艺工作座谈会上的讲话 [M]. 北京:人民出版社,2015:5.

新和拓展，如王建民的《幻想曲》、叶小纲的《林泉》，在创作时运用现代和声、节奏等元素，使得筝乐作品更加富有现代感。在演奏技法方面，快速指序、双手摇指和双手轮指的出现赋予了筝乐新的生命和内涵，如王中山的《云岭音画》《溟山》。这一时期的筝乐作品在技法、内容、风格等方面都取得了较大的突破，为新时代筝乐的创作发展奠定了坚实的基础。

进入新时代，更多的专业作曲家、演奏家进入筝乐创作领域，他们掌握专业的现代作曲理论，拥有深厚的传统音乐文化修养，秉持开放包容的创作理念，创作了一批具有新时代特色的筝乐作品。这一时期筝乐创作体现出三个特点：题材、体裁广泛化，风格形式多元化，注重个性化语言的创造；创作中观念的突破及创作思想的成熟；创作中对中国神韵的寻觅与尝试。本文将以新时代筝乐创作为切入点，就体现当今筝乐创作风格多元化的客观的理论依据进行阐述。

一、筝乐创作母题的经典化

"求木之长者，必固其根本；欲流之远者，必浚其泉源。"中华优秀传统文化是中华民族的精神命脉，是涵养社会主义核心价值观的重要源泉，也是我们在世界文化激荡中站稳脚跟的坚实根基。对于筝乐创作而言，母题的选择就显得尤为重要。音乐的母题是指在音乐创作、演奏、演唱中经常出现的主题或题材，具有鲜明的文化特征。中华优秀传统文化种类繁多且有着强大而持久的魅力，因此也成为新时代中国筝乐创作的重要源泉。

（一）以自然为母题的筝乐创作

中华美学讲求托物言志、寓理于情，讲求言简意赅、凝练节制，讲求形神兼备、意境深远，强调知、情、意、行相统一。[1]古往今来，中国人都

---

[1] 习近平.在文艺工作座谈会上的讲话[M].北京：人民出版社，2015：5.

将自己视为自然的一部分，"天人合一"的理念阐述了人与自然相互依存、辩证统一的关系。历代文人墨客都愿沉浸于自然山水，陶醉其中，"智者乐水，仁者乐山"就是最好的写照。在他们的艺术创作中，以自然为母题的创作则为最高境界。如"月"之母题、"山水"母题、"渔樵"母题等。如筝曲《高山流水》一方面通过质朴沉稳的音调，描绘出高耸入云的山岳、延绵起伏的山脉，意寓"会当凌绝顶，一览众山小"的志向；另一方面生动地刻画了时而澎湃汹涌、时而清泉潺潺的流水形象，借以抒发一种超凡脱俗、典雅高洁的情操和品格。

新时代的筝乐创作中，"自然"之作仍备受作曲家垂青，这一时期出现的以自然为母体的优秀筝乐作品有很多，如《海之波澜》（王瑞曲）、《静水流深》（刘畅曲）、《山高水长》（刘乐曲）、《云起时》（王中山曲）、《秋之旋》（方岽清曲）等。《秋月吟》由青年演奏家刘乐2017年10月创作，作品以杭州西湖十景之一的"平湖秋月"为创作灵感，以经典的广东音乐《平湖秋月》为创作素材，运用温婉抒情的乐句、丰富的和声语言及中国传统音乐"散—慢—中—快—散"的结构，勾勒出独特的西湖之夜，也蕴含了作者对人生"自然、自如、自在"的追求与感悟。曲作者以独特的视角和深邃的思考，发掘中国传统文化思想内涵。王中山创作的筝独奏《天净沙》，"虽然取材于元代诗人马致远的诗句，具有怀古的那份诗情画意，但更多的是表达当代人对中国传统哲学和美学思想的理解：西风瘦马、夕阳西下、旅途漫漫、人在天涯；惆怅、超脱、顺其自然、天人合一"[1]。透过这些优秀的筝乐作品可以看出人与自然的辩证统一，不仅属于哲学范畴，亦可融入筝乐创作。曲作者投身于大自然的怀抱之中，从中寻找精神的寄托，谱写出具有深刻精神内涵的作品，对音乐艺术的发展影响巨大。

---

① 王次炤.王中山的筝途：一位在传统和现代之间探求经典的古筝艺术家[J].人民音乐，2022（11）：39-45.

（二）以古代优秀文学作品为母题的筝乐创作

在中国五千年的历史文化长河中，传统音乐与古典诗词同属艺术范畴，是两种文艺表现形式。它们有着各自独特的发展规律和不同的内在结构。音乐是音符随着时间的悄然流淌——呈现，而文学则随着文字的逐渐展开来表情达意，两者的目的都是抒发人类的思想感情。例如古曲《渔舟唱晚》的标题和意境来自唐代王勃的《滕王阁序》："落霞与孤鹜齐飞，秋水共长天一色，渔舟唱晚，响穷彭蠡之滨。"

新时代以诗词为母题的筝乐创作依然是作曲家的首选。如李博的古筝协奏曲《桃花源》，取材于东晋诗人陶渊明的《桃花源记》，作品用音符塑造了一个心灵桃源，每当聆听此曲，都能激起人们对美好的回忆，挥之不去，回之不去。吴延创作的筝独奏《望雪》，标题取自唐代祖咏《终南望余雪》里的诗句"终南阴岭秀，积雪浮云端"，描绘终南山的景色巍峨，歌颂秦岭的历史悠久，倾诉对家乡的深切眷恋。黄枕宇创作的筝与弦乐四重奏《独凭阑》，取材于五代李煜的《浪淘沙令·帘外雨潺潺》诗句"独自莫凭栏，无限江山，别时容易见时难"，以此描写古代闺中女子寂寞、忧思等丰富的情感领悟，引起现代人与诗人的共鸣。顾冠仁的筝独奏《江南》，乐曲如其名，取材于同名汉代乐府诗《江南》："江南可采莲，莲叶何田田。鱼戏莲叶间。"作品通过古筝优美亮丽的音色描绘了秀美温润的江南美景。王瑞创作的古筝协奏曲《海之波澜》，取材于唐代诗人司空图的《诗品二十四则》："绝伫灵素，少回清真。……海之波澜，山之嶙峋。"作品运用多种古筝演奏技法，来塑造大海不同形态，借此抒发作者对海的敬佩，对家乡的思念。

古筝演奏家邓翊群于2015年创作了筝曲《定风波》，其创作灵感源于苏轼的词《定风波》："莫听穿林打叶声，何妨吟啸且徐行。竹杖芒鞋轻胜马，谁怕？一蓑烟雨任平生。"该作品运用了新兴的理性的双乐器写作平衡概念，采用筝与钢琴交互写作的理念与作曲方式，使其区别于其他古筝协奏曲。这种创作方式让古筝与钢琴旋律紧密联系，环环相扣。音乐气质蕴含苏轼这一淡泊名利的中国文人形象与豁然旷达的精神内涵。这首曲子与诗词的意境完美融合，旋律从含蓄细腻渐变为明亮轻快，完美地表达了情绪从飘忽不定到豪迈抒情的转变。整首乐曲始终洋溢着一股坚定的力量，展现出作者面对困难、困惑、迷茫时，那种知难而上的勇气和不服输、不气馁、豁达不羁的人生观。由此我们可以感受到，中国古典诗词的文化深度和赋予现代音乐创作者的创作灵感要远远超出人们的想象，我们在聆听优美旋律的同时也应该仰视经典文化。

（三）以民族民间音乐为母题的筝乐创作

我国地域辽阔，民族众多，由于地域风俗、文化审美的差异，形成了丰富多彩的民族民间音乐。这些地方音乐凝聚了各地人民的思想感情，音乐思维和文化风貌，其形态和情感都染有鲜明的地方色彩，各尽其妙，异彩纷呈，对新时代筝乐创作有着深层的、渗透的、本源性的影响。随着国家"一带一路"倡议的不断深化，具有我国西部音乐风格的筝乐作品越来越多，作曲家希望通过这些具有地域特色的筝乐作品向人们展示奇山秀水、风俗迥异，充满了神秘色彩的文化底蕴，唤起我们对文化悠久历史的神往。例如作曲家周煜国吸取陕西关中戏曲秦腔音调创作的筝与群筝作品《忆长安》，吕亮以反映唐朝盛世的史诗壁画为素材创作的筝独奏《梦长安》，周成龙以陕北民歌《圪梁梁》为主题音调创作的筝与群筝作品《黄土地的歌——圪梁梁》，魏军教授创作的《行者》《大漠行》《源》等都是以"西部民间音乐"为母题的筝乐精品。筝独奏《行者》描述了丝绸之路的绿洲古国龟兹，作品以西安鼓乐《婆罗门引》为素材，慢板是由《婆罗门引》中"la-la-fa-la"这四个音发展而来，快板是将胡人弦子舞的音调进行创新改变。整首作品采用我国传统的燕乐调式，既具地域风格，又有现代意识。作品取名《行者》，寓意着我们对中华优秀传统文化的继承，要像行者一样勇于探索。新时代的筝乐创作反映了筝家及作曲家的创作意识，以及他们对中华优秀传统文化的深刻理解和把握。

二、筝乐创作主体的专业化

文艺作品是一个民族的文明的结晶，其当下的文艺活动，是文化的审美体现。①自 20 世纪以来，筝乐创作上仍然以演奏者为创作主体。在引入及借鉴西洋音乐的创作手法后，新时代的筝乐创作已不是单纯的继承传统和局限于曲目的改编，而是步入了更为专业化的阶段。创作主体除演奏家外，专业作曲家也积极参与。他们突破传统五声音阶定弦所带来五声性音响和技法上的束缚，另辟蹊径探寻筝曲创新的道路：将西方音乐创作技法与中国传统创作理念相融合，在对传统音乐文化继承的基础上与现代审美观念相结合，通过古筝独有的音响效果和表现手法向听众表达自己的创作意图，显示出创作风格趋向多元化发展的态势。

（一）以古筝演奏家为主体的创作群体

筝乐的传承与发展与演奏家有着密不可分的联系，传统筝乐靠老艺人的口传心授流传至今。随着时代的发展与进步，新时代的演奏家不仅痴心于对筝乐的理解与表达，而且认识到丰富精致的筝乐作品是古筝艺术发展的命脉，正是这种责任感和对于古筝艺术的执着追求使他们倾心有别于传统筝曲的创作。当代著名古筝演奏家王中山、刘乐、周展、邓翊群等，均创作出了诸多翘楚之作。

王中山，著名的古筝演奏家、教育家，其演奏热情奔放，技术娴熟，音乐传神细腻，音色优美而富于变化，音乐线条具有很强的张力。除演奏外，他还创作了许多脍炙人口的筝乐作品，且形式丰富，如《梅花调》《云起时》《春风吟》《天净沙》《远山》《大漠驼影》《楼兰》等。筝曲《大

---

① 张晶.以习近平文化思想为指导创造更多的经典文艺形象［N］.中国文艺报，2023-11-01.

漠驼影》运用具有西域音乐风格人工调式定弦表现西域的风土人情,通过拍打和扫弦等特殊技法模拟手鼓的音响节奏,刻画出戈壁大漠与丝路驼铃的浑然天成。他的筝乐创作技法丰富、旋律传神,既具民族特色又不曲高和寡。每首作品在充分发挥古筝的双手弹奏技巧之外,亦富含浓郁的人文情怀,透露出坚定的文化自信。

刘乐,当代青年古筝演奏家,金钟奖获得者。他也创作了许多优秀的筝乐作品:独奏曲《翠语》《秋月吟》《山高水长》《映水心莲》《渔舟梦晚》《侬》《弦上探戈》,重奏作品《醉太平》《弦锁时光》《党的光辉照我心》《在希望的田野上》,等等。

《渔舟梦晚》是编者将古筝经典曲目《渔舟唱晚》原曲进行了结构调整及发展,运用古筝与钢琴的对话,诉说编者在一路筝途上的漫漫心声。刘乐的筝乐创作在风格上也渗透着自己的个性,兼容传统与现代,淡化筝的流派,彰显新的意蕴。通过运用核心音调的扩张、节奏的重组、音型的贯穿、非常规音乐等手法来丰富主题音调的表现形态,给人以耳目一新的效果。

(二)以作曲家为主体的创作群体

20世纪80年代后期,古筝艺术受到了社会大众的关注,同时也引起专业作曲家的关注,他们纷纷将视野投向了筝乐创作的领域,如王建民、徐晓琳、何占豪、饶余燕、周煜国等。进入新时代,作曲家对筝乐的创作依旧保持着极高的热情,他们凭借娴熟的作曲技巧以及对古筝表现力的深刻了解,将民间音乐素材与中华优秀传统文化相结合,使用有别于传统音乐语言的新语汇,创作了一批符合当代人思想意识及审美需求的优秀筝乐作品。这些作品不仅题材涉猎广泛、音调新颖别致,曲式结构复杂多变,最重要的是他们开始把守正与创新的理念引入筝乐创作。如王丹红的《翡翠》、方岽清的《墨客》、陈哲的《苍歌引》、王瑞的《雨莲花开》、吴健的《空谷幽兰》、达三江的《筑梦》、赵墨佳的《葬》等,其中陈哲、方岽清两位作曲家的筝乐作品数量较多、影响较大。

陈哲是在乐曲创作方面成就颇丰的一位青年作曲家，作品涵盖面非常广，包含了器乐、艺术歌曲、舞蹈音乐等。其中以古筝作品的成就最为突出，主要筝乐作品有《苍歌引》《本生纪》《晨兴》《逐日》《大武》《嬉花》《蹀马倾杯舞千秋》等。最具代表性的当属古筝协奏曲《苍歌引》，此曲作于2014年，受古筝演奏家宋心馨的委约而作。"苍"，出自《尔雅·释天》"春为苍天"，寓意着四季当中的春天万物复苏，生机勃勃。作品运用巧妙的人工调式定弦、具有连缀特点的中国传统曲式结构及多变的节拍与速度表达出曲作者对"春"的感悟、对生命的敬畏。陈哲的古筝作品，既体现了古典的韵味，又融入了现代的风格，打破了传统以流派来区分的局限。她的"新筝乐"独树一帜，汲取了不同民族、不同时代音乐的精华，将传统的古筝演奏技巧与西方现代作曲技法巧妙地结合起来，使每首筝乐作品都蕴含不同的文化内涵。

方岽清是当今活跃的青年作曲家之一，创作领域涉及声乐、器乐、交响乐、影视音乐等，曾获得金钟奖及"上海之春"国际作曲比赛第一名。方岽清的筝乐创作融汇中西，作品既现代又传统，注重文化与技术的融合，其自第一首筝乐作品《风雾潺》于2007年问世以来，至今已创作出多首优秀的筝乐作品，如《兰陵王》《云起时》《墨客》《秋之旋》《冰火之舞》《敦煌·飞天》《冬虫·夏草》《禅宗三境》《瓷·器》等。筝乐作品《墨客》曲名来自唐代杜甫的五言律诗《宴胡侍御书堂》和西汉辞赋家扬雄创作的《长杨赋》。作品用"浸""染""溶""溅""泼"作为各段音乐的小标题，描述中国传统书法文化的博大精深，也表达对古代文人墨客的敬仰。

三、筝乐创作技法的多元化

中华文明源远流长，在同世界其他文明的交流互鉴中丰富发展，赋予中国式现代化深厚底蕴。① 新时代筝乐作品的创作，不论是专业作曲家还是演奏家，都运用新的思维方式、现代的创作技法谱写出诸多佳作。这些作品突破了地域的界限，使用和声复调等多声手法，将传统筝曲的单声线形旋律模式转变为现代筝曲的多声织体旋律模式，并融入了诸多现代音乐元素，经历了由初探、成熟到繁荣的创作发展历程，呈现出筝乐创作技法朝多元化发展的趋势。

（一）调式音阶的民族化

调式音阶是筝乐创作的基本要素之一，新时代筝乐创作的定弦方式多为人工调式定弦，以五声音阶与其变体定弦的筝乐创作方式已成为作曲家的首选，无调式的筝乐作品日益减少，富有民族特色的筝乐作品不断涌现。例如，任洁创作的《西凉沙影》，以调式定弦打破了中国传统音乐常用的平衡性、对称性原则，加入特性音，呈现出异域色彩。刘乐创作的《袖梦》，在D宫调式的基础上，改变1、2、3、19、21弦的音高，产生一种特有的音响效果，使音乐听起来更加细腻委婉。陈哲创作的《苍歌引》的定弦采用的是五声D宫调式，但是改变了19、20弦的音高。这样排列弦序，通过乐音材料的扩充更新，获得了新的调式色彩，形成风格迥异的人工调式定弦，使乐曲层次清晰的设计与高潮迭起的布局相得益彰，整个作品听起来极具中国传统音乐的韵味，凸显了中国音乐以旋律见长的特点。邓翊群创作的《定风波》也采用中国传统调式定弦，在C宫调式里加入两个变宫音，形成六声音阶，实现了不移码转调，增强了作品的可听性。

---

① 习近平向世界中国学大会·上海论坛致贺信［N］.人民日报，2023-11-25（1）.

谱例 1：《苍歌引》

谱例 2：《定风波》

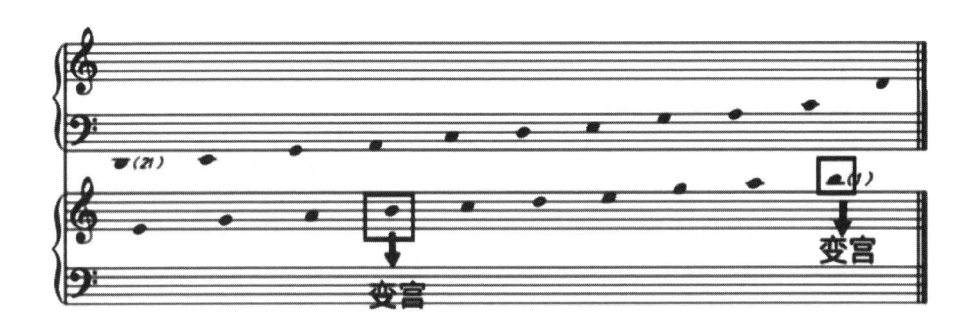

新时代的筝乐创作有其独特的逻辑思维。"非五声调性"的人工调式定弦的设计可看作在五声调式的基础上改变的偏音，也隐含西洋大小调式色彩。方岽清创作的《墨客》，突破了传统筝乐先定弦再谱曲的创作方法，采用调性中心音的写法，先谱曲再定弦。以 E 作为调式的中心预设音，然后运用五度相生的转调手法形成上五度 B 羽、下五度 A 羽的混合调式音阶，在此基础上又预设加入了 C、#F 等偏音，使其转调更加自然流畅。整首作品在保留五声音阶的基础上融入西洋大小调，为调性的对比变化提供条件，使乐曲在横向的动力、纵向的复合方面有了较充分的回旋余地。旋律和织体呈现出非五声调性的多调色彩，使乐曲既具中国古典神韵又具现代音乐风格，给听众带来戏剧性的冲突和丰富的想象力。

（二）曲式结构的传统化

20世纪中期，筝乐创作多采用快—慢—快或慢—快—慢的三部式结构和散—慢—中—快—散的曲式结构。80年代后，作曲家用西方创作理念、借鉴西方作曲技法和现代音乐素材重新诠释和演绎民族音乐。将西方曲式中的典型曲式结构融入民族化特色运用到当代筝乐创作中，增添了筝乐创作新的曲式结构。进入新时代，筝乐的曲作者在作品结构上逐渐回归中国传统音乐的曲式结构，采用中国传统艺术美学以线性原则为基础的速度渐变为主的创作手法。例如，邓翊群创作的《定风波》全曲采用中国传统乐曲惯用的"散—慢—中—快—散"结构，慢板部分的两个主题运用了类似于奏鸣曲呈示部的展开手法，具有鲜明的戏剧性。詹倩创作的《醉京斓》，运用了中国传统音乐多段体式的结构，在速度布局上体现为"散—慢—中—快—散—快"，这样的布局使旋律发展自然、流畅。魏军创作的《水墨丹青》采用"散—慢—快—散"的结构，与唐代大曲以及西安鼓乐中"散序—中序—破"的结构极为相似。乐曲的引子运用散拍子，使速度和节奏在快慢、松紧、强弱的变化中具有很大的弹性，给予演奏者充分发挥的空间；慢板由四个乐段组成，快板运用新的音乐材料，通过点、线的结合、对比与交错，呈现出情感的变化；尾声则运用"合尾"的创作方法再现引子，整个作品具有"起、承、转、合"的特征，是对民族曲式结构的传承。

（三）创作元素的现代化

在继承本民族优秀传统的基础上，运用现代音乐元素进行创作是当代作曲家的创作理念。新时代筝乐创作中，在节奏、节拍律动的设计上也遵循求新求变的思维方式：既注重对传统节奏型的沿袭，又力求开发新的节奏、节拍。例如，陈哲创作的《苍歌引》，作曲家在展开部快板部分巧妙地融入了舞蹈风格的爵士节奏元素，增加了旋律的趣味性，打破了传统筝乐固有的模式，使作品具有强烈的现代感。方岽清在《墨客》的创作中，运用了复节拍、混合节拍等现代节奏型，将以往一成不变的单一节拍转变为纷繁复杂的多变节拍，对节奏进行拓展，增强旋律的律动感，塑造音乐形象。在新时代的筝乐创作中，"非乐音"的音响开发，也是作曲家的任务。"非乐音"是指通过敲击、刮弦、拍弦制造出有节奏韵律的打击乐声响，或是对于琴码左侧的无序音高音域的发掘应用，或是对特殊音响的模拟等来增加音响色彩，达到声部表现形式和音响效果的多样化。如陈哲的《蹀马倾杯舞千秋》中大量对琴体的拍击以模仿各种打击乐的音响，《苍歌引》中左手手掌侧面擦弦以模仿自然界的声音，等等。

四、新时代筝乐作品对未来筝乐创作的启示

优秀文艺作品反映着一个国家、一个民族的文化创造能力和水平。吸引、引导、启迪人们必须有好的作品，推动中华文化走出去也必须有好的作品。[①] 新时代筝乐作品在秉承传统的同时，异于常规地大幅度扩张乐器本体的意境表现及弹奏技巧；在创作技巧的运用方面标新立异，并与现代新作曲技法嫁接；在作品深层次的内涵与立意上，体现出在中国传统文化的基础上新时期人文精神的植入，将作曲家丰富的想象和哲理性的思考完美地展现在筝乐新作中，赋予筝乐艺术新的气质与风范。

文化艺术的传承，既需要守正，也需要创新。守正意味着不失传统精华，创新则意味着把传统精华发扬光大，给传统留下时代的印记。[②] 古筝作为中国传统音乐中借以抒情达意的载体，有其独特的审美方式与追求。在

---

① 习近平.在文艺工作座谈会上的讲话[M].北京：人民出版社，2015：5.
② 王次炤.王中山的筝途：一位在传统和现代之间探求经典的古筝艺术家[J].人民音乐，2022（11）：39-45.

未来的筝乐创作中，要立足传统、放眼世界。以"坚定文化自信、坚持守正创新"为指导思想，以传承中华优秀传统文化为前提，以中国传统民族音乐为根基，所创作的筝乐作品不仅要表现古筝的典雅优美，更要展现出中华审美风范，赋予作品全新的民族风格。

新时代音乐创作的四重属性和文化使命

马宇鹏　山西师范大学

习近平文化思想指导下的新时代音乐创作具有人民性、意识形态性、创新性和主体性四个根本属性，揭示了音乐创作的文化使命。人民性是音乐创作的根本属性，要求音乐创作以人民为中心，反映人民的生活和情感。意识形态性是音乐创作的指导原则，要求音乐创作符合并维护主流意识形态，传递正能量和积极向上的价值观。创新性是音乐创作的生命特质，是推动音乐艺术不断创新发展的重要动力。主体性是音乐创作的时代使命，要求音乐要体现时代精神和文化特色，反映当代社会的变革和发展。这四个属性相互关联、相互促进，共同构成了音乐创作的核心要素和价值取向。

2023年10月7日至8日，习近平文化思想首次提出。2023年6月2日，习近平总书记在北京出席文化传承发展座谈会并发表重要讲话，强调"在新的起点上继续推动文化繁荣、建设文化强国、建设中华民族现代文明，是我们在新时代新的文化使命"。新时代音乐创作作为音乐文化的核心组成部分，具有四重属性，承载着新时代的重要责任与使命。

一、人民性：音乐创作的根本属性

习近平总书记在文艺工作座谈会上指出："人民需要文艺。""文艺需要人民。"这揭示了人民与文艺的二元依存关系，对于新时代人民音乐而言，具有"人民的"和"为人民的"两重内涵。"人民的"，凸显人民在音乐创作中的主导地位和主体作用。"为人民的"，揭示了音乐家内心深处所蕴含的本质力量，然而其表达的核心却致力于为人民服务，充满深沉的人文关怀①。音乐作为一种表演艺术，具有"一度创作"、"二度创作"和"三度创作"三个创作阶段②。这揭示了三种音乐创作角色，即创作者、演艺者和观众。也就是说，创作者和演艺者需要在社会人文生活劳动的参与或在场中思考人民之思考、关心人民之关心，汲取创作灵感，通过音符深刻展现伟大时代的历史巨变，抒写出人民内心深处的呼声，记录下人民丰富多彩的情感历程。

此外，社会音乐生产的内部结构有音乐创作生产、音乐唱奏生产、音乐传播生产、音乐伺服生产四个组成部分③。因此，对于"一度创作"、"二度创作"和"三度创作"而言，至少应存在"四度创作"，即以传播者为角色的创作环节。正如中国音乐史上，没有人民群众的传播，就没有群众歌曲的经典化。又如西方音乐史上，没有门德尔松指挥《马太受难曲》的成功，就没有巴赫的历史性发现。因而，传播者是"四度创作"的主角。创作者、演艺者和传播者，作为音乐工作者或爱好者，都有各自的角色使命和担当。

创作者，作为音乐工作的源头，肩负着塑造精神风貌、传承优秀文化的使命。在音乐创作中展现新时代人民的精神面貌，反映社会的发展变化，让音乐作品成为时代精神的传播载体，以敏锐的洞察力和深厚的文化素养，用精湛的艺术手法将生活中的美好和真谛呈现出来，让人民在欣赏中得到启示和感悟。新时代以来，中国音乐作品在创作上更加注重时代精

---

① 丁旭东.人民性是新时代人民音乐的根本属性[N].中国文化报，2022-09-22（4）.

② 王定金.审美大辞典[M].成都：成都科技大学出版社，1994：427.

③ 曾遂今.音乐社会学[M].上海：上海音乐学院出版社，2004：162.

神的传播和社会发展的反映。这些音乐作品不仅旋律优美动听，更重要的是它们通过歌词和旋律传达了深刻的情感和思想内涵。歌曲《领航》以其巧妙的旋律节奏设计、气势磅礴的交响乐和激荡人心的歌词，展现了强烈的时代感和使命感，激发听众的爱国情怀。《我们的中国梦》通过激昂向上的旋律和鲜明的节奏，传达了实现中国梦的坚定信念和热切期望，激发了听众的爱国情感和对中国梦的追求。《不忘初心》以号召式的旋律和深刻的歌词，唤起了听众的爱国情怀与历史责任感，彰显了主旋律作品的感染力和时代价值。《可可托海的牧羊人》以其婉转悠扬的旋律和朗朗上口的歌词，讲述了新疆可可托海的凄美爱情故事，引发听众的共鸣，展现了民族音乐的魅力。

演艺者，是将音乐作品呈现给观众的媒介，也是二度创作的主体。他们以自身表演技巧和艺术修养，富有创意地展现音乐形象，创造性地演绎音乐意味，让观众能够身临其境地感受作品表达的情感和意境，以扎实的表演基础和敏锐的情感洞察力，准确把握音乐作品的精神内核，将其呈现给观众，让观众在欣赏中得到共鸣和感动。

传播者，是将音乐作品传播给更广泛受众的关键，是四度创作的主体，通过各种渠道和方式，发掘和传播经典或可能成为经典的精品力作。或能让更多的人欣赏到作品，或能让可能的观众感受到其中的美好和价值，或拥有良好的传播平台，或具备广泛的人脉和敏锐的市场洞察力，或能够准确地把握受众的需求和喜好，将最适合的作品推荐给受众。传播者这一角色具有复杂性，可以是机构平台，通过人工遴选并宣传的方式，或以大数据推送算法推送目标受众的方式进行传播；可以是权威奖项，如"文华奖"、"五个一工程"奖；可以是人的角色，如创作者、演艺者、观众、评论家或教师等。

总而言之，人民性是音乐创作的根本属性。在新时代语境下，人民音乐不仅属于人民，更应服务于人民，体现人民意志和时代精神。音乐创作涵盖了从一度创作到四度创作的过程。这一过程要求创作者具备深厚的艺术造诣和敏锐的社会洞察力，将生活中的点滴细节转化为富有情感和艺术感染力的音乐作品。演艺者和传播者扮演着不可或缺的角色，以精湛的技艺和有效的传播手段，将音乐精品呈现给广大观众，满足人民群众日益增长的精神文化需求，肩负起新的文化使命，继续推动音乐文化繁荣，担当起建设文化强国、建设中华民族现代文明的责任。

二、意识形态性：音乐创作的指导原则

党的二十大报告指出，意识形态工作是为国家立心、为民族立魂的工作[①]。党的十八大以来，以习近平同志为核心的党中央高度重视意识形态工作，牢牢掌握党对意识形态工作的领导权[②]，建设具有强大凝聚力和引领力的社会主义意识形态[③]，在理想信念、价值和道德观念上团结全体人民。

在词源学角度，意识形态由 Ιδεα（观念、概念、形象）和 Λσόγος（学说）两个希腊文组成[④]。1801 年，法国著名经济学家及哲学家特拉西在其著作《意识形态概论》中，正式引入了"意识形态"这一学术术语。特拉西认为意识形态是一门专注于探究观念普遍性原则及其发展规律的学说。[⑤]

意识形态，是指一定社会或阶级的利益和观念的体系，它包括政治、法律、经济、文化、宗教等领域的观念和思想。意识形态是一种社会意识，它以观念形态存在，其核心是价值观和价值判断。意识形态具有阶级

---

① 习近平. 高举中国特色社会主义伟大旗帜 为全面建设社会主义现代化国家而团结奋斗：在中国共产党第二十次全国代表大会上的报告［M］. 北京：人民出版社，2022：43.
② 习近平. 习近平谈治国理政：第三卷［M］. 北京：外文出版社，2020：32.
③ 习近平. 高举中国特色社会主义伟大旗帜 为全面建设社会主义现代化国家而团结奋斗：在中国共产党第二十次全国代表大会上的报告［M］. 北京：人民出版社，2022：43.
④ 中共中央马克思恩格斯列宁斯大林著作编译局. 马克思恩格斯全集：第一卷［M］. 2 版. 北京：人民出版社，1995：1019.
⑤ 转引自：张首映. 意识形态与文艺阐释［J］. 文艺研究，1991（2）：5.

性、时代性和民族性等特点。文学艺术不仅与意识形态存在密切交织的关联，某些艺术甚至直接构成了意识形态的核心要素，同时，它还与社会生活的各个方面、社会结构的层次差异以及社会阶层的分化具有深远且重要的联系。多数艺术作品正是对这些社会现象的反映、复制以及诠释。

音乐创作，作为文艺的有机组成部分，是一种文化表达与情感传递的艺术形式，具有意识形态属性并承载着深刻的意识形态使命。意识形态领域中，其首要任务是"两个结合"，尤其是"第二个结合"，即在党的领导和马克思主义中国化理论指导下传承和弘扬中华优秀传统文化。音乐创作既可以在哲理层面上设计作品，反映马克思主义中国化的哲理、中华美学精神或创作者学习领悟中融通的哲思，又可以在文化层面上设计作品，如在相对宏观的作品主题、内容、意境、意味等构思设计中厚植中华源远流长的历史、多样化的民族区域文化，表达人民心声，反映时代声音，增强文化自信、促进人类命运共同体的文化多样性。在相对微观层面采用或改造中华优秀传统音乐中的要素，赋予音乐作品鲜明的民族特色、区域特色。同时，音乐是情感沟通与心灵交流的重要桥梁。音乐创作者需要在音乐要素和主题内容体系化构思中不断尝试创作出触及人心的精品力作，通过情感共鸣引导人民向更好的一面发展，促进社会和谐。此外，音乐创作具有提升审美与塑造人格的使命，通过艺术作品引导人们追求真善美，提升个体素质。在更广阔的视野下，音乐创作具有批判反思的社会责任，审视社会问题，传递正能量，推动音乐文化事业进步。

2012年以来，音乐艺术领域呈现繁荣景象。这一时期，众多音乐精品不仅在艺术形式上有所创新，更在主题表达上遵循中国特色社会主义核心价值观，牢牢把握意识形态属性，紧密贴合时代脉搏，传递积极向上的精神内核。

其中，以"五个一工程"奖和"文华奖"获奖的大型音乐作品研究对象，可以分为如下四类。①具有民族区域特色的作品。歌剧《土楼》《沂蒙山》，歌舞《放歌长白山》《热贡神韵》，音画《泰山》《美好家园》，歌舞诗《魅力西藏》，歌舞诗剧《呼伦贝尔大草原》以及音乐剧《花儿与号手》等作品深入挖掘了我国各民族区域文化资源，以大型综合艺术的形式，展示了各民族区域的独特魅力。②以中国历史为题材的作品，如歌剧《大汉苏武》《钓鱼城》《红河谷》《呦呦鹿鸣》等。它们通过音乐、戏剧和舞台艺术等手段，生动再现了我国历史上的重要事件和人物。这些作品不仅弘扬了中华优秀传统文化，也为国内外观众提供了深入了解我国历史文化的窗口。③反映革命历史的作品，如歌剧《红船》《红帮裁缝》，说唱剧《解放》等。它们以激昂的旋律和感人的剧情，展现了革命先烈的英勇事迹和民族精神的伟大力量。这些作品弘扬了爱国主义精神，具有深刻的思想内涵。④聚焦于改革事业和时代精神的作品，如民族歌剧《马向阳下乡记》《天使日记》等。它们分别以"脱贫攻坚精神"和"抗疫精神"为精神内核，以生动的艺术形象和音乐语言，讴歌了新时代下的人们在社会进步中的奋斗精神和奉献精神。

新时代以来，意识形态性作为音乐创作的指导原则更加凸显。以国家艺术基金资助立项的歌剧、音乐剧、交响乐和民族管弦乐为研究对象，选题主要有如下五类。①以人民为中心，反映人民奋斗和生活的作品，如音乐剧《北京故事》以北京为背景，通过四帧中年女性的人生快闪展开一系列生动情节，展现了北京的历史变迁、社会进步和人民生活的美好。剧中不仅有京味十足的音乐和舞蹈，还巧妙地融入了现代元素，让观众在欣赏艺术的同时，也能感受到北京独特的魅力和活力。②弘扬爱国精神、歌颂中华大地美好河山的作品。国家艺术基金资助了如歌剧《八百矿工上井冈》、交响乐《长城》、音乐诗剧《大河》等作品。③弘扬红色文化、反映革命精神的作品。歌剧《义勇军进行曲》巧妙地运用了虚实结合的艺术手法，生动地再现了国歌诞生的关键历程。而音乐剧《江姐》则通过精心设计的舞台布景、感人至深的音乐旋律、别具一格的舞蹈美学以及扣人心弦的剧情，为经典故事注入了新的活力，以更符合年轻人审美的方式传承了红岩精神。这些作品通过生动真实的故事情节和深情厚谊的音乐旋律，展现了革命先烈的英勇事迹和崇高精神。④反映时代精神的作品。歌剧《红船》《道路》等作品以生动的舞台效果和深入人心的音乐旋律，展现了中国共产党领导人民进行革命、建设和改革的光辉历程。音乐剧《烈火英雄》等作品则通过真实感人的故事情节和震撼人心的音乐表演，展现了当代英雄在火灾等紧急事件中的英勇无畏精神。⑤牢牢把握意识形态属性，国家艺术基金资助了一系列生动而富有深度的作品，这些作品以独特的视角和形式体现了"第二个结合"的精神内涵。作品主题主要观照了七个方面。在民族英雄方面，歌剧《邓世昌》以清代海军名将邓世昌为原型，展现其英勇无畏、为国捐躯的壮丽人生，激发人民的爱国热情。传统艺术方面，交响乐《棒棒大狮·鼓舞京城》融合传统打击乐与交响乐，展现中国民间艺术的魅力与活力。神话题材方面，交响乐《中华神话交响曲》以其宏大的气势和丰富的想象力，将中国神话传说中的经典故事进行了音乐化的再现。歌剧《山海经·治水》《洛神》以《山海经》等古籍记载为灵感，结合现代舞台技术，呈现神秘莫测的神话世界。民族史诗方面，歌剧《江格尔》以壮丽的音乐和舞台效果，讲述了古代蒙古民族英雄江格尔的传奇故事。音乐剧《霸王别姬》以楚汉相争为背景，讲述项羽与虞姬的悲壮爱情故事，具有深厚的文化内涵和艺术感染力。人文历史方面，歌剧《卓文君》以汉代才女卓文君为原型，展现其才华横溢、敢于追求真爱的一生。歌剧《贺绿汀》以著名音乐家贺绿汀为原型，讲述其音乐人生与爱国情怀。民族管弦乐《燕赵长歌》以燕赵地区的历史文化为背景，展现这一区域的独特风情和深厚底蕴。记载再现方面，歌剧《桃花扇》以孔尚任的同名传奇剧本为基础，融合现代音乐与舞台设计，重现古典名著的韵味。音乐剧《诗经·采薇》以《诗经》中的名篇《采薇》为灵感，结合现代音乐与舞蹈，呈现古代战争与和平的主题。在古籍、古迹、古董等文化运用上，民族管弦乐《故宫之声》《古籍里的古曲》以故宫和古籍为题材，展现中华民族悠久的历史与文化传承。音乐剧《三星堆》《飞天》以三星堆遗址和敦煌壁画为灵感，展现古代文明与艺术的辉煌成就。交响乐《交响组曲：敦煌妙染四帧》《东方·译敦煌》通过音乐描绘敦煌壁画的色彩与神韵，展现中华文化的神采。

综上，音乐创作在新时代承载着重要的使命。它不仅是艺术的表达，更是历史的传承、文化的弘扬和时代精神的体现。音乐创作能使我们生动地艺术化再现历史上的重要事件和人物，弘扬中华优秀传统文化，为国内外观众提供深入了解我国历史文化的窗口。同时，音乐创作也能够反映革命历史和改革事业，展现民族精神的伟大力量和人们的奋斗精神。在习近平文化思想指导下，音乐创作更加凸显了意识形态性的指导原则，以人民为中心反映人民的奋斗和生活，弘扬爱国精神和红色文化，反映时代精神等都需要牢牢把握意识形态属性。

三、创新性：音乐创作的生命特质

习近平总书记在文艺工作座谈会上指出："创新是文艺的生命。"习近平总书记在文化传承发展座谈会上的重要讲话中全面深入阐释"两个结合"，强调"中华文明具有突出的创新性"[1]。换言之，中国文艺的生命力和突出特性在于创新，中国音乐的鲜明特质和生命力，源于不懈创新。简言之，音乐创作的使命在于创新。

音乐的创新来自哪里？习近平总书记指出："人民是文艺创作的源头活水。"习近平总书记在全国宣传思想文化工作会议上，明确提出"七个着力"，强调"着力赓续中华文脉、推动中华优秀传统文化创造性转化和创新性发展"。党的二十大报告强调，"中华优秀传统文化得到创造性转化、创新性发展"[2]，体现中华优秀传统文化是"双创"的宝贵资源。故而，

---

[1] 习近平.在文化传承发展座谈会上的讲话[J].求是，2023（17）：5.
[2] 习近平.高举中国特色社会主义伟大旗帜 为全面建设社会主义现代化国家而团结奋斗：在中国共产党第二十次全国代表大会上的报告[M].北京：人民出版社，2022：10.

结合上文，音乐创作创新的源头活水和不竭源泉是人民和中华优秀传统文化。

音乐，作为一种艺术形式，其创作与创新深深植根于人民的生活实践、情感体验与智慧结晶之中。历史的长河中，无论是古典的典雅庄重，还是现代的风潮流行，众多杰出的音乐作品均源自人民对生活的深刻洞察、对情感的细腻描绘以及对时代的独到思考，如《黄河大合唱》《白毛女》《小二黑结婚》《在希望的田野上》《春天的故事》等。音乐，这一无形的艺术，通过旋律与节奏，传递着人民的喜怒哀乐，承载着他们的希望与梦想。劳动人民的号子、田间地头的山歌、庙堂之上的雅乐、街头巷尾的小调，音乐与人民的日常生活紧密相连，成为情感表达与文化传承的重要媒介。在当代社会，科技进步与文化交流为音乐创作与创新注入了新的活力，如大型情景史诗《伟大征程》和多媒体交响乐《地图》。音乐创作者通过音乐软件、社交媒体等平台和多样的音乐节，分享音乐新作，与全球的音乐爱好者进行深入的互动与交流。这种跨文化的碰撞与融合，不仅拓宽了音乐创作的视野与思路，更推动了不同文化背景下的音乐创新与发展。

"第二个结合"揭示了中华优秀传统文化的现代价值，使中华优秀传统文化在现代社会中得到传承和发展。这一结合的过程需要我们深入理解中华优秀传统文化的内涵，同时关注现代社会的需求和变化。中华优秀传统音乐文化作为中华民族五千年文明之积淀，蕴含着博大精深的思想、情感及丰硕的艺术表现手法和美学观念，为现代音乐创作提供了无尽的灵感与资粮。音乐，这一超越时空的艺术形式，与中华传统文化的深度融合，既可以承袭传统的智慧与美感，又可以为当代音乐注入新的生命与内涵。在中华文化的熏陶之下，作曲家们深入挖掘优秀传统文化之精髓，将其与现代音乐元素巧妙结合，创作出众多彰显民族特色的音乐作品。如《山与土风》《天乐》《乌江恨》《聆籁》《云川》《牡丹亭之梦》《乡村后院》等。此外，中华优秀传统文化为音乐创作提供了丰富的素材。古典诗词的韵律之美、民间故事的情节之趣、传统事物之乐皆为音乐创作提供了源源不断的灵感,如《梁祝》《大地之歌》《敦煌·慈悲颂》《仓才》《袖剑与铜甲金戈》《愁空山》等。作曲家们将这些传统元素巧妙地融入现代音乐创作中,不仅创作出众多音乐精品,更为传统文化注入了时代的活力。

综上,创新性是音乐创作的生命特质和文化使命。音乐创作的创新源泉来自人民和中华优秀传统文化的深厚滋养。音乐与人民的生活实践、情感体验紧密相连,通过音乐各要素传递着人民的情感与文化传承。同时,音乐创作不断融入新的科技元素、全球文化元素以及其他艺术门类元素,推动着音乐的跨界创新与全球传播。中华优秀传统文化作为音乐创作的灵感宝库,为现代音乐注入了民族特色与时代内涵。音乐创作者深入挖掘传统之精髓,将其与现代音乐元素相结合,创作出众多音乐精品,一定程度上实现中华优秀传统文化的创造性转化和创新性发展。在习近平文化思想的指导下,音乐创作将不断焕发新的活力,为人民群众提供更加丰盛的艺术大餐。

四、主体性:音乐创作的时代使命

习近平总书记强调:"任何文化要立得住、行得远,要有引领力、凝聚力、塑造力、辐射力,就必须有自己的主体性。"[①] 中华民族的音乐创作以中华文化主体性为精神内核,是中国音乐文化的重要组成部分和推动器。在坚持党的领导,做实"双创",继承革命文化,借鉴吸收人类一切优秀文明成果,坚持"两个结合"等的基础上实现音乐文化主体性的引领力、凝聚力、塑造力和辐射力。此"四力"在音乐创作上可分为内与外两个视野。对内,音乐创作需承担其社会历史责任;对外,音乐创作肩负创

---

① 习近平.高举中国特色社会主义伟大旗帜 为全面建设社会主义现代化国家而团结奋斗:在中国共产党第二十次全国代表大会上的报告[M].北京:人民出版社,2022:9.

作具有国际影响力作品的使命。

马克思、恩格斯指出，文艺作为意识形态，具有认识功能和阶级倾向性，可以影响社会心理、教育无产阶级认识历史使命和进行政治斗争，推动经济基础发展[1]。音乐作为意识形态的有机组成部分，其社会历史责任主要有"文艺育德"和"推动经济基础发展"。此外，音乐作品作为"大思政课"和美育的教育素材，具有以文化人、以艺通心的责任。因此，音乐创作要"着力培育和践行社会主义核心价值观"，"着力推动文化事业和文化产业繁荣发展"。在音乐创作的全过程中，各个角色都需坚定文化自信，明确并承担起自身的历史使命。创作者和演艺者需通过音乐这一媒介，积极传递社会主义核心价值观，合力打造出"三精""三性"的音乐作品。同时，关注社会热点，反映人民心声，用音乐语言诠释时代精神，推动社会进步。传播者则需积极承担推动音乐事业和文化产业繁荣发展的责任，通过举办各类音乐节、音乐会，为优质音乐作品提供展示平台和宣传窗口，为观众提供丰富多彩的音乐体验。同时，关注音乐产业的发展趋势，推动音乐与科技、旅游、教育等领域的融合发展，为经济社会发展贡献力量。广大音乐爱好者作为音乐作品的受众，应提高自身音乐素养，丰富精神生活，增强文化自信。同时，也需关注音乐作品所传递的思想内涵和文化价值，从中汲取精神力量，为美好生活和推动社会进步和文化发展贡献力量。此外，教育工作者则需充分利用音乐作品这一教育素材，通过音乐教育培养学生的审美情感、艺术修养和人文素养。坚持"五育"并举，"五育"融合，引导学生认识历史使命，培养其社会责任感和创新精神。

"十四个强调"、"九个坚持"和"七个着力"均强调了国际传播的重要性。笔者认为，对于音乐创作者而言，提升音乐作品的国际传播力主要有"受众导向"、"中华文化"和"科技融合"三个向度。"受众导向"指的是创作者需精准把握不同国家和地区的受众喜好、文化背景及音乐消费

---

[1] 中共中央马克思恩格斯列宁斯大林著作编译局. 马克思恩格斯选集：第四卷[M]. 2版. 北京：人民出版社，1995：732.

习惯，明确受众群体心理特征。创作者需具备跨文化交流的能力，在尊重当地文化的前提下，创作出既符合国际审美标准又包孕中华精神的音乐作品。通过明确目标受众，创作者可更有针对性地调整音乐风格、歌词内容及宣传策略，进而提升音乐作品在国际市场的传播力与影响力。"中华文化"指的是音乐作品内容上具有中华文化鲜明的特点，为听众提供记忆点。创作者在创作过程中，应深入挖掘并充分利用中华优秀传统文化资源，将文化元素巧妙融入音乐作品中，丰富音乐作品的文化内涵与艺术价值，吸引更多国际听众的关注与喜爱。"科技融合"是音乐作品形式创新的重要途径。创作者应了解艺术相关的最新科技进展并在创作、编排、演艺和传播等环节中获取灵感。创作者可利用互联网、大数据、云计算等技术手段，实现音乐作品的网络化、智能化传播。

新时代音乐创作是以人民为中心的，由意识形态指导的，不断追求创新的和具有主体性使命的。只有在习近平文化思想的指引下，通过不断提高思想引领、服务政策导向、四个角色素质等方面的能力，把握好音乐创作的人民性，厚植于中华优秀传统文化，坚持"两个结合"，坚定文化自信，才能深刻理解新时代文艺创作者的文化使命，创作出新时代的高质量音乐作品，续写中华音乐文化之辉煌。

新时代舞台美术人才培养路径探索

缪　伟　兰州文理学院

新时代，文艺繁荣带动舞台美术蓬勃发展，各地艺术类高校成为相关专业人才培养的重要阵地，也相继承载着各地高质量文艺人才输出的重任。然而，当前舞台美术人才培养策略有待商榷，教学方法及手段有待革新。实施多元融合、跨界合作；注重优秀传统文化研究与创新、拓展国际视野；提高舞台美术人才政治、文化素养，推动人才高质量发展，紧跟时代发展步伐，是从业者增强文化自信以及培养新时代人才的有效途径。

思想的美是文化，有形的美是文艺。①

文化是时代变迁和社会变革的先导，随着时代发展的号声，文艺最能代表一个时代的风貌，最能引领一个时代的风气②，文艺的"舞台"在科技的推动下、在文化思潮的引领下，早已走出剧场，进入山川大河，走进田间地头，跨越行业界限，打破固有疆域。作为文艺创作的重要组成部分，舞台美术③近年来在国际和国内舞台上不断展现出其重要性，无论是2022

---

① 李泽厚. 美的历程［M］. 北京：生活·读书·新知三联书店，2009.
② 2014年10月15日，习近平总书记在文艺工作座谈会上的讲话。
③ 舞台美术设计是隶属于戏剧与影视学的二级学科，在教学体系和行业习惯中曾被称作"舞台美术"，在国外类似的专业被称作"演出空间设计"。尽管在学术中，国内舞美的正式名字已经被官方定义为"舞台美术设计"，但由于行业习惯，"舞美"的叫法被保留至今。

年北京冬奥会开闭幕式、2023年杭州第十九届亚运会，或是迪拜世博会中国馆的设计，都有舞台美术人才的身影。在国家文旅融合的大背景下，舞台美术专业已深入融合各行业，成为演艺空间和艺术场所不可或缺的重要组成部分。在新的历史机遇期，观演方式和表演形式都经历着巨大的变革与创新，对于以视觉、听觉、触觉、嗅觉、味觉为核心的舞台美术设计专业而言，既是机遇，也是挑战。

机遇在于，不同文化形式和艺术表达的交叉融合，使舞台美术面临多样化的需求，各类文化项目为舞台美术人才提供了展示和应用的机会；创新空间的拓展为设计者提供更大的创作舞台；场景、空间、光影和装置艺术等多种表现形式，为观众提供全方位的文化体验；文艺蓬勃发展，为舞台美术设计提供更多商机，大大驱使了舞台美术设计者提升专业水平和创意能力，引发舞台美术设计与其他领域的跨界合作，拓宽创作范围。

挑战在于，传统舞台美术技法可能滞后于观众对多样化艺术表达的需求，面对技术与材料不断创新带来的压力，需要探索如何应用新技术来提升作品的创新性；文旅融合涉及多领域合作，设计者需要具备更强的团队协作与交流能力。随着科技的发展，AR、VR、MR、XR等新技术手段被运用于文艺舞台，力争为观众呈现出一种超体验的、沉浸式的观演体验。因此，现代观众对文化艺术的体验有了更高的期望，要求舞台美术设计更加个性化，追求全方位、立体化的感官体验。面对挑战，设计者需要拥有开放的思维方式和持续学习的态度，以适应文艺大发展潮流。

综上所述，任何文化，顺时代发展者兴，逆时代发展者衰。社会发展如此迅猛、文化空前繁荣的时代，舞台美术人才的高质量发展直接影响到文化艺术行业的发展前景，同时也彰显着一个国家的文化软实力，文艺工作者要顺应时代发展大势，拓宽视野，汲取各地优秀文化营养，不断探索创新手法，将传统文化与现代元素完美结合。

一、坚守文化思想引领，以文艺创作筑文化自信堡垒

新时代文化强国建设作为中华民族伟大复兴的关键组成部分，亟须吸引大量高水平文化人才积极参与，习近平总书记强调在实现文化强国目标的进程中，要坚守马克思主义在意识形态领域的引导地位，并将其基本原理与中国实际有机融合，要求文艺创作人才坚定奉行马克思主义文艺观，从而确立坚实的文化自信基础。

（一）关于社会主义文化建设思想及其启示

马克思主义文化观认为，文化应当服从经济基础，并与上层建筑的其他要素一样，具有阶级性。[①] 然而，马克思主义文艺观强调了文化的相对独立性，指出文化有能力对经济基础产生反作用。习近平总书记有关社会主义文化建设的思想，在继承马克思主义文化观和文艺观的基础上，结合中国实际进一步丰富和发展了其在中国的具体运用，强调要坚持中国特色社会主义文化发展道路，以及在意识形态领域的指导地位，并运用其立场、观点、方法来处理文化建设中的一系列问题。[②]

中华民族拥有灿烂丰富的传统文化，源远流长，博大精深。中国特色社会主义文化必将吸收民族文化精髓，在继承创新的过程中焕发出新的活力。文艺工作者要深入生活、扎根人民，通过艺术作品唤起人民对中国特色社会主义的信心和自豪感，牢固树立文化自信。同时，要充分认识中华文明的伟大创造为中国文化奠定了坚实基础，为中国式现代化提供了深厚

[①] 谢守成，张崔英.论新时代中国特色社会主义文化思想对马克思主义文化观的继承与发展［J］.江汉论坛，2018（10）：11-17.

[②] 杨新军.论探微社会主义文化建设：重温在《延安文艺座谈会上的讲话》［J］.人民论坛，2012（36）：184-185.

的文化底蕴。坚持体现中华文化的时代气息、民族风采、革命气质，不断增强文化创造活力，这一过程将使中国文化在时代发展中焕发出更为独特和丰富的光彩。

（二）舞台美术与中华优秀传统文化融合与传承

只有全面深刻理解中华文明的历史积淀，才能更有效地推动中华优秀传统文化的创造性转化和创新性发展，这不仅为推进中国特色社会主义文化建设提供了更有力的支持，也为构建中华民族现代文明奠定了坚实基础，在这个过程中，我们能够更好地挖掘和传承中华文化的丰富精神内涵，为国家的文化繁荣与社会发展注入更为深刻的动力。习近平总书记有关社会主义文化建设的重要论述，充分反映了马克思主义在中国的发展，为新时代文化建设指明了方向。在这一理念中，坚持中国特色社会主义道路、马克思主义在意识形态领域的指导地位、社会主义核心价值观以及中国特色社会主义文化发展道路，强调要以马克思主义的立场、观点、方法来观察、分析、解决文化建设中的实际问题，并强调在文化建设实践中持续推进习近平文化思想的运用。只有不断开创文化建设的新局面，才能提供更加坚实的精神力量，为实现中华民族伟大复兴的中国梦提供强大动力。这一过程将有助于在新时代更加深刻地理解和发展马克思主义，为文化建设注入新的活力和动力。舞台美术作为文艺的重要分支，给观众带来"第一印象"，并肩负着弘扬民族文化的重大历史使命。首先，舞台美术人才要深刻理解中华优秀传统文化的独特价值和时代意义。一个民族要走在世界前列，文化自信至关重要，其根基在于中华优秀传统文化自身包含着丰富而独特的思想体系、价值理念、审美情趣等。舞台美术人才必须深入挖掘其中的精神财富，增强文化创造力。其次，要贯彻落实创造性转化和创新性发展，以使中华文化焕发出强大的生命力，中华优秀传统文化在漫长的历史发展中形成了系统完备的理论体系和价值体系，蕴含着丰富的当代价值，舞台美术人才应立足当下，深度汲取传统文化的养分，并赋予其新的内涵，使之成为新时代文化强国建设中的积极力量，这一过程既是对传统文化的尊重和传承，也是对现代文化的创新与注入，为文化建设注入了新的活力。最后，运用先进手段，积极推动中华优秀传统文化在国际上的传播，通过新技术新手段，采取有效路径将中国声音传遍世界，展示中华文化的独特魅力，这一过程不仅有助于深化国际文化交流，还能推动人类文明的交流互鉴，能更全面、更生动地向世界传递中华文化的博大精深，为推动国际文明的交流互鉴贡献积极力量[1]。

（三）弘扬中华文化历史使命与时代责任

全面学习习近平文化思想，树立正确的文化观和美学观，提高政治站位，增强文化自信，是新时代开展舞台美术工作的必要前提，舞台美术创作者应积极主动，不仅要传承和发扬优秀传统文化，更要进行创造性转化。通过运用独特的舞台美术语言，讲好中国故事，展现中华文明的独特魅力。既是对传统文化的发扬光大，也为舞台美术创造注入新的活力。

牢记以人民为中心的创作导向，不仅要传承中华优秀传统文化，更要勇于进行创新性发展。在深化对文化思想的理解的同时，要时刻将人民群众的需求置于首位，以此为创作的出发点和归宿。在传承的过程中，善于通过创新赋予优秀传统文化新的时代内涵，使其在现代社会焕发新的生命力。既是对历史传统的敬畏，也是对时代发展的积极回应，为文化创新与传承提供更加丰富的思路。一是要善于运用数字技术手段进行舞台美术创新，数字技术为舞台美术创作提供了更丰富的语言和手段，舞台美术工作者应掌握运用，创造出更精彩的舞台效果。二是要注重舞台美术作品的思想性与艺术性，通过空间形象塑造讲好中国故事，塑造可爱可敬的中国形象。三是要拓展舞台美术的交流合作，与音乐、舞蹈、戏剧等其他艺术门类展开合作，实现舞台综合艺术的创新创造，在继承发扬中华文化遗产

---

[1] 仲呈祥.增强历史自觉 坚定文化自信 继承弘扬中华优秀传统文艺理论和美学精神［J］.艺术教育，2022（12）：7-10.

的同时，也要紧跟时代发展，讲述好当代人的故事，反映社会生活，传递正能量。在内容和形式上要实现创新，与时俱进地展现中华文化的当代魅力。只有不断进行创造性转化和创新性发展，舞台美术才能在新的历史条件下焕发出强大的生机活力，以崭新的面貌展现中华文化的独特魅力。

新时代对舞台美术事业提出了新要求，舞台美术人才必须坚持马克思主义文化观和美学观，深入学习习近平文化思想，特别是他对社会主义文化建设的重要论述，以坚定文化自信，肩负起弘扬中华优秀传统文化的历史使命[1]。在舞台美术创作中，要在传承中寻求创新，促进创造性转化和创新性发展，以全新的面貌展示中华文化的时代风采。同时，要加强人才队伍建设，提高创作者的政治素质、文化素养和专业技能，拓宽国际视野。通过加大对创新人才选拔和培养机制，为舞台美术人才提供更广阔的成长空间。

二、传承与创新，构建文化强国的多元脉络

地方文艺创作承载着丰富的地域文化传统，是对地方文化传承和弘扬的生动表现，透过地方文艺创作，各地独特的文化元素能够得以传递，有效促进了传统文化的保护与发展。同时，地方文艺创作成为实现文化自信的重要途径，每个地方都承载着独特的历史、风土人情，有助于增强国家文化的自信心，构建起全国各地文化共同体。最为重要的是，地方文艺创作的创新与多样化推动了全国范围内文艺创作的繁荣，为国家文艺事业注入新的活力，符合文化强国战略对创新型文化产品的需求。通过支持和发展地方文艺创作，不仅能够全面推进文化强国战略，还能够提升国家文化软实力，增强国家在国际文化领域的影响力，使国家文化事业迈向更高水平。

---

[1] 仲呈祥. 赓续历史文脉 繁荣当代戏曲：习近平在文化传承发展座谈会上的重要讲话学习四题[J]. 中国戏剧，2023（9）：4-6.

（一）传承与创新

地方文艺创作作为文化传承的生动体现，既是对过去文化遗产的保护，更是对其进行创新性演绎的平台，通过深入挖掘传统地域文化元素，使这些元素在当代焕发新的生命力，这不仅是对历史文化的传承，更是为地方文化赋予了现代的表达形式。这种传承与发展的过程不仅丰富了地方文化的内涵，同时也为全国范围内的文化多元性作出了积极贡献。在文化强国战略中，强调地方文化的传承为国家文化建设提供了深厚的文化根基，为打造具有广泛认同的文化形象提供了持续的源泉。

（二）自信的表达

地方文艺创作作为地域文化的活力表达，深刻而生动地呈现了各个地方独特的历史、风土人情。这不仅在视觉和听觉上丰富了文化表达，更为地方文化自信打下了坚实的基础。通过对地方特色的精准描绘，地方文艺创作帮助地方建立起在全国文化共同体中的个性特色，为地方在文化竞争中脱颖而出提供了有力支持。同时，地方文艺创作的多样性不仅是当地居民对自身文化的认同，更是联结全国范围内文化认同的纽带，为国家文化自信注入深层次的文化支撑。

（三）多元的素材

不同地域的文化背景和风土人情为文艺创作提供了极其丰富的创作素材，成为文艺创作者创新的灵感源泉，地方文艺创作的多样性不仅推动了全国文艺创作的繁荣，也为国家文艺事业注入新的活力，在这个创作的过程中，文艺作品不仅在形式上焕发出多元的风采，更在内容上呈现出浓厚的地方特色，使得国家文艺事业展现出更加鲜活和立体的面貌。这种创新性的文艺表达不仅在国内取得成功，在全球文化交流中也使得国家更具竞争力，通过多元文化元素的呈现，国家在国际文化舞台上树立了丰富而引人瞩目的形象，全球化的文化输出，为国家在国际社会中的文化交流和竞争中赢得更多话语权，为建设具有全球吸引力的文化强国提供了重要支撑，在文化强国的大背景下，注重地方文艺创作的创新与多样性，成为国家打造更具活力和引领力的文化形象的强大支持，这种关注地方的文化创作，使国家文艺事业在多元文化的交融中更具包容性和创造性，为增强国家文化事业的全球影响力提供了可持续的助推器。

（四）社会凝聚力的表现

地方文艺创作通过深刻地表达当地人民的生活、情感和价值观，将日常琐事与深层情感融入文艺作品之中。真实而生动的形象刻画不仅使地方文化栩栩如生，也使全国观众产生了感同身受的文化共鸣。对当地人民日常生活的关切，在创作者与受众之间建立了更加紧密的情感纽带，这种深刻的情感表达形成了强烈的社会凝聚力，不仅在地方范围内促进了社区和谐与稳定的发展，也为国家社会整体的稳固提供了坚实基础。通过地方文艺创作，共同的道德观念、价值取向得以传承和发扬，不仅有益于国家公民的道德建设，也为社会的文明进步奠定了坚实的基础，因而成为构建全国性共同价值观的重要文化工具，为国家文明建设注入了深厚的精神动力。

（五）文化软实力的提升

发展地方文艺创作不仅在地域范围内有着显著效果，更在全国范围内提升了地方文化的软实力。通过创作独具特色的文艺作品，成功地展示了地方独特的文化魅力，为地方形象赋予了深厚的文化内涵，从而在全国范围内树立了突出的文化品牌，地方文艺不仅是地方形象的窗口，更成为吸引外部资源、推动地方经济与社会全面发展的有力驱动因素。这使得人才、资本和各类资源向地方流动，由于文艺创作的繁荣发展，各地成为具有创造力与活力的社会聚集地，促进了各行各业的发展和创新。

在文化强国的进程中，地方文艺扮演着联结地域文化与社会经济发展纽带的重要角色，通过将地方各类丰硕文化融入创作之中，成为地域发展的战略引擎，为地方经济繁荣注入了新的动力。这种联结不仅在文艺创作的过程中体现，更在文艺作品的传播和影响力上展现出独特的社会价值。

三、地方文艺创新发展的问题与对策

从目前的大批文艺舞台创作来看，地方舞台美术人才基本上能够胜任日常工作，满足日常的演出需求。然而，从人才和作品的高质量视角来看，尚存在很大差距，"多高原、缺高峰"的现象依然存在，"多平原、缺高原"的问题依然存在。归根结底，还是"人"的问题，人才质量上不去，喊再多的口号依然无济于事，尤其是在对传统文化深入挖掘方面，地方创作人员如"老虎吃天"无从下手的困境，国际传播更是一片"丈二和尚摸不着头脑"的茫然。解决这一问题需要先进的文化思想引领，通过深刻的理论指导，为一线创作人员指明前行的方向和方法。涉及对传统文化的深入挖掘，需要突破陈规陋习，培养创作者对传统文化的深刻理解和创新思维。国际传播则要求更广泛的视野和更深层次的文化内涵，需要地方舞台美术人才具备更高层次的艺术修养和创作思维。

（一）探寻中国特色社会主义文化自信与社会责任

文化，是植根于个体内心的修养，是一种无须他人提醒的自觉，是在约束的前提下实现的自由，更是为他人着想的善良。文化自信，承载着更为基础、广泛、深厚的信仰。在5000多年文明的沉淀中，中华优秀传统文化在中国人民伟大斗争中与革命文化、社会主义先进文化的交融中，形成了中华民族最深刻的精神追求，代表着独特的中华民族精神标识。

目前，各地文艺创作人才中对西方文化盲目崇拜者比比皆是，对中国传统文化缺乏足够认同者也不在少数。同时，一些舞台作品在创作过程中失去了正确的价值导向，缺乏对社会责任的担当，未能充分发挥引领社会风尚的积极作用，这与新时代中国特色社会主义文化发展的要求仍存在一定距离。就舞台美术而言，一味追求新奇的艺术表现形式，对"大制作"和"豪华场面"过分追逐，一味追求视觉刺激，而内里却极度地对文化缺乏自信。归根结底，这是对马克思主义的学习和领会不够深入，未能将马克思主义同中国社会发展实际情况相联系，在看待我国优秀传统文化的独特价值上缺乏独到的眼光和见地，在创作实践中忽视了文艺创作的根本，对于以人民为中心的创作导向缺乏充分认识，作品一味"讨好"观众，缺乏精神，对人民群众的社会生活未能进行艺术化的表现，对社会发展关注度不够，缺乏正确的价值导向。

中华文明有着百万年的人类史、一万年的文化史和五千年的文明史，在这样漫长而悠久的文化历史积淀之下，孕育了丰富的中华优秀传统文化，其中文艺也是从古至今，犹如星河般灿烂，新时代文艺工作者应当为作品注入新的时代内涵，树立起符合时代特征的形象，在创作实践中，要坚持以人民为中心的创作导向，真实地反映人民生活，与人民共享欢乐，分享人民的忧患，使文艺作品更富有社会影响力。同时，要加强对社会的关注，使文艺作品更好地服务社会，为人民大众提供更贴近他们生活的文化产品，具备更为正确的价值导向，文艺工作者更应当担起人类灵魂工程师这一重要角色，通过作品提升社会责任意识，更好地推动中国特色社会主义文化大发展，既回应时代，又回馈社会，服务人民，为文化事业注入更多正能量。

（二）解锁中华传统文化现当代表达

文化创新作为构建文化强国的重要特质，承载着推动国家文化繁荣与发展的使命，在当前时代潮流中，文化创新不仅是一种追求卓越的艺术表现，更是传承与发展中华优秀传统文化的力量，通过对传统文化的深度挖掘，实现创造性转化和创新性发展，为国家文艺事业赋予新的时代内涵。

当前文艺创作人才在创新意识和实践能力方面仍然面临一系列问题。体现在对中华传统文化深入挖掘不足，无法深入其精神实质并与当代生活产生有效联结；体现在创新意识淡薄，创新手段单一化；体现在理论创新与实践创新方面的不成熟，理论与实践脱节；体现在国际视野狭隘，未能充分吸收国外先进文化理念与经验；体现在未能真正走进人民的心间，降低了创新成果的社会影响力；体现在面对题材选择时，往往表现出过于保守刻板的倾向，在手法语言层面，陷入老套重复的局限；尽管科技的发展及应用为舞台美术创新提供了机遇，但同时也存在过于依赖技术简单化运用的问题。

因此，文艺创作需深挖传统文化精髓，与当代生活产生强大联结，丰富多样的艺术表现形式，在运用实景和数字媒体的基础上，进行更深层次的创新尝试，突破传统理念和模式的限制。此外，科技创新运用需实现技术与艺术的深度融合，发挥数字技术在舞台美术创新方面的潜能。深入理解技术基础，探索数字技术与艺术的有机结合，创造富有魅力和创新性的作品，以提升舞台美术创新水平，为中国特色社会主义文化繁荣发展提供持续动力。

（三）理论创新与国际视野双轮驱动

在文艺人才的培养中，理论水平与国际视野的不足是一个重要问题，部分院校专业教学中，理论教育存在着理论覆盖不广和内容更新不足的情况，这导致学生的理论基础相对薄弱，对理论基础的把握不够深入。同时，人才的国际交流和接触国外先进理念与作品的机会相对较少，这限制了他们国际视野的拓展和对国际前沿艺术动态的了解。缺乏国际视野会使得文艺创作人才陷入自我封闭的状态，无法与国际艺术接轨，影响其创作水平和创新能力的提升。为解决这一问题，高校应着力提升理论教育的质量与广度，更新教学内容，注重培养学生理论思维和创新意识。同时，积极鼓励并支持学生参与国际交流活动，开展国内外合作项目，提供更多接触国外先进艺术与技术的机会，帮助学生拓展国际视野，提高创作水平。

文艺创作宜深植传统，立足现实，注重价值导向，使内容兼收并蓄，既不迷失又不脱离。创作者当顺应时代，勇于创新，运用科技，吸收营养，使作品富有活力，同时还须提高学识，拓宽国际视野，学习交流，汲取灵感，使成果走向世界，在审美方面宜兼容并包，与观众深入交流，使作品产生共鸣。舞台美术创作当注重团队协作，发挥领导力量，加强沟通协调，提高组织能力，使作品表现力和创造力得以充分发挥。深入理解传统，大力推动创新，积极运用数字技术，使创作与时俱进。同时应提高理论水平，更好适应发展需求，繁荣舞台美术事业，深化国际文化交流，为文艺创作注入新的活力。

四、舞台美术设计人才高质量培养思路

当代对于舞台美术设计的定义已不局限于传统的"舞台设计"或"布景设计"。它已然发展成为一种更为全面和综合的"表演设计"[①]。这种转变要求我们的专业人才不仅要在某一领域拥有过人的专业素养，还需具备协同合作的精神和包容开阔的胸怀。同时，他们也应成为实操能力强、能独当一面的执行者，将设计理念付诸实践，表演设计对舞台美术人才的要求已然提升，不仅需要扎实的专业知识，更需具备跨学科的综合素质、沟通协调的能力以及实践操作的本领。只有这样，才能适应当代表演艺术不断发展的需求，为舞台贡献出卓越的设计力量。

---

① 传统的舞台设计只是设计舞台上的布景或空间。演出空间设计的概念拓展到了整个演出的空间，继而发展到如今表演设计的概念，设计师们希望通过自己的设计更深入地进入演出中去，那就必须考虑到表演、演员、观众与景和空间的关系，这要求设计师们拥有一定的导演意识，不单单设计布景与空间，还要更多地考虑人与景和空间的关系，甚至包括观演关系的方式等。

（一）实现多元融合发展

为顺应时代发展，舞台艺术创作需要更加全面、更加综合的舞台美术设计人才，因此，舞台美术设计学科不能仅仅局限在自身领域的相关教学，更应当扩展视野，加强艺术鉴赏、视觉艺术、新媒体、电影电视学、数智技术、新材料装置等多元化的学科扩展，提高从业人员的综合应用能力。同时，舞台美术设计教育的学科设置中应当加入编剧、运营管理、导表演、音乐、舞蹈、戏曲等相关课程，甚至应加入一些理科课程如编程、数字技术、数学等课程，使本专业学科与其他学科进行交叉融合，提升综合能力。

1.推进多学科、多领域跨界融合

回溯舞台美术设计发展历史，由于早期的舞台美术设计依附于剧场，局限于镜框式舞台之中，现当代剧场概念早已突破镜框式、伸出式、四面环绕式等舞台表演空间，走出剧场，进入山川大河，进入由表演特性而决定和创造的新的演出空间，Performance design 的概念被运用得淋漓尽致，由此也对舞台美术设计专业人才培养提出了更高的要求——跨越课堂、突破戏剧、跨越领域。

近年来，随着"新媒体""新科技""新技术""互联网+""物联网""数智化"等新概念的不断提出和应用，舞台美术领域也逐渐摆脱了对戏剧、电影电视、舞台美术等传统领域的限制。如今，已不仅仅局限于传统的艺术范畴，而是打破束缚，广泛涵盖社会中各个新兴行业，并融入城市规划、建筑设计、乡村旅游、广告与动漫、影像创作与音乐设计等领域。舞台美术教学不仅要关注传统领域，还要覆盖乡村振兴、都市夜游规划等行业，目标是从多领域、多方面拓宽学生的艺术视野，使其满足戏剧、影视、文旅，甚至设计、广告和建筑等行业需求，通过多角度、多元化培养，学生将能够更好地适应当今社会的多元需求，达到更为全面的就业目标[1]。

2.实现地方文化与国内外文化融合

地方文化，特别是西北地区甘肃有着丰富的文化资源和知识宝库，是华夏文明发祥地之一。洞窟传统历史文化典型代表——敦煌莫高窟、天水麦积山石窟、永靖炳灵寺石窟等均有着上千年的历史，囊括了绘画、宗教、哲学、美学、建筑等丰富的文化内容。民族文化——肃南裕固族、肃北蒙古族、天祝藏族、甘南藏族、临夏回族、东乡、保安、撒拉等少数民族的聚居地一展民族风情风俗。长城文化——有著名的世界文化遗产嘉峪关，囊括了秦、汉、明三代修筑的长城，都是以甘肃为起点。黄河文化——自青海东流，在甘肃境内的黄河流域诞生了灿烂辉煌的大地湾、马家窑等彩陶文化和黄河农耕文明。民俗文化——甘肃"花儿"、甘南藏戏、陇剧、兰州太平鼓、陇东道情、伏羲祭典等彰显地方民俗文化之多姿多彩。

就剧种而言也是资源富足，可被挖掘的素材丰富多样，地方特色鲜明。而大部分地区对于舞台美术设计人才来说存在青黄不接的现象。尤其是文艺院团，新一代的创作人才对当地历史和地方剧种不熟悉，老一辈的文艺工作者无法走出传统思维模式，甚至出现断代和后继无人的严重问题。

因此，舞台美术人才培养要结合地方特色，使新生代力量了解地方文化，熟知地方文化。在此基础上融入国际视野，并非一味地崇洋，而是要吸收国际上更加先进的设计理念和思想，借鉴国际上对此专业领域在教育教学和行业发展方面的先进模式和新技术手段，借鉴对文化和艺术作品的保护与传承。努力向行业内、国内前沿水平看齐，将自己的文化特色，甚至是民族特色融入创作中去。广泛开展民族地域文化研究，培养艺术类创作人才对各民族文化的综合掌控能力，将先进的设计理念应用到文艺创作

---

[1] 宋牧原.新时代舞台美术人才培养的目标及方法：中国舞台美术教育联盟系列会议综述[J].演艺科技，2021（Z1）：97-100.

之中，以全新的艺术手法加以呈现，在突破传统、合理创新的同时，传承和弘扬中华优秀传统文化的精华和内涵。

3.探索演艺市场与行业深度融合

随着演艺市场的复苏，各方面发展态势良好，演艺形式多样，传播方式与手段也在不断革新，新的演艺业态为舞台美术设计专业提供了更加广阔的平台，但同时又对本专业人才提出了更高的要求，对从业人员的综合素养提出了更高的标准，行业越来越规范，将打破以往门槛低的特点（特别是一部分舞台灯光、音响从业者，只要掌握一些控制技术知识，便自称设计师，殊不知戏剧影视美术行业是一个技术性强、专业能力要求高的专业）。此类问题就需要行业相关机构进行市场调研，制定相关入行准则，以提高演艺市场的良性发展。这就为培养综合、全面、复合型的舞台美术设计专业人才奠定了基础，新一代舞台美术设计专业人才将逐步走向社会，进入行业，走上市场，对整体演艺行业业态进行更新、换代，为保护演艺生态良好发展而作出积极贡献。

舞台美术设计正在经历从传统的"舞台设计"到"表演设计"的转变。这既需要舞台美术设计人才跨界融合，进行多学科和多领域的学习，打破界限；也需要吸收地方文化资源，结合国内国际艺术元素，实现创新；还需要根据演艺市场变化，与行业深度合作，输出高质量人才。可以说，舞台美术设计正处在一个融合发展的新阶段，需要开拓视野，革新思维，与时俱进，才能为舞台艺术创作提供更丰富的可能。

（二）运用多手段推动交流合作

舞台美术设计的实施分设计与体现两个阶段，既要"纸上谈兵"，又要"实战演习"。"纸上谈兵"就是要以理论为指导进行案头设计工作，诸如方案制订、材料收集、文本研读、详细计划等，此阶段的工作只有细致详尽，才能在"实战演习"阶段，做到"百战不殆"。"实战演习"，即实践阶段，此阶段以技术为支撑，以第一阶段的设计方案为依托进行实际操作、体现等工作。因此，在舞台美术设计专业教学中将理论与实践相结合是非常之必要的，二者是此专业创作的两大支柱，只有将二者融合才能取得高质量的教育成果。

1. 传统教育模式与科技手段相融合

行业动态与专业教育应达到同步发展，随着互联网技术越来越发达，新科技、新技术在各个领域被广泛应用，演艺行业近年来受到新冠疫情的影响，出现了多种传播模式，传统的现场性[①]演艺模式已经不足以支撑行业的发展，涌现出了一批非现场性[②]的演艺项目。这就为行业发展和舞台美术设计教育提出了新的命题，从专业角度分析，舞台美术设计专业不仅要满足现场性演艺观众的审美需求，更要顺应时代发展，将专业的触角深入新业态的研究之中，以满足非现场性演艺之各项需求。

近年来，新冠疫情打乱了人们的社会生活秩序，同时为教学带来了许多变化，高校线上教学模式已成为常态化。戏剧影视美术教育教学需要充分发挥网络教学和传统教学模式的优势互补。利用线上教学，在将教学地点与环境影响缩减到最小的情况下，更重要的是能够大大提高教育资源的利用率，通过线上展示实践创作成果和系统的理论体系，能拓宽学生的视野，缩小地方和中央舞台美术设计人才的差距。地方院校可通过关注一些社交平台，来观摩重点院校师生不定期上传的设计作品。既开阔眼界，又减少因地域造成的成本开支。就行业传统而言，协作沟通和师承关系在艺术创作、学习实践中是不可缺失的重要部分。实践、实操类课程离不开线下教学，因此，要实现舞台美术设计教育培养的全方位发展，需要线上互联网技术的大力支持，更需要与线下传统教育教学模式的深度融合。

---

① 现场性指观众与表演同处于同一空间，观者在表演现场进行的观演方式，如传统剧场演出。

② 非现场性指观众与表演不一定处于同一空间，观众的观看可以采用线上模式，如直播、录播、线上交互等。

2.加强院校与社会实践紧密结合

高等院校与经济社会深度融合发展,回答了"为谁培养人"的哲学问题,因专业特色,舞台美术设计专业的实践性、操作性特性,使得地方高校舞台美术设计专业培养应适当借鉴高职类院校的办学经验,实现高校与地方社会协同育人机制,让社会各界、行业、用人单位尽早介入人才培养方案的制订工作,使地方院校教育与经济社会发展实现无缝接轨,切实满足人才需求。

(1)院校与院团

加强地方院校与地方文艺院团间的深度合作,院校与院团对人才进行联合定向培养,院校直接培养院团需要的人才,这样的人才可以是偏重理论研究的,也可以是偏重技术实操的,总之,院团需要什么人才院校就培养什么人才,减少一些中间没必要的环节。这样不仅可以解决大量的就业问题,还可以保证长期有效的人力资源输出问题。

(2)院校与行业

加强院校与行业间的深度合作,行业是一个专业领域的生态,行业发展是否平稳,行业人才梯队建设是否合理与完善,均显示了这一行业的生态发展是否平衡。院校应与行业机构保持密切联系,学科带头人应在行业协会担任重要职务,掌握行业发展动向。加强院校与行业间的人才互动、知识交流、思想交锋。

就目前教学情况而言,校内实践多存在"纸上谈兵"的现象,与社会实践存在很大差异,院校只有在学校与社会间搭建一座桥梁,方能解决此问题。如邀请行业专家进驻高校,高校教师进入行业担任一定工作,提升社会实践数量与质量。现阶段各院校毕业生普遍存在社会适应力不足、缺乏对社会现实的调研以及学科分类过于细致导致综合能力欠缺等问题,归根结底还是高校与行业间的"桥梁"不够通畅所致。因此,在舞台美术设计人才培养过程中,采用高校理论与社会实操,行业协同高校共同培养、同步推进合作模式,可有助于缩短实际工作与实习实训之间的磨合期,使学生在工作中能够尽快进入角色,开展工作发挥自身优势。

(3)双平台、双导师制

双平台即学校与企事业单位合作协同办学、共同制订和完善培养方案,在学校学习理论,到企事业单位实际应用,实现教有所学、学有所用的良性循环机制,合理避免学校硬件设施匮乏的短板。双导师制即除基础课程之外的所有专业课程均由院校教师与企事业单位设计人员、行业专家、企业工程师等具有一定专业影响力的设计者共同担任,理论与实践交叉教学,使教学内容避免理论化,培养出理论扎实、技术过硬的复合型人才,同时弥补了师资紧缺方面的缺陷。

3.扩大院校间交流合作

院校与院校间的深度交流,实际上是发达地区院校与欠发达地区院校间的交流合作,是双一流高校与普通高校间的交流合作,某种程度上有帮扶和扶植的意思,其中也包括中央直属院校与地方院校间的交流合作、戏剧类院校间的交流合作、戏剧类院校与其他综合类院校间的交流合作,具体交流内容如下:

(1)学术交流

(2)教学经验、办学模式的交流

(3)培养方案制订与优化、专业课程设置等方面的交流

(4)教师师资能力、科研能力培养方面的交流

(5)社会实践与艺术创作方面的交流

(6)实验室、科研平台等硬件设施建设方面的交流

地方院校应向双一流、龙头院校多请教、多学习。随着时代发展和社会进步,既定的、传统的教育模式会限制自身的发展和视野,因此,各大院校应站到"全国教育高质量发展"的高度上来,互相扶持、互相帮助,把中国的教育事业向更好更优的方向推进,而非存在一种隐形的恶性竞争

关系；各高校应发挥各自优势，突出其办学特色，杜绝一些低级的重复式的研究探索工作。如甘肃地方高校中，实力雄厚的高校与发展起步阶段的高校都在研究敦煌文化，产出成果、效应几乎相似，这种低质量的、重复性的研究应该加以杜绝。同时，各高校都有自己独特的风格和文化理念，办学特色和教学特点也不尽相同。院校间的深度交流与合作可达到广泛性和多元化，从而开拓学生的眼界和思维，达到双赢的目的。

4.鼓励学生间互动交流

当今教育理念日益多元化的环境下，应当鼓励不同专业背景的学生加强互动交流，打破专业壁垒，消弭通识教育的分野。事实上，各个领域的发展都呼唤着综合型人才。单纯的理工科专业人才往往缺乏对人文美学的理解和认知，而文科专业人才也常常缺少对客观事物进行理性分析和逻辑推理的能力。因此，在校园文化建设中，我们有必要促进文理专业的相互融合和渗透。

无论是在学生的生活、学习、科研还是实践环节，都应该营造一种文理共融、专业互鉴的氛围，鼓励学生跨越专业界限，相互借鉴长处，取长补短，理工科学生可以从文科中汲取人文精神和审美力，而文科学生也能在理工科领域锻炼逻辑思维和实践能力。只有做到真正的文理贯通、专业共融，才能培养出更加全面、更具创新力的复合型人才，从而为社会发展贡献自己的智慧和力量。

在全面建设社会主义现代化国家的新征程中，必须高度重视文化产业的发展新形势和新动向，加快推进舞台美术人才的高质量发展进程；高质量人才培养必须立足于社会主义现代化建设的需求，始终牢记"培养什么人"和"为谁培养人"的根本问题，坚持德智体美劳全面发展方针，坚持以立德树人为根本宗旨。同时，要广泛听取各方意见和建议，真正深化教育教学改革，剔除"水课"和"浮课"，使专业培养真正服务于国家建设需求。不断深化改革，优化人才培养模式，为实现社会主义文化强国目标提供有力的人才支撑。

中国民乐的审美特征及创新路径

黄诗昂　国防大学军事文化学院

习近平文化思想内涵十分丰富，对新时代中国民乐艺术的发展具有重大意义，对中华优秀传统文化的传承与发展具有引航意义。习近平文化思想提出了一系列重要内容和要求，对我国民乐艺术在激发爱国热情、振奋民族精神和增强国际文化传播力影响力等方面指导作用充分显现。本文通过对新时代中国民乐艺术的时代价值、审美特征、创造性转化和创新性发展路径等进行深入研究，展现中国民乐艺术突出的多样性、包容性、和平性，彰显我国海纳百川、美美与共的大国气概，奋力推进中华民族的文化复兴。

一、新时代中国民乐艺术的时代价值

习近平文化思想为我国民乐艺术的创新发展提供了重要的理论指导，在新时代背景下，中国民乐艺术的时代价值得以进一步凸显。民乐艺术作为我国优秀传统文化的重要载体，既承载着中华上下五千年丰富的历史记忆，又体现了中华民族独特的审美特征。在新时代新征程中，中国民乐应充分发挥其时代价值，在实践中进一步丰富和发展习近平文化思想，圆满完成新时代新文化使命。

中国民乐的历史起源可追溯至远古时期，历经漫长的岁月，我国民乐不断发展、演变，融合了各个时期的文化特色，形成了独特的民族音乐体系。从先秦时期的雅乐到汉唐时期的燕乐，再到宋元明清时期的民间音乐，中国民乐在每个时期都取得了辉煌璀璨的成就。进入新时代，我国民乐迎来了新的发展机遇，不仅传统音乐得以传承发扬，还创新地融入了现代元素，使得民乐焕发出新的生机。

（一）爱国主义教育

民乐艺术通过演奏和传播饱含中华优秀精神的音乐作品，增强文化自信，激励人民群众团结一心、报效祖国，对个人、民族乃至国家都具有重要价值和重大意义。

（二）文化传承与创新

民乐艺术是中华优秀传统文化的体现，通过传承与创新，使民乐与现代文化相结合，为民乐艺术的繁荣发展注入新的活力。

（三）民族交流与融合

民乐艺术具有鲜明的民族特色，在历史演变中，吸收了各地区、各民族的音乐元素，形成了丰富多样的音乐风格。民乐艺术促进各民族间的交流与融合，增进民族团结。

（四）社会和谐与美育

民乐艺术具有独特的审美价值，丰富人们的精神文化生活，促进社会和谐，提高人民群众的美育水平。中国民乐艺术具有强烈的包容性，能够将不同地域、民族的音乐特点融合在一起，形成具有共识的音乐语言。这种包容性既体现在音乐形式上，也体现在音乐内涵上。

（五）国际文化交流

丰富多样的中国传统民族乐器共同创造百花齐放的艺术画面，展示中国文化的魅力，增进国际理解与友谊，推动中华优秀传统文化的全球化。中国民乐艺术强调和谐共生、和美共融，传递出和平与友善的理念。在习近平文化思想的指导下，民乐艺术发挥得淋漓尽致，为世界文化交流搭建起友谊的桥梁。

二、中国式现代化民乐艺术的审美特征

在习近平文化思想的指导下，我们要深入挖掘并发展中华优秀传统文化中的民乐艺术，将其与新时代的审美需求相结合，创新民乐艺术形式。我们要传承和发展我国传统的民乐技艺，培养一批具有创新精神的民乐艺术家，推动民乐艺术的跨界融合，让传统民乐焕发勃勃生机。同时，要加强与国际交流与合作，吸收借鉴世界各国的音乐文化，为民乐艺术的创新发展提供广阔空间，增强我国民乐文化的国际传播力和影响力。

（一）民族性

民族性是中华民族精神的重要体现。中国民乐的现代化发展，正是对中华优秀传统文化的一种传承和创新，同时也是对中华民族伟大复兴的中国梦的积极回应。在现代化进程中，中国民乐在保持民族性的基础上，不断丰富和发展，为中华民族的音乐事业注入了新的活力。

在中国式现代化民乐艺术发展进程中，要创作彰显民族特色的民乐作品，这不仅是对传统文化的重视和保护，更是文化自觉的时代体现。我们要深入挖掘民族音乐元素，将传统音乐与现代音乐相结合，创新民乐艺术的表达形式，使民族性成为民乐艺术的核心竞争力。

通过对传统故事的挖掘、民族精神的传承，民乐成为弘扬中华优秀传统文化的重要载体，如《龙腾虎跃》（李民雄曲）、《林冲夜奔》（项祖华曲）、《星火燎原》（王云飞曲）、《太阳颂》（王丹红曲）、《山丹花儿随想》（王瑞曲）等作品，以音符为载体，奏响心中永恒的旋律，掀起新时代的华章。

《龙腾虎跃》由李民雄创作而成，是中国民族打击乐的经典曲目。全曲激昂热烈，韵律浓厚，以传统音乐浙东锣鼓《龙头龙尾》为主要素材加工而成。通过不同鼓的演奏组合和节奏的丰富变化，充分挖掘出中国民族打击乐的舞台表演扩张力，尽显龙虎般无可阻挡之气势，波澜壮阔的宏大场面直击人心，表现了人民勇敢坚毅向前走的信念。

《林冲夜奔》是一首富有激情的扬琴曲，由项祖华作曲。乐曲以中国古典四大名著之一《水浒传》中的人物林冲为主题，从中国文学中探求具有民族气质的音乐主题，描绘林冲落难、怒发冲冠、冲风踏雪、迎难而上、夜奔梁山的雄心壮志。其中融合了昆曲的音乐素材，使旋律赋有豪迈刚强的韵味，展现坚韧不拔的信念，极具民族性与戏剧性。

《星火燎原》是由青年作曲家王云飞创作的琵琶协奏曲。"星星之火，可以燎原"，从一点小小的革命力量发展壮大直至最终取得彻底胜利，伟大的革命精神以其强大的生命力信念，带来了无限的光辉，更展现着广阔的发展前途。

《太阳颂》是一首出色的现代民族管弦乐组曲，由现代青年女作曲家王丹红博士基于巴渝地区民间素材发展而成。《踏江》《挑山》《思念》《太阳颂》四个乐章展示了山水秀丽的巴蜀风情。乐曲具有浓厚的民间文化特色、细腻的情感表达和壮阔的山河气概，展示了劳动人民奋勇向前的品格和坚强的意志。

《山丹花儿随想》是天津音乐学院青年教师王瑞于2019年完成的一首琵琶协奏曲。本曲以陕北民歌《山丹丹开花红艳艳》的核心音调为素材，运用琵琶"文武双全"式的演奏特性对其展开与变奏。作者以琵琶为"引领"，以民族管弦乐队为陪衬，在生动描摹音乐画面的同时追寻崇高的革命精神。

中国民乐在民族文化传承中发挥着重要作用，它不仅是中华民族传统文化的瑰宝，而且是增强文化影响力的重要部分。在新时代背景下，我们应更加重视民族音乐的传承与发展，让其在弘扬民族文化、增强民族凝聚力方面发挥更大作用。

（二）时代性

时代性是习近平文化思想的重要要求。在民乐艺术创作中，我们要时刻关注时代变化，引领时代发展，发扬时代精神。民乐作品要与时俱进，体现新时代人民群众的审美追求和生活态度。通过创作具有时代特色的民乐作品，传递正能量，激发人民群众的爱党爱国情怀，振奋民族精神。

在中国式现代化进程中，通过对音乐创作手法、表演形式、乐器改良等方面的研究，民乐创作者和演奏者在保持民族性的基础上，将传统音乐元素与现代审美特征相结合，为民乐的创新发展开辟了新路径。

如今中国民乐也在逐渐融入现代元素，传统民乐元素与现代流行元素的融合，使得民乐更具时代感和现代气息，呈现出与时俱进的审美特征。这表现在以下几个方面。

1. 创作手法创新

当代民乐创作者在保持传统音乐结构的基础上，不断探索新的表现形式，更加注重音乐作品的情感表达、思想内涵和艺术创新。例如，民乐与舞蹈、戏剧、影视等艺术形式相结合，尝试运用西方音乐理论和中国传统音乐理论，以民乐演唱会、音乐节等新兴表演形式，创作出具有时代创新性和民族民间性的音乐作品。这些创新表现形式使民乐更具观赏性和吸引力，这使得民乐作品更具人文关怀和时代精神，为观众带来全新的视听体验。这些作品既传承了传统民乐的精髓，又为民乐的传播提供了更多途径。

通过现代音乐元素与传统民乐的融合，我国民乐在新时代中焕发出新的活力。这种融合有助于拓宽民乐的传播渠道，提升民乐的影响力，吸引更多年轻人关注和参与民乐事业。在此基础上，我们应继续推动民乐的创新发展，为中华民族文化的繁荣和发展贡献力量。

（1）旋律融合

在现代众多音乐表演中，作曲者将传统民乐的旋律元素与流行、摇滚、说唱等音乐风格相结合，创作出富有特色的新作品，既保留了民乐的传统韵味，又具有现代音乐的时尚感。

（2）节奏融合

民乐的节奏韵律具有独特的魅力，将其与现代音乐的节奏相结合，可以产生出富有创意的乐曲。例如，将民乐的节奏融入爵士乐、电子音乐等，使得音乐作品更加丰富多样。

新派民乐与国风说唱相结合的新民乐说唱《最文学》，将当下流行的说唱与琵琶、大鼓等中国传统乐器相结合，歌手用弹珠般的语速道尽文学的前世今生，拓宽了民乐的表现空间。

《China-X》由青年音乐制作人徐梦圆创作而成，将传统民乐与现代电音完美融合，加入古筝、琵琶、竹笛、小鼓等民族乐器，呈现浓浓的中国风，柔美舒缓，跳跃欢快，创造出中国风电音的独特音乐风格，深受大众喜爱，新兴技术同时也推动了民乐艺术的发展。

现代音乐创作理念强调个性化和创新性，将这些理念引入民乐创作，可以推动民族音乐的发展。作曲家们在创作过程中，既要继承和发扬传统文化，又要敢于突破和创新，使民乐更具时代感。

2.表演形式多元

中国民乐打破传统界限，与其他音乐形式相结合，形成多元化的音乐风格，这种创新不仅丰富了民乐的曲风，也让民乐更具现代气息。如民乐与交响乐、中国民族器乐与外国传统器乐共同合作演奏等。

传统民乐的表演形式多为独奏、合奏等，而在现代社会，民乐的表演形式更加多元，为听众提供全新的音乐体验。传统民族乐器与现代科技结合，为民乐开拓了广阔的发展空间，如将人工智能技术与中国民族乐器相结合，形成前所未有的虚拟乐器与中国民族乐器的电子音乐交互、电子音乐思维等，为民族音乐注入新的活力。

2024年1月，国家大剧院音乐厅上演了"福吉天长——赵聪与莫斯科柴可夫斯基音乐学院交响乐团新春音乐会"，值此中俄建交75周年之际，著名琵琶演奏家赵聪携手俄罗斯国宝级的巴拉莱卡琴演奏家尼古拉伊丘克共同演绎乐曲《绽放》。中国民族乐器琵琶与俄罗斯巴拉莱卡琴有着相同的文化起源，中俄两国演奏家共奏华章，既推动民乐艺术的国际化进程，又借鉴世界各国的音乐文化，为民乐艺术多元化发展提供有益启示。

由中央音乐学院与中国人工智能学会联合主办的第二届世界音乐人工智能大会在2023年10月末顺利开幕，在音乐人工智能、音乐治疗、音乐与脑科学等领域进行了交流探讨，例如王心严的《基于深度神经网络的虚拟乐器与双古筝的电子音乐交互——孙宇明〈繁星散落的夜晚〉电子音乐思维及人工智能技术应用》等。

习近平文化思想从战略规划的角度强调了艺术文化与现代科技交叉发展的重要性，当代人工智能技术和音乐研究的发展趋势和跨学科研究具有深远意义。

3.乐器改良

随着科技的进步，一些传统乐器进行了改良，中国民族乐器也在不断创新发展。新型民族乐器在传统乐器的基础上，使得演奏者可以更好地表现现代音乐的旋律。结合现代材料和制作工艺，如扬琴、管子、阮、琵琶等传统乐器的改良，也为民乐创作和演奏提供了更多可能性。

虎啸扬琴是乐海乐器公司"海之尊"品牌扬琴高级演奏琴系列中的中音扬琴。虎啸扬琴设计的主要特点是丰富了演奏音响，低音区增加了四个半音音位，弥补了402型扬琴低音区半音不全的缺憾。

2023年12月，中央音乐学院民乐系韩雷教授申请的"可快速转调的管子"技术发明专利获得国家知识产权局授权，提升了管子的舞台演奏张力。

徐阳·阮族系列阮通过精细制作工艺、升级琴杆琴弦等部件，进一步推动了阮的发展。此系列阮采用新式阮轴，曲项琴头，解决了多年以来阮乐器存在的头重脚轻问题，改革后的中阮既满足了民族音乐演奏需求，又贴合了现代审美特征，推动了阮的产业发展。

"海铭蓝"演奏级琵琶是乐海乐器公司借鉴明代琵琶外观，整体简约大气，展现蓝色海洋般的沉稳广阔。此款琵琶除了完善音色、外观等，还解决了外出便携问题，可拆装且稳定性高，正常托运不超标，提高了琵琶的日常实用性，丰富了琵琶的市场需求。

（三）人民性

文化发展要始终以人民为中心，民乐艺术要贴合人民群众的审美需求，不仅要关注传统节日的庆典、民间故事的传唱，还要关注现代社会的发展、人民群众的喜怒哀乐。人民群众说好才是好，要创作更多具有人民性的民乐作品，反映人民群众的生活点滴，满足人民群众多样化的精神文化需求，提升人民群众的文化获得感，增强其幸福感。

许多高校民乐教师为弘扬民乐，改编了一系列脍炙人口的通俗流行歌曲，让大众更深入地了解我国传统民族乐器。例如，扬琴演奏家、中央民族大学音乐学院许学东教授和佟彤老师共同改编的《浪漫情怀》，上海音乐学院作曲指挥系教师李博禅改编的二胡版《我和我的祖国》，等等。

（四）国际性

在习近平文化思想的指导下，中国民乐的中国式现代化，不仅体现了音乐艺术的创新发展，更是一种民族文化认同感的传承。在现代化进程中，中国民乐也在与西方音乐文化进行交流与融合，民乐成为联结中华民族文化传统与现代生活的纽带。中国民乐借鉴了西方音乐的一些元素，不仅保留了传统音乐的优美旋律和独特韵味，如和声、节奏等，使得民乐作品更加丰富和立体，还赋予了音乐新的艺术价值。同时，西方音乐也受到中国民乐的影响，这种艺术价值体现在音乐创作的多元化、表演形式的创新以及音乐风格的丰富多样。

在全球化背景下，我们要充分利用各种渠道和平台，加强民乐文化的传承与传播，提升民乐在国际舞台上的影响力。通过组织国际民乐交流活动、举办民乐音乐会、开展民乐教育等，让更多的人了解和喜爱中国民乐，促进民乐艺术与世界音乐文化的交流互鉴。同时，要积极培养具有国际视野的民乐人才，推动民乐艺术在全球范围内的传播与发展。

中国民乐在国际舞台上逐渐崭露头角，与世界各地的音乐团体和艺术家不断开展交流与合作。2024年2月2日，为庆祝中挪建交70周年，中国歌剧舞剧院"龙腾贺新春，中挪谊长存"专场演出在挪威奥斯陆音乐厅精彩上演，该活动由中国驻挪威大使馆和挪威华人社团共同主办。此次演出是中国文化和旅游部"欢乐春节"活动第一次到挪威，亦是挪威华人华侨的春节联欢晚会。中国驻挪威大使侯悦、挪威外交部地区司总司长迪斯维克出席并致辞，现场约1400人观看演出。

德国当地时间2024年2月6日晚，中央民族乐团在德国汉堡易北爱乐音乐厅演出《天地永乐·中国节》，中国驻汉堡总领事丛武、汉堡市政商代表等观看音乐会，现场2000余名观众让易北爱乐音乐厅大厅座无虚席。世界古典音乐最大在线平台medici.tv对本场音乐会进行了全程录制，既提升了中国民乐的国际地位，又推动了民族音乐的发展。

在国际化进程中，中国民乐积极吸收借鉴西方音乐文化的优秀成果，实现跨文化交流，促进中外文化的交流与互鉴，为学生提供全面的音乐教育。例如巴德音乐学院在中央音乐学院的大力支持下，于2018年创立了具有开创性意义的美中音乐研习院，设立了美国史上第一个中国民乐表演本科学位项目，将中国传统民族乐器的表演教学与西方理论教育相结合。

此项目的目的不仅是培养艺术家，更是培养未来的中国文化传播者、领导者和思考者。

教育部中外语言交流合作中心专项支持、人民音乐出版社出版的"中国音乐轻松学"系列图书包含《唢呐》《笛子》《笙》《箜篌》《打击乐》等十四本分册。该系列图书由中央音乐学院和业内多位专家教授编著，是在中国出版的全球首套中英双语音乐教材，采用了国际标准的五线谱来教授中国民族音乐，向世界宣传我国优秀民乐文化艺术。

在习近平文化思想的指导下，我们要深入挖掘中华优秀传统文化中的民乐元素，结合新时代的审美需求，同时，加强人才培养和跨界融合，推动民乐艺术的创新发展，提升我国民乐文化的国际地位。以习近平文化思想为指引，我国民乐艺术必将迎来新的辉煌。我们要紧紧围绕习近平文化思想，不断创新民乐艺术形式，弘扬优秀传统文化，加强文化传承与传播，为实现中华民族伟大复兴的中国梦贡献民乐艺术的独特力量，增强国家文化软实力。

三、中国民乐的创造性转化和创新性发展路径

在中国式现代化进程中，中国民乐的现代化既是对中华优秀传统文化的传承，也是对全球化背景下音乐文化交融的积极探索。中国民乐具有独特的艺术魅力，这体现在传统乐器的演奏、音乐旋律、节奏和表现手法等方面。中国民族音乐以其鲜明的特色，在国际音乐舞台上独树一帜，承载着悠久的历史和丰富的文化内涵，反映了中国人民的生活、思想和情感。国际观众和音乐人士通过欣赏中国民乐，能够感受到中华文化的璀璨夺目。近年来，中国民乐不断创新发展，将现代科技与传统民乐相结合，使中国民乐更具时代感。在数字化时代，民乐艺术创造性转化和创新性发展的路径包括：创新民乐的表现形式；加强民乐教育；挖掘和保护民乐文化遗产；推进民乐的国际交流与合作；培育民乐产业；等等。

（一）创新民乐的表现形式

在新时代，民乐的发展应紧跟时代步伐，充分利用现代科技手段和创新理念，打破传统音乐与流行音乐的界限，创作出更具时代特色和现代审美意识的作品。同时，积极探索民族音乐与其他艺术形式的融合，如民乐与民族舞、影视、绘画等艺术的跨界合作，丰富民乐的表现形式，提升其艺术价值。

（二）加强民乐教育

民乐教育是培养民乐人才、传承和发展民乐的重要途径。加强民族音乐教育，首先，要完善民族音乐课程体系，将民族音乐纳入基础教育阶段的音乐课程，使学生从小接触和了解民族音乐。其次，加大对民族音乐专业院校的支持力度，培养一批高水平的民族音乐教师和表演人才。最后，鼓励社会力量参与民族音乐教育，推动民族音乐教育向多元化、普及化方向发展。

（三）挖掘和保护民乐文化遗产

挖掘和保护民乐文化遗产既是尊重文化历史的体现，也是传承发展民乐的重要举措。我国拥有地大物博的丰富资源，各地都有独特的民族民间传统，包括民族音乐在内。应当加大对民乐文化遗产的挖掘、整理和研究力度，将散落在民间的音乐瑰宝汇集起来，形成系统的民乐文化遗产体系。同时，加强民乐文化遗产的保护，采取措施防止民乐传统流失，为民乐的发展提供源源不断的养分。

（四）推进民乐的国际交流与合作

国际交流与合作是开拓创新民乐国际影响力的重要方法。我国民乐应积极参与国际音乐交流活动，向世界展示中国民乐的独特魅力，吸收国际音乐的优秀成果，推动民乐的全球化进程。同时，加强与国际音乐院校和团体的合作，共同培养民乐人才，提升民乐在国际舞台上的竞争力。

（五）培育民乐产业

民乐产业是扩展中国优秀传统文化产业中至关重要的产业。政府应加大对民乐产业的扶持力度，鼓励企业投资民乐产业，培育一批具有竞争力的民乐品牌。同时，拓展民乐产业链，促进民乐与旅游、文化创意等产业的融合发展，实现民乐的经济价值。

在习近平文化思想的指引下，我国民乐迎来了前所未有的新发展机遇。我们要紧紧抓住这一机遇，传承和发展民乐这一优秀传统文化。同时，通过创新和跨界合作，扩大中国民乐在国际舞台上的影响力。

本文通过对我国民乐的时代价值、审美特征、创造性转化和创新性发展路径的深入剖析，强调了民乐在我国文化传承与发展中的重要地位。在新时代背景下，我们要充分认识民乐的价值，加强民乐教育改革，创新传承途径，提升国际交流与合作，为我国民乐的繁荣发展贡献力量。同时，也要关注民乐在文化传承、社会进步、国际交流等方面的重要作用，将其融入国家战略发展规划，为实现中华民族伟大复兴提供文化支撑。

红色题材扬琴音乐的艺术特征

——以扬琴二重奏《大渡河》为例

黄诗昂　国防大学军事文化学院

习近平文化思想对中国民乐的发展与影响是深远的，它不仅仅局限于音乐本身，更体现在音乐背后所蕴含的文化内涵和思想精髓。中国民乐作为中华文化的瑰宝，承载着中华民族几千年的历史和文化积淀，通过音乐的形式将中华优秀红色传统文化传递给听众，进而影响着人们的思维方式和价值观念。

在习近平文化思想的指引下，中国式现代化新民乐话语体系的构建过程中首先要深入挖掘中华优秀红色传统文化题材的精髓和价值内涵。扬琴二重奏《大渡河》由刘希圣老师创作，此曲饱含了对红军长征的怀念及感慨，充分展现了战士作战时的铁骨铮铮和战友之间的情深意长，体现了扬琴技巧的多样性，激发了扬琴丰富的音响效果。

扬琴于明朝末期由波斯传入，又称打琴，击弦乐器，是中国民族乐队中必不可少的乐器，最初是为曲艺和说唱伴奏。当今，扬琴艺术在作品创作、艺术风格、乐器改革、演奏技巧、教学理论和教育研究及国际交流方面都取得了显著成就。扬琴作品中，传统乐曲和现代改编曲居多，扬琴二重奏《大渡河》便是其中一颗珍贵的闪烁之星。

此曲作者专为扬琴这一民族乐器创作的红色题材二重奏曲，可谓扬琴发展历史中的一次新突破。这首作品共分四部分：①引子：惊涛骇浪；②小快板：轮渡、神兵突袭；③柔板：缅怀、英灵永存；④急板：向前、万众一心。在当代扬琴作品中，此曲的旋律和体裁都给人们留下了极为深刻的印象，且作曲者亲身经历了部队生活，对军人有足够的了解及深厚的战士情怀，其采用丰富的音乐语言表达情绪，使乐曲淋漓尽致地展现了战士的满腔热血及保家卫国的昂扬志气。

一、扬琴二重奏《大渡河》的音乐分析

此曲描述的是中国工农红军在长征途中的一次著名战斗——强渡大渡河。1935年，红军战士们翻山越岭，昼夜转移，击溃敌军，占领渡口，强渡成功。这一战，在中国革命战争史上写下了光辉的一页。

此曲共分为四个部分。

（一）引子：惊涛骇浪

引子为两句式带补充的平行乐段。引子一开始就把"乱石穿空，惊涛拍岸"的场景凸显出来，带重音标记的二分音符齐竹和重复带装饰音的单音表现出波涛汹涌，具有强烈的冲击力。音乐的气氛不仅凭借节奏的变化，还从力度上烘托出来，整个引子慷慨激昂，同时半音阶的上行与下行形象地模仿了水流的跌宕起伏，为下一段做铺垫。

（二）小快板：轮渡、神兵突袭

小快板分三阶段。第一阶段，扬琴1以十六分分解音符和半音阶上下行为主，扬琴2以带顿音记号的八分音符为主，并且都在主旋律上标记出重音记号，描绘战前战士们紧张有序地渡河中，增加战争激烈的气氛。第二阶段，扬琴1与扬琴2都以八分音符齐竹为主，同时增加了富于动力的切分节奏型，表现勇士们正在全副精神高度集中地靠近敌人，作曲家用音高的跨度来描述战场上由远至近的距离，当与敌人正面作战时音乐旋律移高八度，情绪高涨，突出作战的激烈与打胜仗的决心！十四小节的连接后，第三阶段将后十六分音符和八分音符作为开始，再通过具有冲击性的三连音齐竹和五连音半分解和弦，描述神兵突袭时的决胜关键时刻，达到最高潮，力度直达到 ff，突显战士们英姿焕发、龙骧虎步的场景。最后采用三小节之长的刮弦演奏技巧展现炮火连天、硝烟弥漫的环境，展现了扬琴演奏技法的多样性，开拓了扬琴的表现力，渲染了乐曲的气氛。

（三）柔板：缅怀、英灵永存

此段为三句式带连接的平行乐段。旋律以带附点的四分音符和八分音符为主，细腻柔情，充满战友的浓浓深情，带有抒情性质、与主部主题形成鲜明对比的副部主题，更加凸显出对英雄们牺牲的痛惜及深入人心的缅怀之情。第三句旋律高八度，最后渐慢渐强，为最后急板做好情绪以及调性的过渡。

（四）急板：向前、万众一心

最后一部分采用阶梯式齐竹上行，慢起渐快为连接，将引子主题和小快板主题动力再现，织体加厚，力度加强，扩充内容，展现众战士"黄沙百战穿金甲，不破楼兰终不还"的坚定志气。全曲以铿锵有力的旋律结束，音乐意境延绵，意犹未尽。通过几个基本动机和主题的呈示、对比和发展，讲述了一场完整的"强渡大渡河"，塑造了红军将士的英勇善战、能打胜仗的形象，歌颂了伟大的共产主义精神，使全曲从内容到结构都富有整体性，传达了作品中的不同情感。

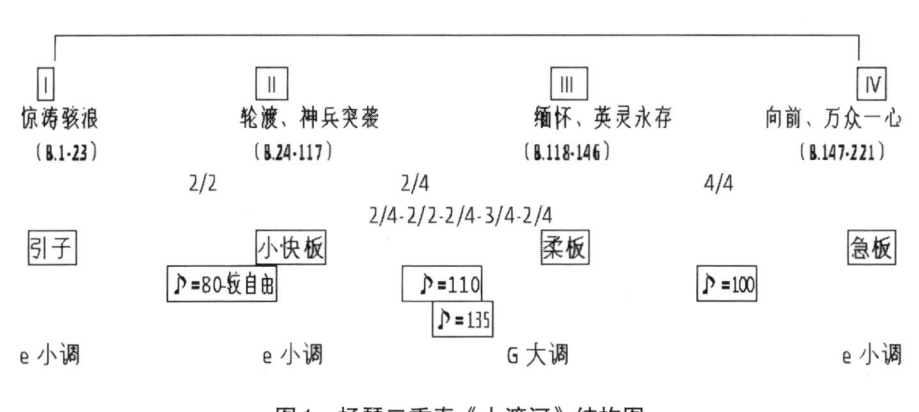

```
        ┌──────────┬──────────────┬──────────────┬──────────────┐
        I          II             III            IV
     惊涛骇浪   轮渡、神兵突袭   缅怀、英灵永存   向前、万众一心
     (B.1-23)    (B.24-117)      (B.118-146)     (B.147-221)
                   2/2         2/4                 4/4
                          2/4-2/2-2/4-3/4-2/4
     [引子]      [小快板]         [柔板]           [急板]
               ♪=80-较自由      ♪=110            ♪=100
                                ♪=135
      e小调       e小调          G大调            e小调
```

图1 扬琴二重奏《大渡河》结构图

二、扬琴二重奏的协作性

扬琴二重奏考验两位演奏者的协作能力以及默契程度，要求精准把握动静的结合、呼吸的起伏，做到合二为一。作曲家灵活自如地运用不同的演奏形式，使乐曲《大渡河》更加丰满、立体，展现了扬琴二重奏演奏技法的多样性和创新性、二重奏的协作性和多元性、艺术表演的传承性。此曲运用以下四种演奏形式描述了"强渡大渡河"这一伟大事迹。

（一）齐奏

二人同时击弦发出音响。齐奏模式的特点在于强调情绪，巩固主题。例如，小快板最后一部分，扬琴1与扬琴2齐奏长达十几小节，突出神兵突袭时的浴血奋战、紧张激昂的气氛，同时齐奏最能增强音响效果，推动情绪，达到全曲高潮。见谱例1：

谱例1：《大渡河》

（二）伴奏

一人演奏主旋律，另一人为其伴奏。例如，柔板的最后一个乐句，便是扬琴1演奏主旋律，扬琴2采用半分解和弦伴奏，增强音乐立体感，并且扩大扬琴的表现力，表现对战友的深切缅怀之情，表达战争时期的丰富情感，二人的合作展现出音乐的融合性。见谱例2：

谱例2：《大渡河》

（三）对话

一人演奏完旋律，另一人回应。对话模式在二重奏的演奏形式中较为常见。这种模式可增加音乐的流动性，富于感情，最能体现演奏双方的协作性。例如，全曲急板最后一部分便充分展现出二人的音乐交流，且音乐处理拿捏适当，保持紧凑感，展现保家卫国的伟大志向和打胜仗决心！见谱例3：

谱例3：《大渡河》

（四）华彩

一人独奏华彩，另一人保持休止状态。二重奏中出现华彩段，体现音响的多样性，丰富听觉的感知，同时要求演奏者对音乐的动态把握更加精准细致，与另一人的静态语言相结合，更好展现主题。例如，扬琴1演奏者在引子里的独奏，近引子一半时长，对演奏者的技巧水平和表演艺术有极高的要求，奔流不息的流水更加形象生动。见谱例4：

谱例4：《大渡河》

三、扬琴二重奏《大渡河》的艺术特征

扬琴二重奏《大渡河》通过基本动机和主题的呈示、对比和发展，形

成了统一而完整的音乐语言。全曲以"强渡大渡河"为核心主题，通过不同的演奏形式和音乐处理手法，展现了红军将士的英勇善战和共产主义精神的伟大。从引子到急板，每个部分都紧密相连，共同构成了作品的整体性。音乐语言的贯通性不仅体现在旋律的连贯和节奏的变化上，更体现在音乐情感和意境的营造上。作曲家通过精准把握音乐的动态和静态，以及演奏双方的协作和默契，成功地将音乐语言与主题发展相贯通，使全曲从内容到结构都充满了艺术性和感染力。

一部好的音乐作品，其内容和形式总是互为因果、辩证统一的。因此，要真正了解一部音乐作品，就不能脱离对音乐要素和主题发展的深入研究。构成音乐的主要因素有旋律、节奏、和声等，而这些音乐语言的变化离不开主题的变化，并随着主题的发展而发展。

（一）旋律

旋律能在很大程度上决定音乐的基本性质。引子一开始出现最高音，旋律为冠音型。此曲作者要表现的对象是大渡河水流湍急、波涛汹涌的自然场景，具有非常夸张的感情特点，形象地展现了主部主题的基本动机。见谱例5：

谱例5：《大渡河》

柔板的旋律则被称为大山型，由幅度和跨度都比较大的音程跳跃形成，显得宽广而崇高，表现宏伟壮丽的音乐性格，充分符合副部主题的动机，抒发深厚而细腻的缅怀英灵之情，与主部主题形成鲜明的对比。见谱例6：

谱例6：《大渡河》

（二）节奏

节奏指音乐中一切时间关系，体现着音响运动的轻、重、缓、急。"节"者，止也；"奏"者，进也。节奏包含着时值、重音、速度、拍子等成分。例如，引子后半部分都是八分音符，属于等分性组合（指一组节奏中的单位相等），加强音乐的律动性，表现激烈而流畅的水流，随着主题的发展而发展（见谱例4）。同样，小快板的高潮也采用了等分性组合，反复使用三连音与五连音，突出战斗的紧张氛围（见谱例1）。

（三）和声

和声指音乐中一切纵向音高关系。和声在乐曲中是运动的，运动才会发展，推进主题动机的发展。例如，小快板中用了属七和弦和导七和弦，一步步推动情绪的紧张，描述越发激烈的作战，并推向高潮，力度达到 ff（见谱例1）。

四、调式与调性

调式与调性好比音乐的营养剂,光有旋律、节奏、和声过于单调,需要调式与调性激发音乐的活力。例如,全曲第一句是 G 大调,第二句是 e 和声小调,由此带来的色彩的变化,正好符合这种万丈狂澜、不可预知的状态,丰富主题的表现形态。大调的光明、开朗正直与小调的暗淡、柔和朦胧形成鲜明的色彩对比。见谱例 7:

谱例 7:《大渡河》

五、传统形式与时代精神的结合

扬琴二重奏《大渡河》不仅在演奏形式上展现了高超的技巧和丰富的音乐语言,更在内容和主题上体现了传统形式与时代精神的完美结合。这部作品深入挖掘了中华民族的传统音乐元素,以独特的音乐语言展示了中国人民在革命历史长河中的英勇奋斗和坚定信念。

首先,从音乐语言的角度看,扬琴二重奏《大渡河》运用了丰富的旋律、节奏、和声等音乐元素,展现了传统音乐的魅力和深度。作品通过激昂的旋律、紧凑的节奏和丰富的和声,生动地描绘了大渡河的波涛汹涌和革命战士的英勇形象。同时，作品还巧妙地运用了调式和调性的变化，为音乐注入了新的活力和色彩，使得整部作品更加生动、立体。

其次，从主题发展的角度看，扬琴二重奏《大渡河》以传统音乐形式为载体，巧妙地融入了时代精神。作品不仅展现了革命历史时期中国人民的英勇奋斗和坚定信念，更通过音乐的形式传达了当代人对那段历史的缅怀和敬仰。这种传统形式与时代精神的结合，使得作品既具有深厚的历史底蕴，又具有鲜明的时代特色。

音乐是历史性与时代性的统一。任何一部作品都是某个特定历史时期的产物，包含着不同的人文风格和时代精神。真正优秀的艺术表演家都努力把握作品的时代特征和音乐风格，力求做到至善至美的音乐表演，呈现最真实、纯粹的音乐。

扬琴二重奏《大渡河》的成功也离不开演奏者的精湛技艺和深入理解。演奏者将作品的内涵和情感完美地呈现出来，使得听众能够深刻感受到作品所传达的力量和情感。这种演奏者与作品的完美融合，也是传统形式与时代精神相结合的具体体现。

扬琴二重奏《大渡河》通过丰富的音乐语言和深入的主题发展，展现了中华民族传统音乐的魅力和深度，同时也传达了当代人对革命英烈的缅怀和敬仰。这部作品不仅为我们提供了音乐艺术的享受，更为我们提供了历史和文化的启示。当演奏者在诠释这首作品时，只有自己深入情境，才能真实地将音乐内涵表现出来。作曲家在创作时，通过力度、节奏和演奏技法等创作手法表达出红军长征的重重艰险，战士的铮铮铁骨也淋漓尽致地描绘出来，引子就将全曲内容开门见山地表达出来（见谱例7）。

与《大渡河》形成鲜明对比的有扬琴二重奏《别港》，此曲采用了海南"丽丽调"的音乐素材，表达离别时的依恋心情。引子一开始就用了琶音，柔情细腻，与《大渡河》的情感基调完全不同。见谱例8：

谱例8：《大渡河》

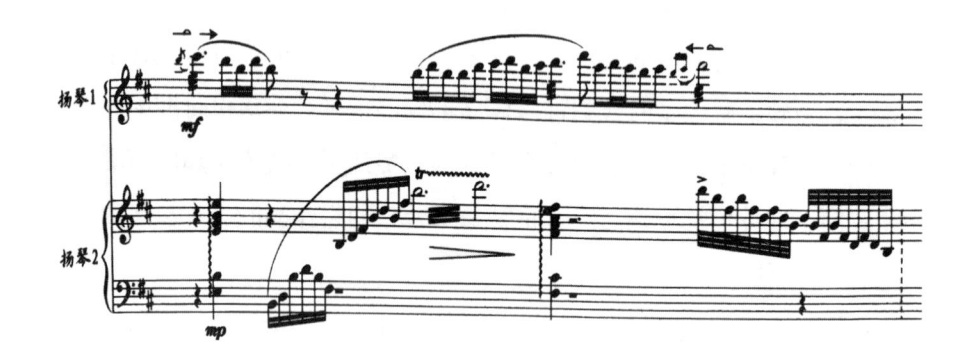

作品描述的内容不同，要求演奏者了解不同的历史背景，将其与时代精神辩证统一，才能诠释好作品，体现真实性和创新性。而《大渡河》描述的是20世纪的事情，对当代的作曲家、演奏家来说，将历史音乐风格与时代精神完美统一，才是关键且必须思考的事情。《大渡河》的旋律简单直接、铿锵有力，无一不体现着红军能打胜仗的决心和信心。从内容到结构，每一个音符都构成了乐曲的整体性。

在未来的音乐创作中，我们也应该注重传统形式与时代精神的结合，不断探索和创新，为音乐艺术的发展贡献自己的力量。

六、演奏技法与艺术表现的交融

演奏技法与艺术表现是音乐中不可或缺的两个方面。在扬琴二重奏《大渡河》中，演奏技法与艺术表现相互交融，共同构建了作品独特的魅力。演奏者通过精湛的技艺，将乐曲中的旋律、节奏、和声等元素完美地呈现出来，使得作品的艺术性得以充分展现。

首先，演奏技法对艺术表现起到了重要的支撑作用。在《大渡河》中，演奏者运用了丰富的演奏技法，如快速的轮竹、有力的击弦、细腻的对话等，这些技法不仅准确地表达了乐曲的节奏和旋律，更赋予了作品丰富的情感和内涵。通过演奏者的精湛技艺，听众能够深刻感受到大渡河的波涛汹涌和革命战士的英勇形象，从而进一步增强了作品的艺术感染力。

其次，艺术表现也反过来影响演奏技法的运用。在诠释《大渡河》时，演奏者需要深入理解作品的内涵和情感，通过演奏技法将这些情感准确地传达给听众。例如，在乐曲的高潮部分，演奏者需要运用更加激昂、有力的演奏技法，以表现出红军战士的英勇无畏和坚定信念。这种演奏技法与艺术表现的交融，使得作品更加生动、立体，更具感染力和震撼力。

在扬琴二重奏《大渡河》中，真实性与创新性得到了完美的统一。作品在深入挖掘中华民族传统音乐元素的同时，也巧妙地融入了时代精神和现代音乐元素，使得作品既具有深厚的历史底蕴，又具有鲜明的时代特色。

首先，作品通过准确的旋律、节奏、和声等元素，真实地再现了红军长征时期的历史场景和人物形象。演奏者需要通过精湛的技艺和深入的理解，将这些历史元素真实地呈现给听众，使得听众能够感受到那段历史的真实性和震撼力。

其次，作品也注重创新性的探索和实践。在保持传统音乐形式的基础上，作品巧妙地融入了现代音乐元素和演奏技法，使得作品更具时代感和创新性。这种真实性与创新性的统一，不仅体现了作曲家和演奏者的艺术追求和创新精神，更为听众提供了全新的音乐体验和享受。

七、红色题材扬琴作品的发展现状及思考

红色题材扬琴作品作为中华民族音乐文化的重要组成部分，自20世纪以来一直受到广泛的关注和推崇。这些作品不仅反映了中国革命历史的伟大进程，更体现了中华民族坚韧不拔、自强不息的民族精神。随着时代的变迁和社会的发展，红色题材扬琴作品也在不断地发展和创新。

近年来，随着国家对文化产业的重视和支持，红色题材扬琴作品得到了更加广泛的传播和推广。一方面，越来越多的演奏家、作曲家投入红色题材扬琴作品的创作和演奏中，使得这一领域的作品数量和质量都得到了显著的提升。另一方面，各种音乐比赛、音乐节、音乐会等活动的举办，也为红色题材扬琴作品提供了更多的展示平台，使得更多的人能够了解和欣赏到这些作品。

然而，我们也应该看到，红色题材扬琴作品在发展过程中还存在一些问题和挑战。首先，出于历史原因和现实情况的复杂性，如何在保持红色题材的本质和精神内涵的同时，将其与现代审美和演奏技法相结合，使其更加具有时代感和吸引力，是一个值得深思的问题。其次，如何更好地传承和发扬红色题材扬琴作品的优秀传统，避免其被商业化、娱乐化侵蚀，也是一个需要关注的问题。

针对这些问题和挑战，我们应该采取积极的措施加以应对。首先，应该加强对红色题材扬琴作品的研究和整理工作，深入挖掘其历史价值和文化内涵，为其传承和发展提供坚实的理论基础。其次，应该注重培养专业的演奏家和作曲家人才，提高他们的艺术素养和创作水平，为红色题材扬琴作品的发展提供有力的人才保障。最后，应该加强与社会各界的沟通和合作，拓展红色题材扬琴作品的影响力和传播渠道，为其发展创造更加广阔的空间和机遇。

总之，中国红色题材扬琴作品作为中华民族音乐文化的重要组成部分，具有不可替代的历史价值和文化意义。在未来的发展中，我们应该坚持传承与创新相结合的原则，不断探索和创新，为红色题材扬琴作品的发展贡献自己的力量。同时，我们也应该保持清醒的头脑和坚定的信念，始终牢记红色题材扬琴作品所承载的历史使命和社会责任，为实现中华民族伟大复兴的中国梦贡献自己的音乐力量。

红色音乐伴随着中国人民解放军的发展进程，是音乐艺术用于军事目的的产物。它是部队精神文化的传承，是国家的精神支柱，是人民万众一心、激发爱国热情的力量源泉。随着时代的变迁，音乐在不断发展，红色音乐也在不断充实扩充，开拓题材，丰富创作技法。红色音乐充分体现了中国人民解放军的性质、宗旨和纪律，记载了"一夫当关，万夫莫开"的责任意识，巩固和提高了军队战斗力服务的文艺宣传宗旨，激发了战士们不畏艰险、保家卫国的坚定意志。然而，与红色音乐相比，红色题材民族器乐作品较少，红色题材扬琴作品更是屈指可数。无论在什么领域，都应该保持红色音乐的蓬勃生长，因为它是国家前进的号角、全体人民团结一心的象征。红色音乐具有明确的政治性、强烈的战斗性、鲜明的军事性。

在我国扬琴作品中，现代作品与传统乐曲居多，其意境与情感更能吸引大众，许多专业人士由于缺少对部队生活的了解、部队情怀的感受，对红色题材扬琴作品的创作则缺少感触。红色题材扬琴作品应扩大应用范围，面向大众，这样不仅能宣扬中国人民解放军的爱国精神，更能助力扬琴的发展，推动民族音乐前进的步伐，将红色音乐与民族乐器融合，相得益彰，提升社会精神文明，提高国家综合国力。

为此，作曲家应更加努力创作优秀扬琴作品，通过传播让更多的人意识到红色音乐在生活中必不可少，同时也应让更多专业人士关注红色题材扬琴音乐，为之作出新的尝试与贡献，推动扬琴这一民族乐器的发展。

扬琴二重奏《大渡河》是一首红色题材扬琴作品，体现出了20世纪30年代保家卫国、崇尚英雄的时代精神。这首乐曲讲述了完整的"强渡大渡河"事迹，塑造了伟大共产主义战士的艺术形象，完成了精妙的艺术表现。扬琴二重奏的演奏形式，呈现出扬琴演奏技法的多样性、二重奏的协作性，以及扬琴音乐的多元化和传承性，激发红色题材扬琴作品的创作活力，丰富红色音乐的多样性，开拓中国扬琴的表现力。

新时代扬琴艺术的中国式现代化

——以《第一扬琴协奏曲》第二乐章为例

黄诗昂　国防大学军事文化学院

习近平文化思想旨在传承和弘扬中华优秀传统文化，同时吸收借鉴世界文明成果，形成具有中国特色、时代特征的文化表达方式和交流机制。作曲家张朝教授追求民族化与个性化相结合的创作思想及本真自然的音乐风格，其创作的《第一扬琴协奏曲》不仅以创新的思维丰富了扬琴的音色变化，还赋予民族旋律现代化的变奏，乐曲结构的严谨与主题动机的演绎强调并巩固了作品表达的人生思想。作曲家充分发挥扬琴多种音色，形成意象的塑造，表达对人类文明的无限憧憬。

优秀的民乐作品不仅能够丰富观众的审美体验，提升国家文化软实力，还能够在全球化背景下展示中华优秀传统文化的独特魅力。在当今的国际环境下，更要积极推广和传播中国文化，让世界更好地了解和认识中国。

扬琴是中国民族弹拨乐器的主要代表乐器之一，如今扬琴在乐器改革、演奏技巧、教学理论和教育研究及国际交流等方面，都取得了显著成就。尤其值得可喜的是近些年，专业作曲家投身于扬琴创作，如徐昌俊的《凤点头》、王丹红的《狂想曲》、刘畅的《烟姿》、冯继勇的《圈》等，本文分析的是张朝的《第一扬琴协奏曲》。

《第一扬琴协奏曲》创作于 2017 年，此曲挖掘出扬琴独特的演奏技法，并发挥了扬琴的多变音色，例如采用弓在扬琴上进行拉弦演奏等，不仅反映了新时代的特征，也展示了个性的创作风格。全曲约 32 分钟，共三个乐章：第一乐章《现在》——"托卡塔"；第二乐章《过去》——"变奏曲"；第三乐章《未来》——"回旋曲"。本文将对《第一扬琴协奏曲》第二乐章进行分析，第二乐章是变奏曲式，曲式结构布局巧妙，主题动机生动鲜明，音响层次丰富饱满，通过扬琴的表现手段将音乐内涵淋漓尽致地进行展现。

一、《第一扬琴协奏曲》第二乐章的作曲家及创作背景概述

（一）作曲家创作风格与主要作品简介

　　作曲家张朝，中央民族大学音乐学院作曲系教授、硕士研究生导师，世界著名音乐出版社德国 Schott 签约作曲家，入选全国宣传系统"四个一批"人才，荣获"德艺双馨文艺工作者"称号。

　　张朝教授出生于美丽富饶的云南，自小热爱美术、诗词以及书法。其童年浸染于当地各民族音乐之中，又在音乐氛围浓厚的家庭熏陶下，自幼学习扬琴、小提琴和钢琴，埋下了作曲的种子。后来张朝先生离开故土，到北京学习作曲，始终保持追求本真自然的态度，对少数民族音乐的熟悉和对生活中民族音乐素材的积累，都对其创作产生了不可或缺的影响，在其作品中不难发现浓郁的民族性和不拘一格的个性。张朝教授的创作以传统音乐为核心，致力于创新性与时代性相结合，西方作曲手法与中国传统音乐相融合，希望通过作品将中国传统民族音乐推向世界。

　　澳大利亚 ABC 广播电视台称张朝的作品为"无与伦比的现代作品"，其代表作品有交响乐《雪山序曲》，钢琴协奏曲《哀牢狂想》，弦乐四重奏

《图腾》，合唱《春天来了》，钢琴曲《皮黄》《中国之梦》，舞剧《草原记忆》，大型民族管弦乐套曲《七彩之和》，歌剧《小河淌水》，等等。近十年其主要作品有：二胡协奏曲《太阳祭》，是其第一部原创民乐作品，这部作品提取云南少数民族的音乐基因，具有强烈的民族气质和深刻的内涵，富有哲理性以及救赎性；柳琴协奏曲《青铜乐舞》，作品从壮族铜鼓文化中获得灵感，采用广西少数民族音乐风格创作而成；中阮协奏曲《日月歌》，乐曲分为两个乐章，第一乐章为中阮演奏的哈尼族风格《月亮歌》，第二乐章为柳琴演奏的彝族风格《太阳歌》；琵琶协奏曲《天地歌》，作品受两部传奇爱情故事（《召树屯》和《边城》）影响而作；民族管弦乐《干将·莫邪幻想曲》，此作品避开文学的叙事，主要突出情怀与心灵的表达；歌剧《芥子园》，音乐为昆曲风格，歌唱生活、歌颂人性美的同时也揭示和讽刺人性的贪婪与丑恶；扬琴协奏曲《第一扬琴协奏曲》和《第二扬琴协奏曲》，通过创新扬琴演奏技法，融合西方作曲手法，丰富音乐的内涵。

（二）《第一扬琴协奏曲》的创作背景概述

扬琴由丝绸之路引进，当时中国无扬琴乐曲、无扬琴教材、无技艺传承，扬琴就在这样的环境下慢慢生根发芽。在发展的过程中，专业、优秀的作品推动乐器的发展，使乐器技艺得以更好地传承，例如《倒垂帘》《旱天雷》等都发挥了扬琴本身的特点。

当今是扬琴高效发展的时期，随着需求精致化，权威作曲家创作的扬琴作品颇具重要性，不仅被扬琴演奏者需要，对扬琴教育者也具有一定的教育研究作用。而在扬琴作品中规模较大的协奏曲体裁作品并不多见，张朝教授创作的《第一扬琴协奏曲》是迄今为止演奏时长最长的扬琴乐曲，本文分析的是变奏曲式的第二乐章，在历来的扬琴作品中此体裁为数不多，值得欣赏。张朝教授通过《第一扬琴协奏曲》的创作，将哲理和观念得以更加生动形象地传达给听众，使人们在欣赏音乐的同时，也能够领略到中华文化的博大精深。这种文化的传播不仅有助于增强民族认同感和文化自信，更能够激发人们的爱国情感和民族精神。

二、《第一扬琴协奏曲》第二乐章的音乐本体分析

（一）乐曲结构

在中国式现代化进程中，不仅要对优秀传统文化进行传承和创新，更要增加人民的文化自信。提高文化自信不仅能够增强对本国文化的深刻理解和认同，还能够提升我国在国际文化交流中的地位和影响力。

《第一扬琴协奏曲》第二乐章在乐曲结构上，作曲家学习、借鉴西方作曲手法，将西方曲式结构与中国传统音乐相结合，本曲为变奏曲式，主题旋律的变奏出现，用以巩固音乐形象，抒发对"过去"的一次又一次怀念与感叹。巧妙的是，作曲家通过对调性的严谨布置与变奏手法的精心设计，变奏九与变奏二素材相近，有再现因素，而变奏十与变奏一采用同素材，故给本曲结构赋予了复三性质的镜像结构特征，再现时选择了在新调上演绎。

从调性布局上分析，主部 A 在降 b 羽调式上；展开部 B，初始起兴为降 a 羽调式，经 g 羽调式的一段展开，再以 c 羽调式进行一段延伸，最终于 a 羽调式作结，勾起听者对种种往事的纷飞游移思绪，音乐画面为朦胧灰暗的色彩；再现部 A1 于 b 羽调式上进行演绎，旋律色彩偏向光明鲜亮。主部调性与展开部的结束调是下行小二度关系，为远距离关系调，而主部与再现部调性则为上行小二度关系，作曲家是为了让音乐往明亮的色彩方向发展，过渡到第三乐章，开始展望"未来"。

全曲以主题引发对"过去"的感慨与追怀，通过对乐句的扩充、和声和音区的变化等多种手段，对回忆进行生动的呈现，使乐曲的表现空间得到很大程度的延伸和拓展。

表 1 曲式结构表

	变奏曲式											
	引子	主题	变奏一	变奏二	变奏三	变奏四	变奏五	变奏六	变奏七	变奏八	变奏九	变奏十	尾声
小节数	1—16	17—24	25—32	33—40	41—48	49—63	64—72	73—80	81—96	97—130	131—139	140—147	148—160
调性布局	降b羽调式						降a羽调式	g羽调式	c羽调式	a羽调式	b羽调式		

（二）和声色彩的描绘

《第一扬琴协奏曲》第二乐章为一部现代意义上的作品，无论从核心材料还是调式调性等方面都体现了中国民族音乐特色，全曲采用羽调式，羽调式是一个具有小调特征的调式，其和声色彩较为柔和灰暗。本曲旋律简洁柔美，值得一提的是作曲家在创作中不仅用和声来营造氛围，改变色彩，同时借用和声的丰富性追求内容上的表现，在音乐中使用不协和音，尝试运用连续大量的七和弦，由此不难发现作曲家个性化的创作风格。具体从以下几点充分体现。

引子为降b羽调式，但和声不以羽为中心作支撑，而是以大调和声为主，下属和弦居多。作曲家脱离了一些传统的功能体系，突出具有色彩感的旋律，创造性地将主题通过不同色彩的和声对旋律进行添色，更具立体化，细致并严谨地进行布局，渲染音乐意境。为此，演奏者需要非常细腻地感受音乐色彩，追求梦境般的印象画面。

谱例1：

[乐谱]

主题旋律带有云南哈尼族、苗族调性色彩和旋法特点，共八个小节，作曲家将其分为四个乐句，和声分别进行为Ⅲ、Ⅴ、I₆、I。为体现出五声音阶色彩，采用七和弦作结束和弦，让听众感受到更鲜明的东方音乐特色。

谱例2：

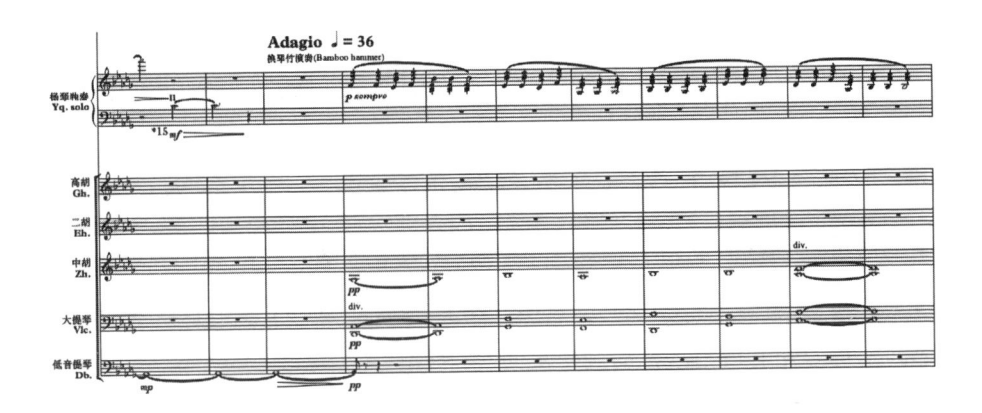

[乐谱]

变奏五中，作曲家在旋律声部的下方做八度卡农模仿，和声伴奏采用多调性和声手法。整段音乐运用大量的不协和音程，看似毫无规律可循，实则不协和和声与旋律相辅相成，创造出独具一格的音乐色彩。

谱例3：

（三）变奏手法的演绎

此曲共有十次变奏，层次鲜明，一步一步进行变化，但并非变化至全新的旋律，而是在变化中回顾主题，作曲家立足"现在"，追忆"过去"，围绕"未来"，借以乐队和扬琴的多样音色推助音乐形象的塑造。

主题：核心动机为先下行后上行的旋律走向，起组织全曲的支撑作用，通过变化核心动机，构成主题，第二乐句由核心动机变化模进构成，将旋律走向在句尾处转为下行，第三乐句由核心动机下行五度模进而来，第四乐句为先上行后下行的旋律走向。

谱例 4：

变奏一：采用变化重复和部分移位进行旋律变奏，和声顺序改变。变奏一第一乐句降 B 音后上行跳进纯四度结束于降 E 音，而第二乐句则在降 B 音后下行跳进纯四度结束于 F 音，使之在音乐上达到平衡。

谱例 5：

变奏二：和声变奏，乐队原样重复主题，扬琴演奏复调旋律——带有旋律性的伴奏音型，两者形成二重奏，和声以小调色彩为主。

谱例 6：

变奏三：主奏扬琴声部改变旋律音区，和声回到主题和声，与乐队声部形成复调二重奏。

谱例 7：

变奏四：旋律变化重复，整体移位，在变奏一的基础上升四度，结束句旋律不变，连接部过渡到变奏五。

谱例 8：

变奏五：旋律变奏，采用变奏四的基本轮廓，局部改变，是变奏四的进一步进化，采用多调性和声。旋律前两小节在变奏四的基础上变化移高四度，但又运用主题旋律的同音反复因素，作曲家此处是为了让主题穿插全曲，使听众感受到音乐的展开性和连贯性。变奏五采用卡农手法进行变奏，开放性结尾，不结束于原调。

谱例 9：

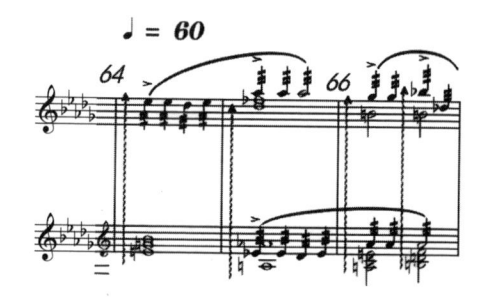

变奏六：旋律与变奏五相同，旋律声部转换到右手演奏，g 羽调式，与变奏五的开放性结尾不同的是，变奏六采用收拢结束。

谱例 10：

变奏七：旋律与变奏一相似，但调性不同，乐句结束处进行扩充展开。

谱例 11：

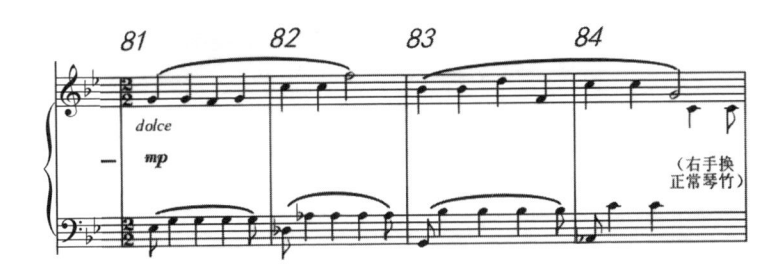

变奏八：进入全曲高潮，主奏扬琴声部演奏三十二分音符分解和弦伴奏音型，乐队演奏主题旋律（旋律与变奏四相同），a 羽调式，开放性扩充至乐曲第 108 小节为最高潮，第 117 小节为华彩段，起过渡作用，为变奏九的再现功能做准备。

谱例 12：

变奏九：与变奏二素材近似，有再现因素，变奏二中乐队演奏主题，变奏九中扬琴既演奏主题旋律，又加入副题伴奏音型。

谱例 13：

变奏十：素材同变奏一相似，但增加了副题伴奏音型。

谱例 14：

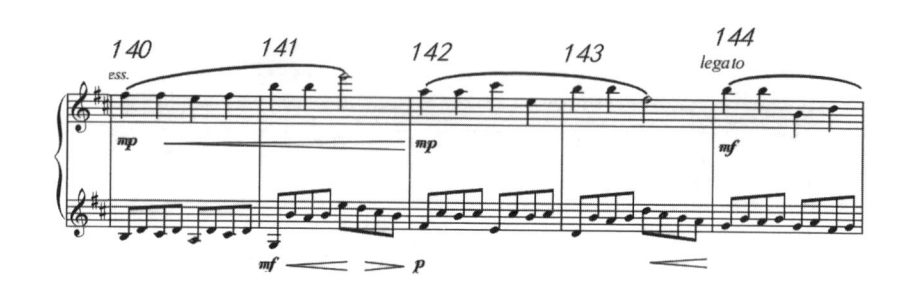

（四）扬琴与乐队协奏的对比与交融

扬琴协奏曲是当代民族音乐蓬勃发展背景下产生的音乐形式，协奏曲一词来源于 16 世纪的意大利语，意为"协调一致"，尔后 17 世纪又产生了拉丁文含义"竞争"。扬琴独奏，民族管弦乐队协同演奏，显示扬琴作为主奏乐器的特殊个性以及演奏技巧，同时与乐队形成对比，发生戏剧性的碰撞，但又要保持两者之间的协调性，相互交融。

1. 对比

第二乐章乐曲初始，作曲家为了突出扬琴线条性的旋律，采用即兴拉弓一分钟，随后乐队进入，小钟琴和颤音琴声部敲击出悠扬、缓慢的音乐旋律与扬琴拉弓模仿呼麦的长音之间形成音色的碰撞，深远孤独的旋律奠定了第二乐章的音乐情绪，与主奏扬琴声部相呼应。在乐曲第 12—15 小节，作曲家通过扬琴拉奏低音码和低半音码的右侧、高半音码的左侧，产生无音高的特殊音色，与乐队深沉浑厚的旋律形成听觉上的对比，营造出神秘幽暗的音乐意境。

变奏三中，主奏扬琴声部与中阮声部同时演奏低八度的主题旋律，且增加了乐队扬琴声部与大阮声部进行分解和弦伴奏。此处值得一提的是，乐队伴奏在高声部，主旋律在低声部，两者形成音区上的变化，使得旋律低沉浑厚，伴奏轻巧干脆。

谱例 15：

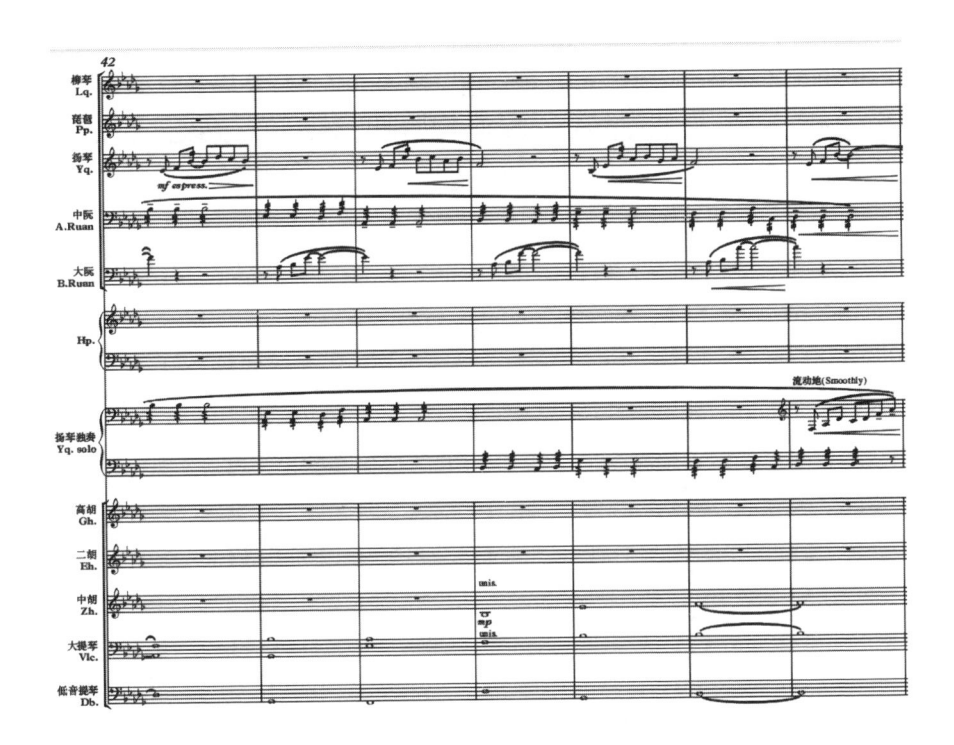

变奏八中，扬琴的华彩演奏在织体上与乐队产生强烈的对比，主奏扬琴声部通过上行三十二分琶音式织体进行自由反复，而二胡、中胡、大提琴和低音提琴四个声部同时拉奏长音，作曲家利用弦乐悠扬的音响和主奏乐器扬琴的颗粒性音色相结合，使得音乐更立体，更具层次感。

谱例 16：

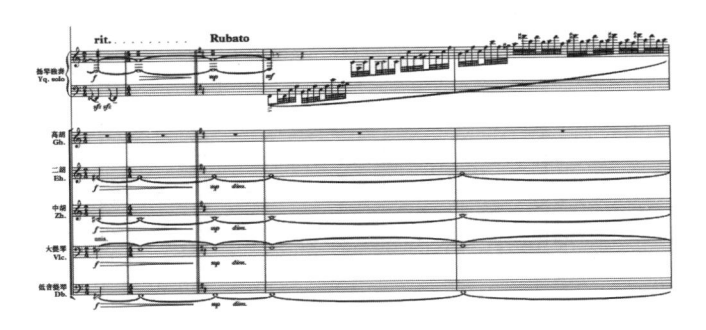

变奏五中，主奏扬琴声部演奏带有琶音的旋律，与此同时，高笙和中笙运用卡农模仿手法先后吹奏移高四度变奏四的旋律，随后中唢和次中唢先后交错吹奏变奏五第四乐句。管乐声部的旋律与独奏扬琴声部的旋律相同，但独奏扬琴声部在旋律中增加了大量的不协和和弦的装饰，两者之间音响效果形成对比，声部之间互相制约，使音乐产生更多的展开性。

谱例17：

变奏七的最后七小节中，主奏扬琴声部运用反竹技法，演奏连续的十六分带附点音符、无重音六连音、上行全音阶和齐竹三连音，与乐队的八分音符形成鲜明的变化。乐曲第 90—93 小节，乐队在每小节的第一拍都铿锵有力地进行演奏，主奏扬琴声部与乐队相呼应，扬琴反竹音色更加具有穿透力和清晰度，在节奏上乐队与主奏声部产生了戏剧性的冲突，推动音乐发展，为乐曲高潮做铺垫。

谱例 18：

2. 交融

主奏乐器与乐队声部之间相互协作交融，从以下几点体现。

（1）主奏乐器演奏主旋律，乐队声部进行伴奏

乐曲主题部分，扬琴弹奏主旋律，中胡和大提琴两个声部以长音作和声层铺垫，音色浑厚有力，具有包容性，仿佛是听众在平静地聆听，扬琴声部像是诉说"过去"的人，细腻而感性。

变奏一中，主奏扬琴演奏旋律时，增加了竖琴和低音提琴两个声部，竖琴干净通透的八分音符分解和弦使得音乐更加灵动清新，低音提琴发出雄浑的长音，两者相辅相成，使得音乐更具层次感。

谱例 19：

（2）乐队声部演奏主旋律，主奏乐器进行伴奏

变奏二中柳琴、琵琶和颤音琴三个音色富有穿透力的器乐声部弹奏主旋律，主奏扬琴演奏带有旋律性的伴奏音型，与乐队声部形成二重奏，相互融合。

谱例 20：

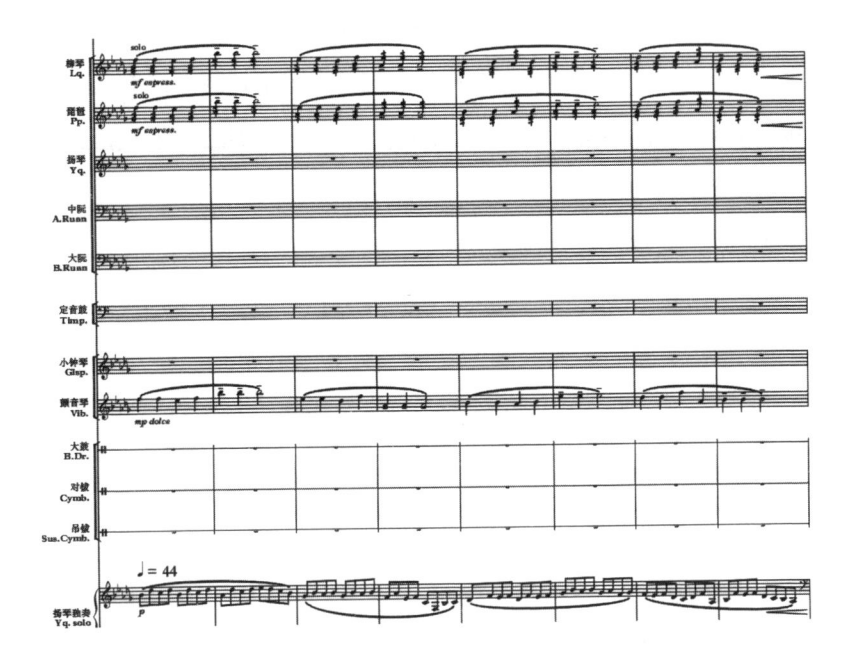

变奏四中，主奏扬琴声部弹奏移高四度的变奏一旋律，虽然旋律素材一样，但在音色音响上与变奏一不同的是，竖琴声部在低音区演奏单线条旋律，衬托主奏扬琴声部的旋律，加上二胡、中胡和大提琴声部的伴奏，加强了音乐的动力性，推动了音乐的情绪，更具流动感。

谱例 21：

变奏八达到全曲高潮，前九小节主奏扬琴声部演奏大量的三十二分音符分解和弦进行伴奏，乐队管乐和弹拨乐声部演奏激动昂扬的主旋律，弦乐声部进行分解和弦的伴奏，主奏器乐与乐队交相辉映，此起彼伏，使主题动机产生了充满阳刚之气的壮美乐风，尤其豪迈豁达、大气雄浑，给人以强烈的心灵震撼。

谱例22：

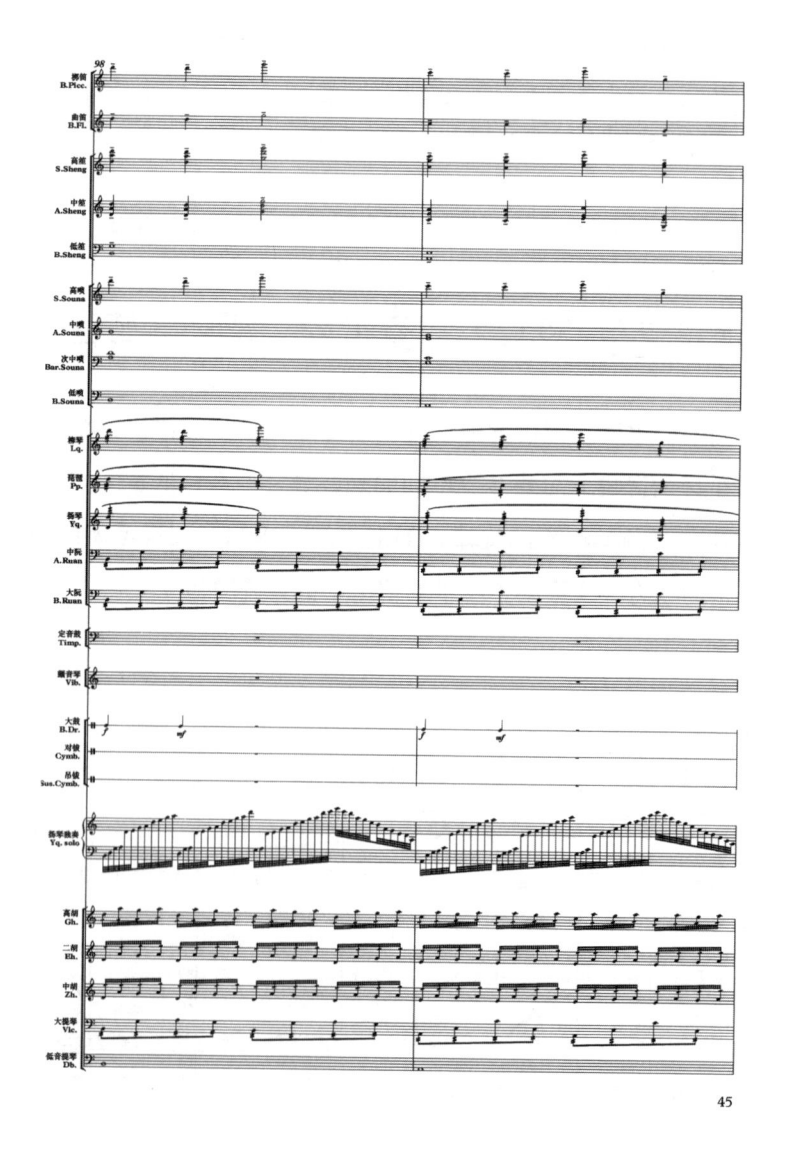

尾声部分琵琶和小钟琴声部再次奏响了乐曲开篇时的主题旋律，随后乐队扬琴、中阮、柳琴等声部交错演奏旋律，呈现民族器乐丰富多样的音色，主奏扬琴声部则用小提琴弓拉奏高音至乐章结束，稍纵即逝的音响与乐队声部的悠扬旋律相互交融，刹那间把听众揽回最初的画面，通过回顾主题，表现对过往的丝丝追忆与无限感触。主奏扬琴声部强弱起伏的长音点缀出时间在历史的长河中不知不觉地流逝。

谱例23：

三、《第一扬琴协奏曲》第二乐章的演奏要点分析

（一）轮音的控制及其艺术表现

轮音是扬琴最基本的演奏技法之一，即用双竹快速交替奏出密集的碎音。轮音要弹奏得密集且均匀，需要肩臂松弛，持竹稳妥自如，腕指关节灵活，肌腱反应灵敏，并且掌握好肌肉运动松紧交替的协调性。演奏好轮音不是一蹴而就的事情，需要一定的练习积累以及技巧的掌握，演奏时的弹奏感与爆发力等都直接影响轮音的质量。

本曲运用到大量的轮音技法，但每一乐段的演奏上都要经过微妙的处理，才能使乐曲层次鲜明，充分演绎作品。乐曲主题速度为36，且全程保持弱的力度进行轮音演奏。如何一开始就运用轮音弱进，连贯地演奏旋律，是对演奏者基本功的考验。笔者建议左右手腕先微微向外打开，减少琴竹向下的重力和降低声音的颗粒性，极弱地敲击琴弦，找到交替感后小臂适当发力，带动手腕使琴竹自然产生振动，这样能避免发出音头。演奏时需要演奏者内心安宁，并在心中深情歌唱主题，仿佛从遥远的梦境中缓缓走来，一点一点想起往事，呈现的是千丝缠绵与无限怜惜，且对过去美好的光阴产生眷恋。只有进入意境中才能在琴上自然舒缓地演奏，连贯表达情绪，音乐才更柔和、含蓄，也更具歌唱性和抒情性。

变奏一速度稍快至40，且力度增加为中弱，音高位置也有了更大距离的跳动，演奏上对音乐的连贯性增加了难度，需要演奏者提前做好准备，演奏变奏一第二小节降B时就应提前做好手臂伸展的空间，把握好距离后右手先敲击降E，左手随之立马跟上，这样能提高击弦准确性的把握，以使音乐不会中断，尽可能缩短换音的用时，使音响效果连贯悠扬。变奏一呈现的是往事的点点滴滴越发清晰地出现在眼前，旋律刚到小字二组的降

E，却又马上下来回到小字一组，从这一唱三叹的音乐话语中，听众感受到唯美温婉的乐风，耐人寻味。

变奏三的力度增加为中强，在低音区轮音演奏，低音区浑厚深沉，恰似一个男生在感叹过往，淡然回望曾经的自己，五味杂陈，思绪万千。演奏此处需要演奏者找到最适合自己的演奏姿势及角度，身体重心要往下沉，手腕压低，击弦时最好使用竹头靠后的位置敲击琴弦，才能更好地振动低音琴弦发出共鸣，音色更加厚重。

变奏四速度为50，演奏轮音时带动手腕的力度，使其增加轮音的力度，慢速、长时间的轮音需要演奏者在台下坚持练习轮音的基本功练习曲，训练手腕的持久力。变奏四的音区提高，力度也加强，仿佛清晰地回忆起过往的人与事，曾经没说出口的话，此时此刻忍不住诉说，没完成的事，也迫不及待地想去实现。

变奏五的轮音与上述轮音不同的是其带有琶音装饰，因其琶音跨度较大，特别考验演奏者对音位的把握。琶音既要准确，又要速度快，突出旋律音，建议演奏者慢练琶音，待熟悉所有音位后加快速度练习，同时手腕要压低，以免演奏时琴竹插入琴弦。变奏五是对"过去"伤心、悲愤、遗憾的回顾，每一个不协和琶音仿佛代表着曾经每一个艰难的爬坡，当你跨过一个爬坡，美好的旋律也随之出现，然而人生不可能一帆风顺，也不可能只有一个爬坡，每一个爬坡的背后都付出了心血与汗水，也意味着我们离美好的理想越来越近，充满希望的未来就在自己踏实走来的脚下。

变奏六右手是持棉槌演奏，左手持琴竹演奏，旋律后半段采用轮音演奏，因棉槌的重量和形状不同，故持槌手型也有不同，棉槌演奏出来的声音较为沉闷，而琴竹敲击出来的声音更加清晰明亮，因此在演奏此处时应该增加左手敲击的力度，恰似一片雾蒙蒙的场景中，从古老而又深邃的远方有声音在呼唤着自己，在寻找着遗忘的人或物。

变奏八，从乐曲第106小节开始，出现了三连音齐竹轮音，同时在力度上出现了大幅度变化，需要用气息来帮助完成音乐的重音记号，使其突出旋律性，否则将会产生余音混乱的音响效果。此处需要突出音头来强调旋律的走向，音乐加快至 70 和 60 的速度，表现紧张且悲愤的情绪，而后进入第 111 小节达到高潮，突强到 fff 的力度，扬琴模仿鼓点，与乐队呼应，仿佛通往"过去"的警钟敲响，抒发胸臆后发现往事回不去，随之渐行渐远，慢慢弱去。

谱例 24：

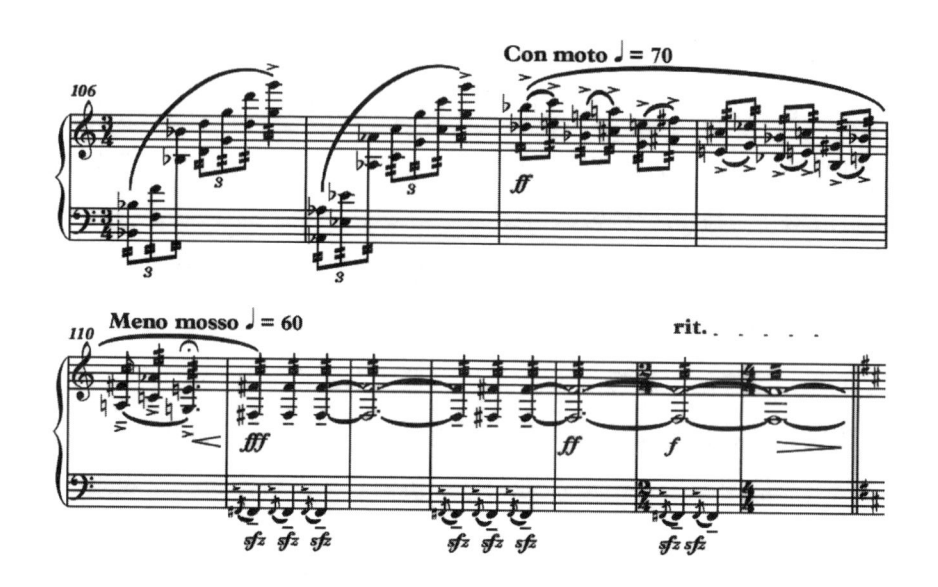

（二）不同琴竹和技法的运用

1.拉弓演奏

引子由主奏扬琴声部即兴用马头琴弓和低音提琴弓在琴弦上拉奏演绎，给予了演奏者自由发挥的空间，不局限于逐个音符、不局限于规整节奏、不局限于黑白乐谱，畅抒己见。左手握马头琴弓，从靠近 C 音滚珠位置开始拉奏，右手握低音提琴弓从靠近 C 音琴码位置拉奏，两手交替起伏，为了使拉弓的音响效果更加连贯、延绵起伏，演奏者在拉弓时要配合气息的强弱运用，腕指握弓时尽可能松弛，手指不要过度抓紧琴弓，否则会压低琴弓，拉奏音色过于机械和压抑。随后在右手保持拉奏时，左手慢慢将琴弓交予右手，右手握两弓同时拉奏 C 音和 F 音，左手手指在 F 弦上移动，轻按出泛音，自由反复。在交替弓的时候音乐不能断开，故需要演奏者提前做好准备，左手把马头琴弓提前放到右手边，等到右手拉弓快结束时直接握马头琴弓，继续拉弓演奏，产生呼麦的音响效果。左手可在有泛音的位置来回反复，同时手指即兴触碰，产生变化不定的旋律。待乐队进入，右手从拉奏双音改为拉奏单音，慢慢减弱。而后双手分别握弓进行拉奏，从乐曲第 12 小节开始，用弓在无音高琴弦上拉奏，先拉奏低半音码右侧，后拉奏高半音码左侧，最后拉奏低音码右侧，此处需要演奏者按照 sf、f、mf 的力度进行拉奏，强弱层次分明，直至减弱。

谱例 25：

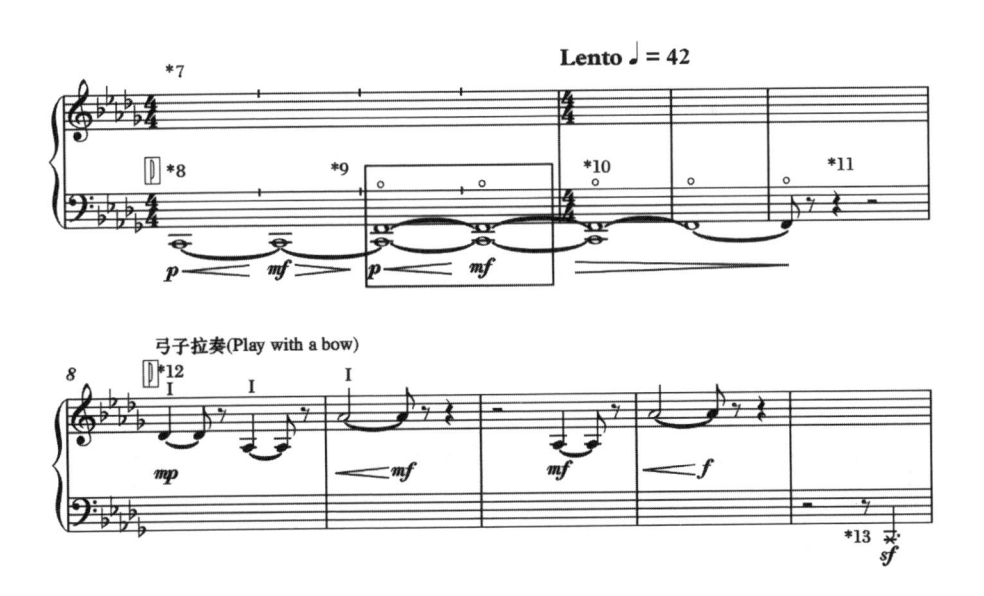

尾声用小提琴弓拉奏完成。在拉奏每个长音时，需要注意强弱起伏，以及拉奏的速度快慢、运弓时的均匀力度。拉奏前要找准拉奏位置，渐强或渐弱的时候拉奏位置不可发生移动，否则音色会发生变化。大臂带动小臂连贯发力，每个长音一鼓作气，避免发生停顿，达到此起彼伏的音响效果，让余音飘荡在音乐中，直至慢慢减弱到 pppp 力度，结束全曲。

2. 反竹演奏

反竹演奏是用琴竹头的背面击弦。乐曲第 59 小节左手反竹，右手正竹演奏。作曲家运用反竹技法使变奏四连接到变奏五，左手反复敲击单音，演奏时要注意力度上的变化，由 mp 一直渐强直至进入变奏五。

谱例 26：

变奏七中，从第 90 小节到第 96 小节双手反竹演奏，力度从 ff 一直上升至 fff，节奏多变，例如十六分音符带附点、六连音、三十二分音符上行全音阶、三连音，在 100 的速度下敲击这六小节是演奏者在练习此曲时的重难点，练习时要抬高手腕，防止快速反竹演奏时琴竹插入琴弦中，压低手腕则容易使反竹的音色沉闷，演奏此处时需循序渐进地慢练。

谱例 27：

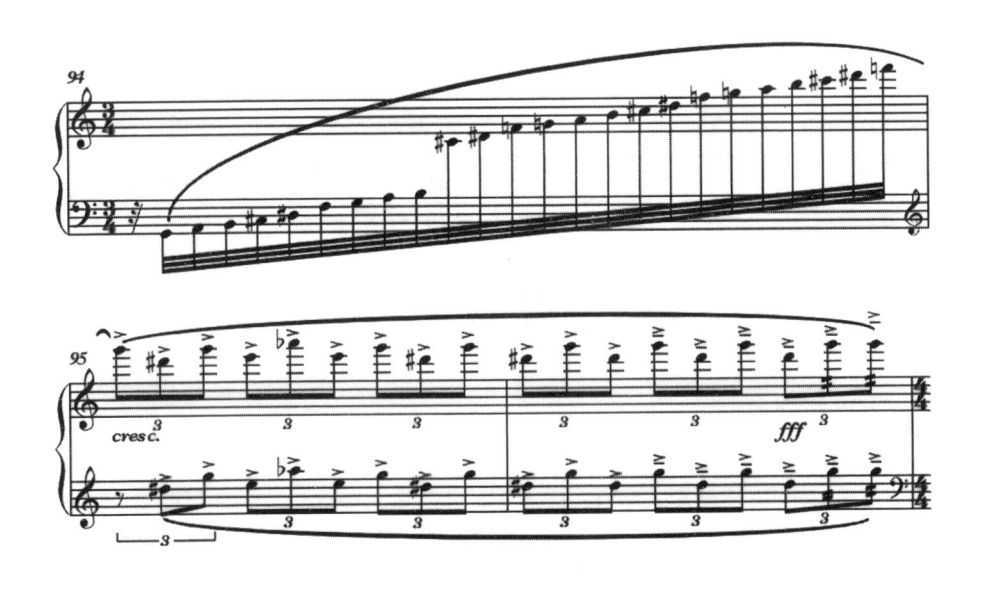

3.棉槌演奏

因棉槌的形制、重量和琴竹不同,故产生的力度与音色也有所不同。变奏六前半部分左手反竹,右手持棉槌敲击演奏,棉槌发出朦胧低沉的音色,仿佛云雾被一点一点拨开,逐见一丝丝光明;后半部分左手正竹,右手持棉槌轮音演奏,低音铺在旋律音下面,浑厚有力。

谱例28:

变奏七前四小节左手正竹,右手持棉槌演奏,流动的旋律不带一丝拖沓之意,棉槌敲击时需要突出最低音,使余音延长,产生更完美的和声效果。

谱例29：

[谱例]

4.琴竹拨奏

拨奏指用琴竹尾端拨奏琴弦。此曲不仅有常规拨奏，还有泛音拨奏。乐曲第125小节至第130小节通过A-B、E-升F这两个乐汇自由反复，慢起弱进，随着演奏的情绪持续渐强，速度加快，双手来回反复拨奏，最后以泛音拨奏结束，泛音拨奏即用琴竹尾端拨奏八度泛音处，产生更加朦胧空灵的气氛，以此过渡到变奏九，宛如意犹未尽，表达对过往依依不舍、惋惜之情。

谱例30：

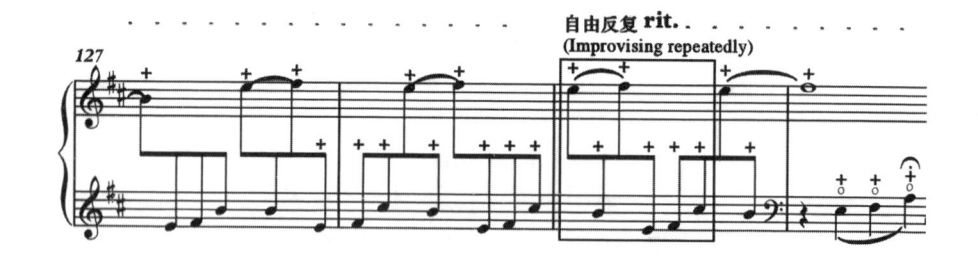

[谱例]

（三）音乐层次的不断递进

演奏一首曲子必须具有完整性，需要分析乐曲的层次，在熟悉乐谱之后，掌握作曲家每一段的标记及用意，才能准确且自如地发挥。而单纯分析并不够，演奏者需要严格练习，把每一段落的速度与力度牢记心中，充分表演出层次感，才能完美演绎，切勿囫囵吞枣，一概而过，否则整个表演将是失败的，打动不了自己，更触动不了听众的内心。

　　主题进入直至变奏四，逶迤回转，缠绵悱恻，力度由弱渐强，速度由慢渐快，显出心底无限的感慨。演奏时要严谨区分速度与力度之间的变化，用心感受每一个层次的不同情绪。在乐队的衬托下，主题平稳弱进，犹如从梦境中缓缓走出来，直至变奏一的出现，宛如看到了曾经的故人，表面不动声色，心中却不由得泛起一阵波澜，随之变奏二开始，力度回到 p，一些往事逐渐清晰，曾经的画面浮现在脑海中，不由得越发感慨，进入变奏三后，力度增加，抒发风雨沧桑的无限情怀，直至变奏四速度再次加快，旋律流动加速，意味着"过去"的事情已无法重来，感受到万般无奈之情。

　　变奏五以不协和和声以及琶音的运用，使音乐呈现出了一个与众不同的画面，经历过的困难似乎在这一刻一拥而上，但内心深处不忘初心，从未放弃对美好希望的憧憬，主题旋律始终贯穿其中。历经重重磨难后，变奏六力度为 f，速度放慢，运用反竹的清脆声音一点点拨开纷纷扰扰的云雾，一道道绚丽的阳光洒了进来。而后变奏七音乐更具流动性，轻快的单音以及切分节奏似乎意味着此刻在欢跳着，当力度为 ff，速度快至 100 时，亢奋、激烈的情绪直面扑来，信心满满仿佛在宣示，变奏八的出现意味着对"过去"重重磨难的坦然与释怀，激动的情绪逐渐随着时间的流逝而回归平淡。

　　变奏九和变奏十采用左手单音旋律，右手分解和弦来演绎，演奏者需要有一定的控制力把握好力度的变化，在 mp 与 mf 之间回望"过去"，同时也意味着总结曾经发生的所有事情，仿佛再次进入梦境，表达对旧时的不舍以及眷恋。

　　引子与尾声相呼应，速度相同，皆由拉弓演绎完成。拉弓仿佛意味着穿越回"过去"和回归现实，空灵、自由、深邃，唤起对"过去"的追溯，对"现在"的感怀，对"未来"的憧憬。

表2　乐曲层次变化表

变奏曲式												
	引子	主题	变奏一	变奏二	变奏三	变奏四	变奏五	变奏六	变奏七	变奏八	变奏九	变奏十	尾声
力度	P-mf	p	mp	p	mf	mf-mp	f-mp	f	mp-ff-fff	ff-fff-ff-ff-f-mp-mf	mp	mp-mf	mp-mf-f-mf-pppp
速度	42	36	40	44	44	50-64	60	52	56-100	58-70-60	36	36	42

（四）音乐内涵在作品中的表达

众所周知，思想是音乐创作的灵魂，第二乐章的标题为"过去"，此曲不仅结构布局巧妙，音乐层次丰富，而且在和声色彩的设定、手法多样的变奏，以及音乐形象的塑造等方面都体现出作曲家个人的创作水准和艺术造诣。

乐曲初始，作曲家就运用了拉弓的演奏技法，提升了扬琴的艺术表现力，尤其是模仿呼麦的音色，以此掀开了"过去"的大幕，用以领略远古的音韵和沧桑的历史感。而后主题进入，旋律为南方音乐素材，与北方的呼麦形成南北方民间音乐元素的碰撞。旋律一出，怀者追忆，尽管思绪伸展得缥缈无影，但情感的表现触及内心。为了打造唯美的音乐意境，作曲家还在旋律、节奏的组织，调式调性的转换，音程关系的变化等方面不断变奏，使得美好光阴的流逝、难以忘怀的故人、已成遗憾的往事、直抒胸臆的话语等都描绘得扣人心弦，给人以苍凉、柔和的乐风。作曲家运用反竹、棉槌演奏、拨弦等演奏技法，使扬琴音乐更具色彩性，不仅让整首乐曲更加唯美，而且还充满鲜明的民族音乐文化气息。乐队演奏主题与扬琴拉弓交相辉映，构成精彩的尾奏，仿佛是对所有酸、甜、苦、辣的往事发出的由衷感怀，更是对时光的流逝抒发的沧桑情怀。

所以，不难看出作曲家在创作时对民族音乐文化有着深刻的感悟，并且结合扬琴的器乐特色进一步熔炼、升华，赋予了此曲独树一帜的音乐魅力和浓郁的民族风情。这首作品展现的是大自然的包容和人类的伟大，奉献、包容与博爱的力量赋予了音符生命的象征，演奏家演奏的不是黑白音符，而是在阐述人类与自然的相处以及对自然的敬畏。

在国际形势发展的关键时刻，我们应该加强对中华优秀传统文化的挖掘和传承，推动文化创新，展现中国文化的独特魅力，为提升国家软实力和国际影响力作出积极贡献。《第一扬琴协奏曲》的创作手法和创新的演奏技法反映出新的时代精神，是突破、是创造、是发展，此曲也是现代扬琴作品中具有代表性的扬琴协奏曲之一。

《第一扬琴协奏曲》第二乐章以柔美且大气的音乐语言，描绘出无限沧桑的情怀，更以缠绵的音韵和旋律表现出喃喃耳语的柔声，感慨人生直至抒发胸臆的情愫，把音乐上的各种表现因素置于鲜明的对比度。回顾扬琴作品的发展，众多被大众喜爱的好作品汲取了当下的时代精神，结合灵感激发而成，时代发展为扬琴作品的创作与演奏提供了必要的背景条件，多样的扬琴演奏技法表达不断前进、变化的人生思想。中国作为一个具有悠久历史和灿烂文化的国家，在保持自身文化特色的同时，也应积极构建具有中国特色的现代化民族音乐话语体系，提高国民文化自觉，绘就新时代民乐繁荣画卷。

论秦腔传统剧目中旦角的特征

孙　婷　兰州文理学院

秦腔于明清之际流行于陕甘一带，当时战乱频仍，百姓流离，再加上贫瘠艰苦的自然环境与尚武慷慨的文化传统，具有慷慨悲凉的"苦"味的秦腔便得到了底层百姓的欢迎。企盼和平安定是百姓最大的渴望，家国情怀、惩恶扬善自然就成为剧目的重点，"重生轻旦"成为必然。但在为数不多的旦角中豪气慷慨不让须眉者也不少见，而且秦腔独具特色的苦音唱腔和伴奏乐器也更能体现出女性激越悲凉、深沉凄惨的特点。因此秦腔中的这些旦角往往更普遍地具有勇敢、坚毅、悲凉、慷慨、凄苦等特征，体现着秦陇地区独特的审美风俗与传统，也传承着中华美学精神和民族禀赋。

2020年10月23日，习近平总书记在给中国戏曲学院师生的回信中指出"戏曲是中华文化的瑰宝"，引导中国戏曲学院广大师生"坚定文化自信，弘扬优良传统，坚持守正创新，在教学相长中探寻艺术真谛，在服务人民中砥砺从艺初心，为传承中华优秀传统文化、建设社会主义文化强国作出新的更大的贡献"。习近平总书记强调了戏曲在中国传统文化中的重要地位，戏曲本质上是遵循、传承、发展中华美学精神的。习近平总书记在2014年10月15日的文艺工作座谈会上的讲话中高屋建瓴地指出："中华美学讲求托物言志、寓理于情，讲求言简意赅、凝练节制，讲求形神兼备、意境深远，强调知、情、意、行相统一。我们要坚守中华文化立场、传承中华文化基因，展现中华审美风范。"戏曲不论其程式化表演、虚实相生的意境美、凝练的结构，还是诗性传统、讲究中和之美等特征都体现并传承着中华美学精神。

中国古典戏曲本身具有鲜明的传统文化属性，对传统戏曲的研究是了解中国传统文化、传承中华美学精神的重要途径。2018年8月30日，习近平总书记在给中央美术学院的8位老教授的回信中提出"弘扬中华美育精神"的殷切希望，戏曲历来所具有的陶冶情操、高台教化的功能，也是研究中华美育精神的重要切入点。

鉴于此，本文拟通过对秦腔传统剧目中旦角的特征及其成因的研究，来阐释秦腔对中华美育精神的继承及其美育价值，以期有利于我们进一步理解西北地方文化特点及秦腔在西北乡村的影响和意义，为新时期振兴、发展乡村文化提供借鉴。

一、"重生轻旦"背景下的旦角性格成因

习近平总书记在文化传承发展座谈会上的重要讲话中指出："中华文明的连续性，从根本上决定了中华民族必然走自己的路。如果不从源远流长的历史连续性来认识中国，就不可能理解古代中国，也不可能理解现代中国，更不可能理解未来中国。"正因如此，分析秦腔旦角性格特征的成因，也需从历史连续性上溯源。

一方水土养一方人，秦地自古以来充满尚武气息，《诗经》中的"秦风""豳风"，是先秦时期秦地民风的真实写照，慷慨尚气，孔武有力，足见位于陕西和甘肃东部的秦国重视武力的传统。《汉书·地理志》云："天水、陇西山多林木，民以板为室屋。及安定、北地、上郡、西河，皆迫近戎狄，修习战备，高上气力，以射猎为先。"[①] 又《赵充国辛庆忌传》云：

---

① 班固.汉书[M].北京：中华书局，1975：1644.

"山西天水、陇西、安定、北地处势迫近羌胡，民俗修习战备，高上勇力鞍马骑射，故秦诗曰：'王于兴师，修我甲兵，与子皆行。'其风声气俗自古而然。今之歌谣慷慨，风流犹存耳。"① 可见直到东汉此地依然民风慷慨，百姓骁勇善战。

秦风中《无衣》展现了秦人同仇敌忾、共赴国难的精神，朱熹评价此诗云："秦俗强悍，乐于战斗。"又云："秦人之俗，大抵尚气概、先勇力、忘生轻死，故其见于诗如此。""雍州土厚水深，其民厚重质直。"② 准确地概括了秦地尚气、勇武的传统。《车辚》《驷驖》言车马礼乐、田授之事。《小戎》写秦国车甲之盛，女主人公表现出的趋车赴功之勇，独具秦地特色。正如李斯所言："夫击瓮叩缶，弹筝搏髀，歌呼呜呜快耳者，真秦之声也。"③

尚武的历史传统使得黄土地上的百姓天然具有粗犷豪迈、勇武慷慨的性格特质。明清鼎革之际，陕西又是明末农民起义的发源地，甘肃多地也爆发了反清的农民起义。李自成的起义军曾在甘肃一带频繁活动，秦腔作为李自成起义军的军乐也在甘肃广为传播。这种豪放、勇武、慷慨的精神传承下来成就了秦腔的灵魂。

虽然秦腔产生的具体年代很难确定，但根据现存最早的关于秦腔声腔记载的文献明万历年间抄本《钵中莲》传奇第十四出名为"西秦腔二犯"的几段唱词来看，秦腔至少在明朝中叶就已形成并繁荣于明清之际。明清易代，战乱频仍，百姓颠沛流离，加上"陇中苦瘠甲天下"的恶劣的自然条件和艰苦的生活环境，秦腔也具有了更多的"苦"味，更多地反映生活的不易和艰辛。戏曲是时代的反映，正如习近平总书记在中国文联十大、中国作协九大开幕式上的讲话中指出："任何一个时代的经典文艺作品，都是那个时代社会生活和精神的写照，都具有那个时代的烙印和特征。"

---

① 班固.汉书［M］.北京：中华书局，1975：2998-2999.
② 朱熹.诗集传［M］.新1版.上海：上海古籍出版社，1980：79.
③ 司马迁.史记［M］.北京：中华书局，1982：2543-2544.

这一时期生活在动荡与不安中的老百姓更喜欢看的是忠臣良将保家卫国、豪侠清官惩恶扬善的故事，它们集中地反映了秦地老百姓追求和平、企盼生活安定的愿望。在这样的背景下秦腔传统剧目就普遍地具有了更多的家国情怀与悲壮色彩，搬演的多是军国大事和历史故事。因为其观众主要是下层百姓，所以剧目多取材于《东周列国志》《三国演义》《水浒传》《说岳全传》及"杨家将故事"等小说或传奇，有效地将重大历史题材民间化、世俗化、演义化。

这一背景下"重生轻旦"是必然的，但风俗不分男女，在同一种风俗中男人和女人虽有一定差异，但对风俗的遵循从来都是相同的，所以秦腔传统剧目中的很多旦角形象，也都是豪气慷慨不让须眉的。正如杜甫所言"秦中自古帝王州"，这里的女性与男人们一样，天生具有家国天下的情怀，具有舍我其谁的气概。此类旦角形象比较有代表性的有"杨家将"戏中的佘太君、穆桂英、杨八姐等。还有一种有趣的现象，就是在同一个剧目中有些旦角形象只有在秦腔中才有，如《八义图》中舍生取义的卜凤，表现女性的慷慨大义，这是很有代表性的。

在音乐和演出形式上，秦腔也更加适合表现慷慨激昂的情调。诞生于农业文明下的秦腔，早期的演出形式是四处游走，随处而演。陕甘一带山大沟深，风高地旷，说话都需高声，演唱更要拼命吼叫观众才能听得到，所以又有"喊秦腔"一说，也就形成"高腔歌唱，调入正宫，音协黄钟，古典声韵，雄劲悲急，宽音大嗓，直起直落"[①]的特点。

秦腔唱腔包括板式和彩腔两部分，每部分都包括"苦音"和"欢音"（又称花音）两种声腔。尤其苦音腔是秦腔区别于其他剧种最具特色的一种唱腔，演唱时激昂、悲壮、深沉，适合表现悲愤、痛恨、凄凉的感情。所谓"繁音激楚，热耳酸心，使人血气为之动荡"正是对秦腔声腔特色的准确描述。

---

① 陕西省文化局.陕西传统剧目汇编·秦腔：第二十五集[M].西安：陕西省文化局，1980：3.

流徵、滚白、垫板等声腔形式的普遍运用,也形成高亢嘹亮、雄浑大气、凄苦悲凉的特点。焦文彬、阎敏学在《中国秦腔》一书中对流徵有比较详细的介绍:"秦腔的音域十分广阔,一般多在高音1和5十二个音之间,主导伴奏乐器板胡(又叫秦胡)的定弦法也和这一音域相适应。"演唱的时候,远远听到,"似乎只是连绵不断的'5'在奔流","如果从每个乐句的收束音上来看,其偶句(即下句),一般情况下,几乎无例外地以'5'为收束"[1],听起来雄浑大气。善用高音是秦腔的一大特点,听上去显得高亢、激越、慷慨豪迈。另外,只有苦音,没有欢音的滚白的运用,则显得如泣如诉,悲怆凄凉。滚白也是秦腔特有的声腔形式,无板无眼,腔少字多,长于表达悲怆、凄苦的感情,因此有"台上一句滚板腔,台下洒泪哭恓惶"的说法。垫板,是一种没有固定板眼的板腔形式,节奏自由,长于表现豪放悲壮的情绪。如清初刘献廷《广阳杂记》云:"秦优新声,有名乱弹者,其声甚散而哀。"[2]这样的声腔特点显然更适合塑造刚健勇武或凄苦悲凉的旦角形象。

除声腔外,以弦乐和打击乐为主导的配乐,也有利于表现慷慨悲壮的风格特征。秦腔伴奏最主要的乐器是板胡,声音高亢,苍劲浑厚。其他如二弦子、月琴、二胡,音调绵邈,更增凄苦哀伤之情。作为乐队指挥的干鼓、独特的梆子、粗犷的锣钹之类的打击乐在演奏时锣鼓大鸣,更显雄浑豪迈,堪称气壮山河。

这种声腔和音乐特点所支撑的当然是刚劲有力、直白通俗的语言。秦腔语言使用关中方言,比起吴侬软语,关中方言更加干脆利落、刚劲质直。只有如此才适合剧情发展与剧中人物性格展现。如《铡美案》中包拯斥责陈世美的唱段:

包　拯:(唱)你本是不忠又不孝,

　　　　　　不仁不义的小儿曹。

---

[1]　焦文彬,阎敏学.中国秦腔[M].西安:陕西人民出版社,2005:60.
[2]　高益荣.20世纪秦腔史[M].西安:陕西师范大学出版总社,2014:6.

将犯官押在监牢内,

我不除民贼不姓包。①

这一段唱词和越剧、川剧、京剧《铡美案》中同样内容相比,更加直率、通俗、劲健有力。另如《黛玉葬花》中林黛玉的唱词:

花到落时花开残,

点点儿落地太无颜。

鸡儿呀鸭儿呀鸡儿鸭儿呀都踏践,

试问那爱花人护花人采花人看花人你们一个一个都在哪边,

你跑向了哪边?②

这样的唱词比起昆曲、京剧、越剧、黄梅戏里黛玉葬花的唱段更加口语化和通俗化,体现了秦腔"以俗为美"的语言特色,而且林黛玉这类形象在秦腔中并不多见。秦腔的语言明显更擅长塑造具有乡土气息、成长在黄土地上的旦角形象。

秦腔演员表演时,除了具有中国戏曲共同的程式化的特点,也独具秦地粗犷洒脱之风。统称"十三头网子"的各种角色行当,普遍大动作多过小动作,更多粗线条勾勒,表演粗犷、质朴,带有明显的广场艺术特点,是秦地风土人情的真实写照。旦角的表演也具有柔中带刚的特点,如《窦娥冤》中的窦娥、《游西湖》中的李慧娘等,尤其是刀马旦的唱做,要求唱腔飒爽凌厉,做工干净利落,剑戟刀枪,样样精通。很明显,在音乐、唱腔、语言、表演各方面,秦腔都表现出高亢、刚健、粗犷、豪迈的艺术特质,更适合塑造英姿飒爽、性格刚烈、悲苦坚毅的女性形象。

中国戏曲自古以来就有高台教化的作用,如王阳明云"戏曲有益风化",通过戏曲的演出,传递道德观念,"托物言志,寓理于情",做到知、情、意、行相统一。秦腔也具有教化人心、移风易俗的功能。传统剧目大

---

① 丁科民. 秦腔传统经典剧目选 [M]. 西安: 太白文艺出版社, 2010: 267.

② 焦文彬, 阎敏学. 中国秦腔 [M]. 西安: 陕西人民出版社, 2005: 60.

多来自历史故事或民间传说，人物、故事早已广为人知，底层观众更喜欢这种熟悉的人物。戏剧人物的性格特征都为人所熟悉，看戏时自然也就爱憎分明，观众很容易"入戏"。这使得戏剧的教育感化作用大为增强，戏中人物也就成了人间的典范，既有如"杨家将"戏中的佘太君、穆桂英这样心怀大义、能征善战的巾帼英雄形象，也有如王宝钏、王春娥这样的道德楷模。这些旦角形象都具有秦地特色，如《五典坡》里的王宝钏坚守清贫、贞洁节烈的品格就是当地百姓推崇的楷模，这和秦地瘠苦不无关系。另外，因为剧中人物多采自历史故事，观众对其极为熟悉，为了增加趣味性，戏中人物即使增加噱头，也不会影响演出的效果。这样一来就出现了很多荒唐古怪的情节，如《佘塘关》中杨继业杀了佘太君的两个哥哥，最终依然可以设计他和佘太君成亲的情节，《玉梅绦》中汉武帝认了霍光儿子为义子，并取名霍去病的情节，明显不符合人情和历史常识，却为百姓喜闻乐见。这样的故事里也塑造了一批和传统文人创作大不相同的女性形象。

二、秦腔传统剧目中的旦角类型特征

正如上文所述，基于历史传承、声腔和音乐特点、语言通俗、教化功能等原因，秦腔传统剧目中塑造了一批独具特色的旦角形象，最具代表性的有以下四类。

（一）忠肝义胆的巾帼英雄

秦腔旦角形象最鲜明的特点就是英武刚烈，最具代表性的当属杨家将故事中的旦角群像。据统计，当代依然在搬演的秦腔传统剧目中关于杨家将的戏有58本，比较流行的有《金沙滩》《五郎出家》《五台会兄》《天波府》《佘塘关》《穆柯寨》《四郎探母》《三岔口》《十二寡妇征西》《杨门女将》等，在陕西、甘肃、青海、新疆、宁夏等省区深得百姓喜爱。这些杨家将故事，不仅刻画了杨家将保家卫国、大义凛然的英雄形象，也塑造了一批巾帼不让须眉的旦角形象。如《佘塘关》中，塑造了一位性情刚烈，心系国家，不局限于爱情、家庭，敢于实现自我价值、保家卫国的佘太君的经典形象。结合《太君征北》《天波府》等剧目，不难看出在秦腔传统剧目中，佘太君不再处于亚文化的旦角书写，而是真正被塑造得立体丰满，有血有肉。杨家将系列其他几位旦角如《穆柯寨》里的穆桂英、《杨八姐闹馆》里的杨八姐，也都英姿飒爽，各具特色。

旦角毕竟是弱者，更多的还是被侮辱与被损害的旦角，但她们在秦腔中都具有宁死不屈的刚烈性格，如《八义图》中的卜凤，不仅聪明伶俐而且面对家国大义可以舍生取义。《八义图》敷衍《赵氏孤儿》故事，第四场《寒宫搜孤》中，屠岸贾马上要进宫搜寻赵孤，危难之时，卜凤让庄姬把孤儿藏起来，庄姬早已乱了阵脚，问要藏在哪里。卜凤："藏在你裙带下面。"庄姬又问："诚恐啼哭起来。"卜凤云："何不叮咛于他。"镇定自若，颇有谋划。至屠岸贾冲进宫中，找不到孤儿，要捉走卜凤审问，庄姬忙说："（屠岸贾）必然要提你过府审问，千万莫要招出你家小主。"卜凤白："公主放心，纵然将我粉身碎骨，决不能招出我家小主。"手足无措的庄姬又要卜凤设法搭救孤儿，卜凤白："你看奴婢乃是女流之辈，怎能搭救我家小主活命。观见程婴忠心赤胆，将他唤进宫来，好搭救我家小主活命。"不难看出，卜凤不仅聪慧、勇敢，也善于识人。第六场《拷打卜凤》中，当屠岸贾询问孤儿去处时，卜凤嘲讽道："我当为着何来，原为这一点屑屑小事。"

卜　凤：哎，屠相爷。

（唱）奴生在天乐国巍巍大晋，

为一个小孩子四下找寻。

赵丞相他和你哪里仇恨，

你怎忍把赵家挖苗断根。①

卜凤面对屠岸贾的严刑拷打，宁死不屈。先是拶指，后是剪牙，最后卜凤一头碰柱而死。连屠岸贾都不得不承认："果算一位烈女。"卜凤这一在本事中没有的虚构人物，忠肝义胆，英勇无畏，出场不多但令人印象深刻。元杂剧《赵氏孤儿》、孟小冬传本京剧《搜孤救孤》都没有卜凤这个人物，秦腔《八义图》中设置这样一位小旦的形象，是为了突出忠奸善恶的道德判断，起到教化民众的作用，当奸臣残害忠良的时候，人们总是渴望正义站在忠臣这边，最终邪不胜正。卜凤的正义感和宁死不屈，更加反衬了奸臣的恶毒，也是秦地百姓是非分明、性情刚烈的艺术体现。

在秦腔传统剧目中不乏惩恶扬善的内容，面对生活的不公和磨难，老百姓盼望着善有善报，恶有恶报。在大是大非面前，秦腔传统剧目中展现的有勇气、有担当、有正义感的旦角形象，正是西北地区女性的缩影。如《桃花媒》里的桃花，是个智勇双全的小旦形象。桃花是苏六娘和表哥爱情的推动者，其作用颇似《西厢记》里的红娘。除了聪明伶俐，桃花又比红娘多出一份侠义之气，这种重义气、轻生死的气概是秦地百姓自古以来就有的独特气概，也只有在秦腔中，旦角才具有如此风采。这种家国大义也正是习近平总书记谈到的中华传统文化中蕴含的精神命脉的一种体现。

（二）勇于反抗的底层女性

中国西北地区旧时战乱频发，百姓生活多灾多难，秦腔的底色是"苦"的，让人不由得"哀民生之多艰"。尽管如此，这片黄土地上的人们，却没有被苦难打倒，依然顽强地生活着，有的忍辱负重，苦尽甘来；有的敢于反抗，维护正义。秦腔传统剧目中也有不少勇于反抗的底层女性形象。

---

① 丁科民.秦腔传统经典剧目选［M］.西安：太白文艺出版社，2010：17.

论秦腔传统剧目中旦角的特征

如经典名剧《铡美案》中的秦香莲。《铡美案》在秦腔中又称《秦香莲抱琵琶》《三官堂》，在陕西、甘肃、河南、河北、山东广为流传，讲的是大家耳熟能详的陈世美和秦香莲的故事，很多地方戏都有传承。现在看到的陕西中路秦腔本中，秦香莲一角人物形象比较完整，有精彩的唱词，内心冲突和变化也有所展现。如第二场《杀庙》，走投无路的秦香莲"眼含悲泪回庙院"，却遇到了陈世美派来杀人灭口的韩琦，一般演员在现场演出时往往先是一惊，配合身段、表情展现秦香莲的惶恐，一个社会底层的村妇，虽有历经坎坷千里寻夫的毅力和勇气，面对追杀依然首先是惶恐，一个母亲本能的反应是把一双儿女遮掩在身后。

秦香莲：（唱）耳听后边人声喊，
　　　　　　　不知所为何事端？
　　　　　　　进得庙来把门掩。①

但是，秦香莲毕竟不是普通的村妇，她是敢于和陈世美决裂、敢拦路告状的，她是有勇气和智慧的。她镇定下来，以大段的唱词，细数陈世美背信弃义、抛妻弃子，动之以情，晓之以理，终于感动了韩琦。韩琦放走秦香莲，自刎于古庙中，"一人死要救她三人生"。这也加剧了秦香莲对陈世美的仇恨，最终"怀抱钢刀出庙院，包相爷堂前去喊冤"。对比其他剧种的《铡美案》，"韩琦杀庙"是秦腔特有的，这一出戏更加坚定了秦香莲抗争到底的决心。秦香莲的性格随剧情发展而变化，由柔弱变得强大，展现了底层人民面对苦难的反抗和斗争精神。整部剧故事曲折，人物形象丰满，是秦腔传统剧目中的精品。

比起其他剧种，秦腔《铡美案》还删去了王延龄让秦香莲假扮成卖唱歌女，促使陈世美悔悟的桥段，以及斩了陈世美后秦香莲拜太后为义母的情节，突出了秦香莲的反抗精神，整个戏的情节冲突也更加紧张。最后，改编此前大团圆的结局，包拯斩了陈世美，大快人心，展现了西北百姓果

---

① 丁科民.秦腔传统经典剧目选［M］.西安：太白文艺出版社，2010：274.

敢决绝的性格，突出了秦香莲勇敢、坚毅的品质。

另如《蝴蝶杯》中的胡凤莲也是为父报仇敢于反抗昏官的著名角色。《蝴蝶杯》又名《游龟山》，在陕甘一带演出频繁，影响颇大。故事讲的是明朝时期，渔翁胡晏被总督儿子卢世宽打死，书生田玉川路见不平，失手打死了卢世宽。卢家派人捉拿田玉川，田玉川逃到江边，被渔翁之女胡凤莲巧妙搭救，并在渔船上私订终身，最终胡凤莲击鼓鸣冤为父报仇。第四场中，胡凤莲想要申诉告官为父报仇，平时一起捕鱼的船夫纷纷劝她"贫不与富斗，富不与官斗"，当身边人害怕惹是生非纷纷走散时，孤女胡凤莲唱道：

（唱带板）
　　眼看众人都走散，
　　有冤难申哭苍天。
　　人活百世终要死，
　　定为我父去申冤。①

一个孤女不畏权势，定要状告总督的儿子，这种底层人民的反抗精神是黄土地上女性不服输的气质。正是多灾多难的黄土地，养育了这片土地上老百姓不服输、不畏难的精神气质，她们在经历了巨大的痛苦、愤怒、忧伤后，依然能够奋起反抗，使秦腔传统剧目更具有了一层悲壮的色彩。

这也正是秦腔的独特之处，源于西北地区厚重悠久的历史文化和贫瘠多难的黄土地，秦腔形成慷慨悲凉的特点，这里的百姓是不被困难压倒的，她们敢于反抗、勇于斗争、九死不悔。这一类旦角形象还有《法门寺》中的宋巧姣、《铁弓缘》里的陈秀英等。

（三）追求爱情的勇敢少女

秦地人的勇敢不仅体现在反抗和斗争精神上，也体现在对爱情的执着

---

① 丁科民.秦腔传统经典剧目选［M］.西安：太白文艺出版社，2010：542.

追求上。

  《五典坡》之所以传唱不衰，有一个很重要的原因，就是塑造了一个勇敢追求爱情的少女王宝钏的形象，这种爱情是轰轰烈烈的，让人过目不忘。故事来源于古代传说的《五典坡》，又名《回龙阁》《大登殿》《彩楼配》，敷衍王宝钏和薛平贵的故事，流行于陕、甘、青、新、藏、川等地。秦腔中的王宝钏和其他剧种中的同一形象相比，加入了更多表现内心情感起伏的唱段，更加凸显了她的勇敢、坚毅。身为宰相之女的王宝钏，看见沿街乞讨的薛平贵，"见得花郎相貌异，两耳垂肩手过膝"，便决定二月二日"高搭彩棚，飘彩择婿"，自主选择薛平贵做自己的夫婿。这种勇敢、主动地对爱情的追求，《西厢记》里的崔莺莺、《牡丹亭》里的杜丽娘是不具备的，这正是民间创作的特点和精神。王宝钏不嫌贫爱富，面对父母的反对毅然决然地三击掌离开相府，在寒窑中受尽磨难。这种对爱情的执着和勇敢是非常可贵的，也是在传统文人创作中比较少见的。

  《游西湖》中的李慧娘也是一个敢于冲破桎梏、追求爱情的旦角形象。《游西湖》又名《杀裴生》或《红梅阁》，故事讲述太学生裴瑞卿游玩西湖，偶然撞见贾似道的小妾李慧娘，两个人一见钟情，但不幸被贾似道发现，贾似道回府后一气之下杀了李慧娘，又命家奴引诱裴瑞卿至府中，把裴瑞卿囚在书斋。李慧娘的鬼魂在书斋与裴瑞卿相会，并将其救出。最终鬼魂大闹贾府，吓死贾似道。

  第一场《遨游》中李慧娘就表现了对贾似道的不屑和对爱情的渴望，贾似道带一众姬妾去西湖游玩，且看李慧娘的唱词：

李慧娘：（唱） 虽然讲话面对面，
       各人心思不一般。
       有一日老贼死……

贾似道：尔嘿。

李慧娘：（唱） 有一日老贼死故了，

李慧娘嫁一青春男。①

李慧娘因年轻貌美与人做妾，与贾似道之间是没有爱情的，她像大多数年轻女子一样渴望爱情。当她遇到翩翩佳公子裴瑞卿时，偷偷观望，暗送秋波，对爱情的渴望是掩饰不住的。这种生活化的场景和表达，正为老百姓所喜闻乐见。对真善美的渴望也正是秦腔具有持续不断的生命力的原因之一。李慧娘的鬼魂半夜与裴瑞卿相见的一场《鬼怨》，用大段的唱词诉说了对裴瑞卿的爱恋，控诉了贾似道的残暴，既慷慨激昂又缠绵哀怨，充分体现了秦腔独特的声腔特点。李慧娘全身缟素，鬓边插一枝象征他们爱情的红梅花，运用"鬼步"走圆场，身段、动作、唱腔的配合展现了一个坚贞不屈、缥缈美艳的女鬼形象。哪怕成为女鬼，李慧娘也没有放弃对爱情的追求和渴望。

裴云（瑞卿）：既为生前来，何必如此？

　　　　（唱）一股香气扑当面。

李慧娘：（唱）头上卸去金凤簪。

裴云（瑞卿）：一把拉你罗帏内。

李慧娘：（唱）鸳鸯枕上陪你眠。（同下）②

对爱情的渴望和追求至死不渝，表现形式和唱词的直白通俗，是秦地风俗的生动再现。类似的旦角形象还有《桃花媒》中的苏六娘、《火焰驹》中的黄桂英等。这些勇敢追求爱情的女子总有一天会成长为妻子和母亲，秦腔传统剧目中妻子、母亲的形象也是非常有地域特色的。

（四）深明大义的贞洁烈女

值得注意的是，在中国传统戏曲中，对妻子和母亲形象的展现相对比较单一，往往缺乏复杂性和丰富性，性格特点也缺乏变化，对好妻子和好母亲的要求也是从家庭伦理出发，要求妻子贤德、母亲慈爱，做深明大义

---

① 丁科民.秦腔传统经典剧目选[M].西安：太白文艺出版社，2010：333.
② 丁科民.秦腔传统经典剧目选[M].西安：太白文艺出版社，2010：352.

的贤妻良母。妻子、母亲的形象在中国传统戏曲中不及少女形象那么丰富多彩，各具特色，她们更多的是依附于丈夫和孩子，这也是宗法社会的必然结果。秦腔传统剧目当然也不例外，但同时又具有鲜明的地方特色。最被人们熟知的莫过于《三娘教子》，该剧又名《忠孝节义》，正说明了该剧的主旨。三娘是伟大、善良的母亲的代表，最终善有善报，得封诰命夫人。这里寄托了黄土地上饱受磨难的女性的希望，历经苦难，坚守善良，最终会得到荣华富贵，儿孙孝敬。这样的结局正是乡土中国那些文化程度不高，甚至完全不识字的传统女性最盼望的了。

还有一部《苦节图》，又名《白玉楼》，该剧写书生张彦娶妻白玉楼，白玉楼甚贤，每日靠乞讨供丈夫读书。白玉楼七岁来到张家，十七岁与张彦完婚，聪明贤德，与张彦相敬如宾，受苦受累不在意，助丈夫苦读诗书是她人生的全部。第一场《冒雪》：

张彦：哎，贤德的妻呀。

（唱）这榜样命百代妇女观看，
　　　谁似你节操心铁石一般。
　　　从今后将你的恩德常念，
　　　占鳌头跳龙门方报你贤。

白玉楼：夫呀、夫呀，正要你如此了！

（唱）莫伤情妻与你造些茶饭，
　　　居陋巷不改乐学个颜渊。
　　　齐其家治其国鱼龙之变，
　　　上致君下择民裕后光前。[①]

这一番饱读诗书、建功立业的教诲，堪称贤妻的典范。《玉楼春》在传统秦腔戏曲中也有一定的代表性，中国传统戏曲向来有"风教"作用，要能移风易俗，劝人向善。在中国传统读书人眼里，贤妻是能够照顾饮食

---

① 丁科民.秦腔传统经典剧目选［M］.西安：太白文艺出版社，2010：626.

起居、甘守贫穷的。这样的形象代表了底层百姓的理想，也是秦腔传统剧目产生的明清之际男权社会的真实反映。最终丈夫得中状元也是此类贤妻共同的结局。

《白玉楼》中，如此贤妻，当听说其不贞时，张彦不问青红皂白就要休妻。中国传统文化中对女性的教诲是既要甘受清贫，又要贞洁节烈。最符合传统道德要求的应该是王宝钏了。王宝钏一出场即云"孝子数王祥，烈女仰孟姜"，交代了这一形象节烈的性格。当然，这也是秦腔剧目中常见的程式化表达，如《游西湖》中李慧娘出场时也吟诗道："烈女数曹娥，孝子是王祥。"从中不难看出，在传统秦腔戏中烈女和孝子是人们争相效仿的对象，是道德楷模。王宝钏守了十八年寒窑，甘受清贫，拒不接受相府接济，后借宾鸿大雁传递血书，薛平贵才来寻妻，秦腔《五典坡》还设置了《赶坡》一场，薛平贵亲自来试探王宝钏是否贞洁。忍受了清贫和苦难，王宝钏最终成了皇后。这个结局的设计非常符合当时劳苦大众的心理期待，女人们以王宝钏为榜样，寄希望于自己的丈夫，做一个坚守清贫的贞洁烈女，生活就还有盼头。这是苦难女性悲苦生活中的一点希望和慰藉。中国传统戏曲教化人心的作用也在这样的戏中格外凸显，在《五典坡》的不断上演中，传统的忠孝节义、固守清贫的思想逐渐深入人心。

来源于民间的秦腔，因为秦地厚重的历史传承，先天具有慷慨悲凉、粗犷豪迈的特质，又因为繁荣于明清之际，经历社会动荡，百姓颠沛流离，加之西北地区土地贫瘠，生活困苦，底色是悲凉凄苦的。独特的声腔、音乐、语言和表演形式，使得秦腔更适合塑造勇武和悲壮的角色。又因戏曲承载着高台教化的作用，"托物言志、寓理于情"，秦腔也突出了惩恶扬善、忠孝节烈的内涵，通过秦腔的演出教化百姓，移风易俗，达到知、情、意、行相统一。

以儒家文化为基础的传统士大夫文化表述中，女性形象往往比较扁平，或贤良淑德、温柔端庄，或红颜祸水、祸国殃民。相反，诞生于民间的秦腔，在旦角的塑造上反而能突破窠臼，塑造一个个活泼生动、立体多样的女性。秦腔传统剧目没有困囿于传统戏曲才子佳人、风花雪月的固有模式,而是塑造了一系列独具特色的旦角形象,有忠肝义胆的巾帼英雄、勇于反抗的底层女性、追求爱情的勇敢少女和深明大义的贞洁烈女。

通过对她们的形象特点的分析和探究,我们也能进一步理解西北地区厚重、苍凉、勇敢、顽强的地域文化特点及秦腔在西北乡村的影响和意义,助力乡村振兴和乡村文化建设。在文艺工作座谈会的讲话中,习近平总书记强调,"我们要结合新的时代条件传承和弘扬中华优秀传统文化,传承和弘扬中华美学精神","阐释中华民族禀赋、中华民族特点、中华民族精神"。我们在把握中华文明的突出特性的同时,也要深刻理解"两个结合"的重大意义,不能简单地复古,研究传统戏曲,是为了更好地赓续中华文脉、弘扬中国精神、坚持守正创新,坚持以人民为中心的创作导向,创作出无愧于时代的优秀作品。

编后记

2023年12月1日至2024年1月30日，国家艺术基金2023年度艺术人才培训资助项目"习近平新时代中国特色社会主义思想文艺理论人才培训"（项目编号：2023-A-05-005-459）集中培训在中国传媒大学展开，此次培训会集了全国文化艺术领域的50位青年英才学员。他们在聆听专家讲座、集中外出调研等活动中，收获了知识、建立了学术友谊。本著作中的论文即为项目组学员的结晶。首先，感谢项目组的50位优秀学员——王锟、李阳阳、孙路、秦璇、刘文、杨旻蔚、王名成、张艳、孙婷、刘彦河、王莎莎、张嫣格、张喜梅、张新科、舒敏、张盼、张婧、张为、蒋劼、张明超、李雪松、程洁、孙萌竹、陈嫣、李艳双、蒋玲玲、李志鹏、邓若侠、朱小峻、解永越、余国煌、郭绅钰、张静雅、高洁、刘雅倩、张蕾、黄诗昂、王春颖、付婧、夏蕾、高幸、李鹏、吴静静、缪伟、吴尔曼、宁爽、马宇鹏、丁逯园、李阳、文瑶瑶（排名不分先后），他们认真的学习态度得到了学界的普遍认可，使得项目能够顺利展开，也为这份结晶能够得以呈现奠定了基础。其次，感谢进行授课的49位专家——仲呈祥、董学文、王一川、张晶、王廷信、王德胜、孙伟科、张德祥、丁亚平、周星、史红、张金尧、施旭升、杨杰、彭文祥、朱庆、宋瑾、李世涛、吴子林、张国涛、冯巍、董阳、杜寒风、尹建军、何美、时胜勋、刁生虎、金海娜、江逐浪、马潇、丁旭东、肖锋、杜莹杰、冯亚、刘俊、陈燕婷、赵如涵、徐明君、刘艳春、李有兵、杜彩、曹晓伟、赵莹、谢春彩、包新宇、孙百卉、龚伟亮、黄健君、王鞾（排名不分先后），这些专家学者为学员们呈现了一场场学术饕餮盛宴，使学员们徜徉在知识的海洋中，

编后记

在学术上得到了飞速的提高。这些智慧的启迪、精神的给养、知识的传达使学员们受益终身、回味无穷。最后，感谢国家艺术基金管理中心的姚珊珊等领导对项目的督导、帮助和支持，使得项目更加有条不紊地进行，著作最终能够得以落地。

王韡

于中国传媒大学